KB078463

광풍
제월

만상조 新무협 판타지 소설

FANTASTIC ORIENTAL HEROES

광풍제월 9

만상조 新무협 판타지 소설

초판 1쇄 찍은 날 § 2016년 10월 13일
초판 1쇄 펴낸 날 § 2016년 10월 20일

지은이 § 만상조
펴낸이 § 서경석

편집책임 § 김현미

펴낸곳 § 도서출판 청어람
등록번호 § 제387-1999-000006호
등록일자 § 1999. 5. 31
어람번호 § 제2-2686호

주소 § 경기도 부천시 원미구 부일로 483번길 40 서경B/D 3F (우) 14640
전화 § 032-656-4452 팩스 § 032-656-4453
http://www.chungeoram.com
E-mail § chungeorambook@daum.net

ⓒ 만상조, 2015

ISBN 979-11-04-90999-3 04810
ISBN 979-11-04-90462-2 (세트)

광풍
제월

[완결]

9

만상조 新무협 판타지 소설

FANTASTIC ORIENTAL HEROES

도서출판 청어람

광풍
제월

第一章
이유

"여기 계셨군요."

소하는 목소리에 눈을 돌렸다.

무승들이 훈도 방장의 방으로 달려 들어간 이후, 이들은 더 이상 그곳에 있을 수 없었다.

훈도 방장의 서거(逝去).

모든 내력을 소모한 뒤 숨을 거둔 그는, 누구보다도 평온한 표정이 되어 있었다.

소하와 운요는 무승들이 안쪽을 정리할 수 있도록 바깥에 나와 있는 상태였다.

그러던 중 누군가 다가온 것이다.

"아."

소하는 그녀를 알아보았다. 지금은 마로 이루어진 가사를 입고 있지만, 분명 이전 그녀는 묵궤를 노렸던 싸움에서 소하와 함께한 적이 있었던 것이다.

"아미의 자소연이라고 합니다."

청초한 그녀의 인사에 운요는 슬쩍 소하를 눈짓했다.

"알게 모르게 많은 여인을……."

"아니에요."

소하가 잘라 말하는 것에 운요는 픽 웃을 뿐이었다. 자소연은 상황을 제대로 알지 못해 고개를 갸웃거리고 있었지만, 이내 포권하며 소하와 운요에게 인사했다.

"청성신협과 굉명지주께 인사드립니다."

간단히 인사를 나눈 뒤, 자소연은 조심스럽게 소하에게 말했다.

"대협의 활약은 모두가 감명 깊게 보았던 참입니다."

아미파 역시 훈도 방장을 구하기 위해 다급히 참전했던 참이다. 그런데 겨우겨우 백면의 무인들을 베어나가며 앞으로 향했던 그녀는 놀라운 광경을 보았다.

철은천주 아회광을 제압하며 밀어붙이는 소하의 모습에 모여 있던 모든 무인이 알 수 없는 전율을 느꼈었다. 더군다나, 자소연은 조금 더 어른스러워진 모습의 소하를 알아볼 수 있었다.

그때의 그 소년이 저런 힘을 갖고 있었다니.

"사태께서도 대협을 찾고 계셨습니다. 마침……."

"직접 이야기하마."

자소연은 화들짝 놀라며 눈을 돌렸다. 그녀의 뒤에는, 여전히 날카로운 모습을 한 구영사태가 서 있었다.

"오랜만에 뵙네요."

소하가 인사하자 그녀는 가만히 고개를 끄덕여 보이고는, 이내 눈살을 슬쩍 찡그렸다.

"제법이더구나. 그 만박자의 힘을……."

천양진기 사식에서 팔식까지를 소하가 자연스럽게 다루는 것을 보며 그녀는 내심 감탄했다. 만박자 척위현의 제자라면 그 누구라도 성에 차지 않으리라 생각했건만, 소하는 완벽하게 천양진기를 물려받아 보였던 것이다.

"더군다나……."

굉천도 마령기의 죽음이 알려져 버렸다. 아니, 행방불명된 천하오절의 네 명이 실은 시천월교의 손에 의해 죽음을 맞았음이 암암리에 확실해져 버린 것이다.

그 상황에서 소하는 월교의 천주 중 한 명을 완전히 무너뜨리는 것으로 천하오절의 힘을 증명해 보였다.

"훌륭했다."

구영사태는 굉천도법이 어떠한 힘을 가지고 있는지 익히 알고 있었다. 그것을 소하가 똑같이 부리며 뇌전을 떨어뜨릴 때, 내심 과거가 다시 살아나는 것만 같았다.

자소연은 놀랍다는 표정을 지었다. 구영사태가 남을 칭찬하는 일은 거의 없다고 봐도 좋았기 때문이다. 그것에 소하는 배시시 웃더니만, 이내 고개를 끄덕였다.

"아직 모자라요."

"그렇게 느꼈으리라 생각했지."

구영사태의 입가에 희미한 웃음이 번졌다. 그것을 본 소하는 조심스럽게 고개를 끄덕여 보였다.

"곧 나를 찾아오게 될 게다."

자소연은 이윽고 구영사태가 뚜벅뚜벅 걸어 사라져 가는 것을 보았다. 무슨 일인지 모르겠다는 듯 한참 고개를 갸웃거리던 그녀였지만, 이내 소하에게 황급히 인사를 올리며 구영사태를 따라 뛰기 시작했다.

"찾아온다?"

운요는 머리를 긁적거리며 소하를 쳐다보았다. 뭔가 알고 있냐는 뜻이다.

"잘은 모르겠지만……"

소하는 씩 웃었다.

"도와주겠다는 말씀인 것 같네요."

"그 무섭다는 아미파의 구영사태가 그런 말을 한 건가."

운요는 허, 소리를 내었다. 그 역시 구영사태가 어떤 인물인지에 대해서는 잘 알고 있었다.

"참 너도 복이 많다."

"그러게요."

후우 하고 숨을 내쉰 운요는, 이내 뒤쪽에서 서서히 무승들이 슬픈 표정으로 나오는 것을 지켜보며 말을 이었다.

"네 대답에 만족해하셨을 거다."

훈도 방장이 던진 질문에 소하는 답을 내놓았고, 훈도 방장은 만면에 미소를 지은 채 숨을 거뒀다.

운구(運柩)가 시작되기 전에 이곳에서 빠져주는 게 나을 것이다.

"그 제갈위라는 자는 어디 있지?"

"지금은 바쁠 거예요."

운요는 눈을 동그랗게 떴다. 소하는 제갈위를 통해 이것저것 정보를 얻었다. 운요 역시 소하가 움직인다는 것을 듣고 이 회합에 연철을 데리고 따라나섰던 것이다. 사실 이미 멸문한 것이나 다름없는 청성파가 회합에 참여한 이유는 바로 그것이었다.

소하는 눈을 들어 앞쪽의 전각을 바라보았다.

"여러 가지로… 정리해야 할 게 많을 테니까."

*   *   *

"천회맹은 사실상 붕괴했소."

제갈위의 담담한 목소리에 몇 명이 눈에 쌍심지를 켜고서는 달려들었다.

"그런 말도 안 되는 억지를!"

"지금 이 상황에서 천회맹이 붕괴한다면 어찌 될지 모르시는 거요?"

총 스무 명의 대표가 자리한 모임. 이것은 사실상 이후의 무림이 어떻게 진행되어야 하는지에 대한 회의나 다름없었다.

제갈위는 조용히 서신을 펼치며 중얼거렸다.

"상관 대협은 의식불명."

상관휘는 단리우에게 공격을 받아, 지금 제대로 깨어나지도 못하고 있는 형편이었다. 그를 진료한 의원의 말로는 깨어난다고 해도 다시 검을 잡을 수 있는 상황이 아니라고 했고 말이다.

"곡 대협은… 제가 말을 하지 않아도 알고 계시겠지요?"

곡원삭은 배반(背叛)했다.

이미 전승자들 측에 있는 무인들은 그 소식을 전해 들어서 백면의 공격에서 벗어나 오히려 천회맹 측을 공격하기도 했던 참이다. 그나마 청아를 포함한 구대문파의 무인들을 도왔던 초량이 혐의에서 벗어난 상황이었다.

"그, 그건……."

"마음은 이해하겠소만, 지금은 그럴 때가 아니오."

제갈위는 차갑게 모두의 말을 일축했다.

"시천월교가 부활했소."

무겁게 좌중을 내리누르는 말이다. 시천월교의 천주와, 시천무검을 이어받은 자의 등장은 전 무림에 거대한 위협으로 다가오고 있었다.

"우리는… 서로 싸우고, 물어뜯는 데에 지나친 힘을 소비해 왔었지."

제갈위 역시 그러했었다. 그는 자신의 과거를 생각하면 부끄러움이 강렬하게 밀려오는 것을 느꼈다. 그것이 당연할 것이다. 비록 그 당시에는 그때의 감정에 매몰되어 있었다지만, 행동한 것은 바로 자기 자신이니까.

"그러나 후회하지 않고자 하오."

제갈위는 눈을 들었다.

그것이 바로 상관휘의 옆을 떠나면서까지 그가 필사적으로 자신이 할 수 있는 일을 찾아 헤맸던 이유였다.

"비록 이 마음이 짧은 결심이라 해도……."

제갈위는 핼쑥해진 눈에 굳은 결의를 다지며 모두에게 말했다.

"나는 다시 한 번 무림맹을 출범시키고자 하오!"

그 외침에 모두가 술렁였다.

"무슨……."

"새로운 세력을 만들자고 하는 것인가?"

"이제까지와 같을 것이오. 사실상 천회맹의 껍질을 벗긴 것에 불과할 수도 있겠지."

제갈위는 단호히 그리 답했다. 혼자의 힘으로는 아무것도 할 수 없다. 그러나 이 체제를 유지하면서 서서히 바뀌 나가는 것은 가능할 것이다.

"묻겠소만."

옆쪽에서 목소리가 들렸다.

천협검파의 검주인 서효는 싸늘한 눈으로 제갈위를 바라보고 있었다.

"그렇다고 해서, 이제까지와 다를 거라는 전망(展望)이 있소?"

천회맹은 전승자와 상관휘의 세력으로 분열했다. 그렇기에 백면의 상황을 알지 못하고 서로 간에 싸우는 데에만 바빴던 것이다.

서효의 걱정은 바로 그것이었다. 월교와의 싸움은 차치하더라도 무림맹의 재결성이 무슨 의미를 지니겠냐는 것이다.

"나는 희망을 보았소."

그것에 그 자리에 있는 모두가 소하의 모습을 떠올렸다. 마치 태양 같은 빛을 뿜어내며 아회광을 압도하던 그 광경은 입에 입을 타고 전해져 온 터였다.

"당연히 우리는 미혹(迷惑)에 빠질 것이오."

인간은 누구나 그렇다.

당연한 일이다.

제갈위는 그것을 알 수 있었다. 아무리 뛰어난 현인(賢人)이라고 해도, 자기 자신의 길이 바른 것인지에 대해서는 확신하지 못한다.

"하지만 시천무검이라는 거대한 힘 앞에서도 저항했던 이들의 모습이 있는 한."

제갈위의 말에 모두 눈을 크게 떴다.

그는 소하를 이야기하는 것이 아니었다.

"당신들이 있는 한."

이곳에 있는 자들은, 모두 마지막까지 혁월련에게 저항의 표시를 보였던 이들이었다.

제갈위는 분연히 입을 열었다.

"의(義)는 꺾이지 않으리라 믿소."

그것에 모두가 조용해질 수밖에 없었다.

*　　　*　　　*

좌중은 상당히 어색한 공기가 흐르고 있었다.

"…흠."

청아는 헛기침을 하며 눈을 돌렸다. 앉아 있는 여인들 모두가 무슨 말을 꺼내야 할지 모르겠다는 표정을 하고 있었기 때문이다.

그러던 와중 먼저 말을 꺼낸 것은 금하연이었다.

"내월당의 금하연이라고 합니다."

"무당의 청아입니다."

"백연검로를 계승받으셨다는 분이시로군요."

금하연의 눈에 감탄이 깃들었다. 그녀 역시 무림의 여협으로 이제까지 전승자들의 이야기는 숱하게 들어왔었기 때문이다. 그중 백연검로를 전승받았다는 여협은 무림의 젊은 여인들에게 있어 우상과도 같았다.

청아는 슬쩍 금하연을 바라보았다. 그녀를 포함해 뒤에 있는 연사 역시 청초하게 흑단 같은 머리를 기르고, 아름다운 무복을 입고 있는 모습이었다. 자연스레 청아의 눈이 자신의 너덜너덜한 옷에 이를 수밖에 없었다.

다시 침묵이 돈다. 두 명은 이야기를 할 것이 없다는 사실을 느끼고는 눈을 돌렸고, 목연과 연사는 끔찍할 정도의 적막에 후우 하고 작게 한숨을 쉬었다.

소하가 와야 어떻게든 대화의 접점이 생길 것만 같아, 그들은 간절한 눈으로 문을 바라보고 있었다.

발소리가 들린다.

가볍게 마루를 밟는 소리. 목연과 연사의 표정이 조금 밝아질 때쯤 문이 열렸다.

"여긴가?"

나타난 것은 머리를 길게 길러 묶은 어른스러운 여인이었다. 모두가 눈을 동그랗게 뜨고 있자, 그녀는 성큼성큼 들어오며 뒤쪽으로 손을 까닥였다.

"자 소저, 이쪽이에요!"

"아, 알겠습니다……."

이설은 휘적휘적 동작을 크게 하며 안으로 들어섰고, 뒤를 따라 자소연까지 나타났다.

졸지에 모이게 된 여인 네 명은, 이내 여전한 침묵 속에 잠긴 채로 서로를 바라보고 있었다.

"음……."

이설은 옆쪽에 세워진 소하의 꽹명과 연원을 보며 힘겨운 표정을 지었다.

"하오문의 이설이라고 합니다."

그녀가 인사하자 모두 고개를 끄덕여 주었다. 다시 한 번 장소에 있는 사람들의 출신이 오가자, 이설은 새삼 신기한 기분이 들었다.

금하연과 목연, 연사가 속해 있는 내월당은 본디 도가(道家) 계열의 문파로 사람과의 만남 자체가 극히 적은 곳 중 하나였다.

그리고 자소연이 속한 아미파 역시 평소에는 아미산 바깥으로 출타하지 않는 것으로 유명하기도 하고 말이다. 이미 봉문 상태였던 무당파는 말할 것도 없었다.

"소하가 참 많이도 돌아다녔나 보네요."

이설이 그리 말하자 다들 서로를 바라보기만 할 뿐이었다.

"묵궤를 둘러싼 싸움에서 저희를 도와주셨었죠."

자소연이 미소를 지으며 말하자, 금하연도 마주 고개를 끄덕였다.

"이 아이들을 지켜주시기도 하셨습니다."

목연은 자신이 조금 부끄러워졌는지 고개를 슬쩍 숙이고 있었다. 소하의 가공할 무위를 본 뒤, 그가 뭔가 자신과는 다른 존재처럼 느껴졌기 때문이다.

"그 녀석은……."

청아의 말에 모두 그녀를 바라보았다. 단어를 곱씹는 듯 몇 번이고 입술을 달싹거리던 청아는, 이내 한 마디를 내뱉었다.

"제 은인입니다."

그것에 모두 동의하고 있었다. 이설은 새삼 미소가 떠오르는 것을 느꼈다.

'제대로 무림행을 해왔던 거네.'

협행(俠行)을 정의한다면, 바로 저 말로 끝맺을 수 있지 않을까. 누군가에게 은(恩)을 남기며, 사람들이 저절로 모여들게 만드는 힘을 지녔으니 말이다.

그걸로 조금 긴장이 풀렸는지 서로 몇 마디씩 이야기가 흘러나오기 시작했다.

그렇게 분위기가 서서히 좋아질 때쯤, 문이 열리며 운요와 소하가 모습을 드러냈다.

"오, 더 늘어났네."

운요가 놀랍다는 듯 그리 말하자, 소하는 빙긋 미소를 지었다.

"오랜만이에요."

그것에 여인들 모두가 미소를 지었다.

뒤에서 그것을 바라보던 운요는, 이내 흠 소리를 내며 고개를 기울였다. 소하가 왜 그러냐는 눈으로 바라보자 운요는 조심스레 한 마디를 내뱉었다.

"영웅호색(英雄好色)이란 건가."

*   *   *

"제가 말실수를 했습니다. 죄송합니다."

운요는 주변의 싸늘한 기운을 느끼고는 힘겹게 말을 뱉었다. 소하마저 청아가 뿜어낸 기운에 움찔거릴 정도였다.

"흠, 흠. 일단……."

상황을 재미있게 관조하던 이설은 헛기침을 하며 말을 이었다. 이대로 내버려 둬도 제법 즐겁겠지만, 지금은 그럴 때가 아니었던 것이다.

"하오문 사천 지부를 포함한 전 문원들은 '이쪽'에 전면적인 지원을 약속했어."

"이쪽?"

소하가 고개를 갸웃거리자, 이설의 입가에 묘한 미소가 맴돌았다.

"무림맹에 말이야."

이제는 사라진 이름이다. 그러나 운요는 내심 그녀가 뜻하는 바를 눈치챌 수 있었다.

"새로 세우겠다는 말이겠군."

"그렇지."

빙긋 웃은 이설은 잘 모르겠다는 표정을 짓고 있는 소하를 바라보았다.

"하오문은 이득을 따지는 문파야. 출생부터… 죽음까지, 우리들은 한 번도 제대로 된 취급을 받지 못하는 사람들이니까."

하오문은 무림에서도 최저의 대접을 받는다. 당연하다. 그들은 사람들이 쉽사리 손을 뻗지 않는 더러운 일도 마다하지 않고, 그들의 웃음과 신용을 사기 위해 한없이 비굴해진다.

하지만 그렇다 해도 그들의 마음마저 꺾이지는 않는다.

"그렇기에 우리는 은혜를 반드시 갚지."

이설은 똑바로 소하를 바라보았다.

"꿩명지주를 돕기 위해 우리는 이곳에 왔어."

소하의 이름을 들었을 때 사천의 하오문도들은 감동할 수밖에 없었다. 자신들을 위해 싸워주었던 무림인은 정말로 드물다. 하물며 그가 현재 무림의 화제 속 인물이라는 꿩명지주라니!

"내월당도 같은 의견입니다."

금하연은 나직이 말을 꺼냈다.

목연과 연사가 놀란 표정을 지을 무렵, 그녀는 조용히 가슴에 손을 얹으며 소하를 바라보았다.

"내월당은 본래 정협(正俠)함을 따르는 곳… 하지만 저희는 시천월교에 굴복할 수밖에 없었죠."

소규모 문파인 내월당은 무공의 강함보다는 스스로의 내공을 수련하는 문파의 특성 때문에 쉽사리 저항도 하지 못하고 봉문할 수밖에 없었다.

"차기 문주(門主)로서 저는 유 대협의 발길을 좇기로 다짐했습니다."

그것에 모두의 눈이 동그랗게 변했다.

"내월당의 은월(隱月)이란 게 소저였군."

소하는 문득 고개를 돌렸다.

운요도 내월당에 대해 알고 있는 것인가?

함께 여행하는 동안 금하연과 이야기를 해보기는 했지만, 그 녀의 문파가 대단하다는 인상을 받지 못했던 것이다.

"내월당은 내공심법에 특출난 곳이지… 더군다나."

"그 문주는 본래 철저히 비밀에 감춰져 있어야 해."

이설도 당황한 표정이었다.

"그 뜻은……."

"전 유 대협을 돕고 싶어요."

금하연은 은은한 미소를 지었다.

"그렇기에 결심했습니다."

자소연마저도 당황한 기색이 역력하다. 청아 정도나 고개를 갸웃거리고 있을 뿐이었다.

"저, 그게… 무슨 뜻이죠?"

"진짜 아무것도 모르는구나."

"뭐… 원래 이런 녀석이니까."

이설과 운요가 허어 소리를 내며 고개를 흔들었다.

"내월당의 비형청사공(琵燓淸瀉功)은… 타인의 내공을 증진시 켜 주는 내공심법이야."

소하는 눈을 동그랗게 떴다. 옆쪽에 있는 자소연도 미소를 짓 고 있었다.

"아마도 이곳에 오신 분들은 모두 같은 생각을 하고 계셨던 것 같네요."

그녀의 말에 모두가 웃었지만 소하만 상황을 제대로 파악하지 못할 뿐이다.

"무슨……."

"우리는."

운요 역시 피식 웃은 채로 말을 이었다.

"널 위해 이곳에 모인 거라는 뜻이다."

"하오문은 모든 힘을 다해 널 지원할 거야. 그 정보력이 있다면… 시천월교를 추적할 수 있어."

이설은 단호히 그리 말했다.

"아미파에서는 사태께서 직접 대협과 함께 무공을 짚어보겠다고 하셨습니다."

구영사태라면 현 무림에서 손꼽히는 고수다. 그렇기에 아미파가 봉문에도 불구하고 이곳에 참석한 것이다. 자소연은 어리벙벙한 소하의 표정을 보고는 살풋 미소를 지었다.

"무, 무당파도."

청아는 조심스럽게 말을 이었다.

"네놈을 도와주기 위해 왔다."

"……."

모두가 어색한 표정을 지었지만, 여전히 청아는 힘겨운 표정으로 소하를 바라보고 있었다.

"고마운 마음은… 진짜니까."

소하는 머쓱한 표정을 지은 채 앉아 있을 뿐이었다. 이전 소하는 자신을 지키기 위해 소리치던 형인문주 비자홍을 떠올려 보았다.

병색이 완연해 보이는 모습이었지만, 그는 여전히 도를 든 채로 싸우고 있었다.

다른 이들도 마찬가지다. 소하는 갑작스레 뺨이 간질거리는 것만 같았다. 지금 이곳에 모여 있는 이들의 눈길이 마치 이전에도 겪었던 것처럼 기분 좋게 다가왔던 것이다.

'그렇구나.'

아니, 느낄 수 있었다.

기억하고 있다.

철옥에서 옹기종기 모여 함께 이야기를 두런두런 나누었던 그때.

이야기를 듣던 자신을 바라보는 노인들의 눈빛이 떠올랐기 때문이다.

"무림은 무서운 곳이야. 아프고… 사람을 미워하게 돼."

구 노인의 말이 맞았다. 무림에서 일어난 일들은 소하의 마음을 계속해서 상처 입히는 일의 연속이었다. 사람들이 서로가 서로를 베는 모습을 지켜봐야만 했고, 제대로 받아들여지지 못한 마음이 일그러지고 구부러져 제멋대로 폭주하는 것도 보았다.

싸움이란 본래 그러한 것일까.

소하는 문득 자신이 사람을 공격하는 것에 익숙해지고 있다는 것을 느꼈었다. 그것이 무서워 망설였고, 자신의 마음이 어디로 향하는 것인지에 대해 확신이 잘 들지 않았었다.

그 마음을 이끄는 것은 노인들의 목소리였다.

그리고.

"하지만 그런 곳에도 즐거움은 있어. 좋은 사람들은 있어."

소하는 눈을 들어 모두를 바라보았다. 볼썽사납게 눈물이 살짝 맺혀 있었지만, 다들 여전한 얼굴로 소하를 바라보고 있을 뿐이었다.

이럴 때에 할 수 있는 말은 단 하나 뿐이다.

어색해서 제대로 하지 못하는 말.

그러나 어떠한 말보다도 자신의 마음을 똑바로 전할 수 있는 말.

"고마워요."

소하는 조용히 그렇게 답했다.

*　　　*　　　*

"알고 있겠지만… 현재 상황은 상당히 기이하게 돌아가고 있소."

제갈위는 핼쑥해진 얼굴에 젖은 수건을 가져다 대며 중얼거렸다. 하도 곡기(穀氣)를 취하지 않았기에 조금만 열을 올려도 현기증이 일었던 것이다.

"전승자들의 일부는 우리와 행동을 함께 하기로 결의했지만… 문제는 곡원삭이오."

"그 작자가 월교에 붙었다는 건가."

운요는 흠 소리를 내며 고개를 끄덕였다. 제갈위는 새로운 무림맹의 회동을 끝낸 뒤 곧바로 소하와 운요가 있는 곳으로 왔다. 땀으로 범벅이 된 상태에서도 해야 할 말이 있었기 때문이다.

"곡원삭과 그를 따르는 이들이 월교와 힘을 합친다면… 상대하기가 버거울 수도 있소."

곡원삭은 천재라고 일컬어진 자다. 모두가 그를 만박자의 전승자로 인정했던 건, 바로 그러한 재능이 있었기에 가능했던 일이었다.

"무공보다 모략(謀略)의 문제겠군."

운요도 곡원삭에 대해서는 일찍이 들어온 바가 있었다. 그는 자신의 지모를 이용해 타인을 철저히 짓뭉개고, 자신의 기반을 틀로 삼아 계속 성장해 왔다고 했었다.

"상관없다."

차가운 소리가 울렸다.

제갈위의 소집에 응했던 구영사태가 낸 목소리였다. 그러나 가장 안쪽 자리에 앉아 있던 선무린이 슬쩍 눈썹을 꿈틀거리긴 했지만, 그는 여전히 아무 말도 하지 않은 채 팔짱을 끼고 사태를 관망하는 중이었다.

구영사태는 금하연의 옆에서 조용히 차디찬 기운을 뿜어내고 있었다.

"곡원삭을 포함해 마흔 둘의 무인이 배반했다고 했었나?"

"예."

구영사태의 미간이 살짝 찌푸려졌다. 그들 모두가 상당한 실

력을 지닌 고수다. 그런 이들이 마흔이 넘는다는 것은 제갈위의
말처럼 확실히 경계해야 하는 일이었다.

하지만.

"아미에서도 최대한 지원하지. 아마 다른 문파들도 그럴 것이
다."

"그렇다는 말씀은……."

"그 무림맹이라는 단체에 끼어주겠다는 말이다."

금하연은 동그란 눈을 한 채 구영사태를 올려다보고 있었다.
그녀가 이곳에 온 이유는 단순히 개인적인 차원에서 소하를 돕
기 위한 것이라고 생각했기 때문이다.

"그러니 어서 상황을 전하고, 아미의 구영이 돕기로 했다고 전
해라."

"아, 알겠습니다!"

"그전에."

구영사태의 손이 노란빛을 냈다. 자리에서 일어선 그녀는 뚜
벅뚜벅 앞으로 걸어가 제갈위의 어깨를 움켜잡았다.

"으, 윽!"

놀라 제갈위가 움찔거렸지만, 이내 그의 몸에 노란 기운이 스
며들어 오기 시작했다.

"제대로 움직이려면 뭐라도 먹는 게 좋을 거다."

손을 떼자 제갈위는 자신의 몸을 계속해서 옭아매는 듯했던
피로가 씻어낸 듯 사라진 것을 느꼈다.

손을 몇 번이고 쥔 그가 눈을 들자 구영사태는 다시 자신의
자리로 걸어간 뒤였다.

"감사합니다! 사태!"

그 말과 함께 밖으로 뛰쳐나가는 제갈위의 모습을 소하와 운요는 멍하니 바라보고 있었다.

"저런 자들은 의기(意氣)가 있지."

구영사태는 가만히 눈을 감은 채로 이야기를 꺼냈다.

"그런 이들이 발버둥치는 건 싫어하지 않는다."

그녀의 눈이 슬쩍 소하에게로 향했다. 여전히 그녀의 눈에는 예기가 배어들어 있었다.

"너는 어쩔 참이지? 시천무검… 천하제일의 무공을 상대로 말이다."

소하는 가만히 구영사태를 바라보고 있었다.

잠시 침묵이 흐른다.

금하연은 숨을 삼키며 소하에게 시선을 집중했다. 과연 광명지주라고 불릴 정도로 많은 활약을 해왔던 그가, 어떤 답을 내놓을지 궁금했기 때문이다.

"열심히… 해야죠……?"

이내 소하가 낸 답을 듣고는 구영사태마저도 눈살을 찌푸릴 수밖에 없었다.

"…네놈은 정말 볼 때마다 그 인간 같은 구석이 느껴지는군."

척 노인이 듣는다면 화를 버럭 낼 법한 이야기였다. 소하가 그런 생각을 하며 머쓱하니 웃자, 구영사태는 흠 소리를 내며 고개를 돌렸다.

"일단은 처음부터 시작해야겠다."

그녀는 천천히 자신의 몸에서 기운을 흩뿌리고 있었다.

"싸우자는 건가요?"

소하가 묻자 구영사태는 선선히 고개를 끄덕였다.

"그럼 내가 왜 여기에 있다고 생각하는 게냐."

잠시 난감하다는 표정을 지었지만, 소하는 이내 고개를 끄덕였다. 구영사태에게서 느껴지는 기운이 상당하다는 것을 인지했기 때문이다.

"나는 다른 놈을 맡으면 되겠군."

선무린은 눈을 들어 운요를 바라보았다. 운요는 내심 껄끄럽다는 생각이 들었지만, 이내 구영사태의 말을 듣고는 한숨을 내쉴 수밖에 없었다.

"무참히 죽을 거라면 애초에 나서지 않는 것이 좋다."

하오문의 도움으로 정보의 추적은 이미 진행 중이다. 아무리 시천월교의 무리들이 잽싸다고 해도, 무림 천지에 깔려 있는 하오문의 눈을 피할 수는 없었기 때문이다.

"뭐, 그렇다면……."

운요도 결국 고개를 끄덕일 수밖에 없었다.

말이 끝나자 구영사태는 뚜벅뚜벅 걸어 밖으로 나가 버리고 말았다. 뒤이어 선무린마저 의자를 밀며 나서자, 소하는 난감하다는 표정을 숨기지 않으며 운요를 바라보았다.

"듣기로는 구영사태 역시 대단한 실력의 고수라고 했었지."

여협 중에서 아마 가장 큰 인지도를 지니고 있는 무인일 것이다. 지금은 그녀의 검이 어떤지 아는 이들이 줄어들어서 그렇지, 과거에 그녀는 나찰이라 불릴 정도의 무시무시함을 자랑했기 때문이다.

"끙… 귀찮네."

운요도 결국 따라 일어서며 밖으로 향하고 있었다. 잠시 서 있던 소하도 바닥에 내려놓은 칼 두 자루를 집으며 나설 수밖에 없었다.

이 전각의 바깥은 황량한 모래만이 깔려 있다. 소하는 주변에 사람이 없는 것에 고개를 갸웃거렸지만, 이내 선무린마저 운요를 데리고 어딘가로 향하는 중이었다.

"사람은 모두 물려두었다."

자소연 하나만이 걱정스러운 표정으로 그들을 바라보고 있을 뿐이었다.

구영사태는 조용히 자신의 허리춤에 손을 얹었다.

그녀의 허리에 걸린 것은 옥빛 칼집에 꽂혀 있는 검이었다.

"나는 가타부타 이야기를 할 생각이 없다."

스르르릉!

그녀의 허리에서 칼이 뽑혀 나온다. 소하는 반사적으로 연원의 자루에 손을 얹었고, 구영사태는 그것을 보더니만 씩 웃음을 지었다.

"아직 도를 꺼낼 생각은 없나 보군."

굉명을 잡지는 않았다. 소하는 그것에 후우 하고 숨을 내쉬며 연원을 뽑아 들었다.

그 잠깐의 정적.

구영사태의 두 눈에서 광망이 몰아쳤다.

"어디."

콰라라라라랏!

소하는 폭풍을 보았다.

구영사태의 몸에서 뿜어져 나온 내공이, 마치 폭풍처럼 그녀의 전신을 감쌌기 때문이다.

"한 번 보여봐라!"

고함과 동시에 구영사태의 몸이 어마어마한 속도로 짓쳐 나가기 시작했다.

*   *   *

"구영사태는 꽤나 저 꼬마를 소중히 여기는 모양이지만."

선무린은 대나무 숲을 거닐며 조용히 중얼거렸다. 근방에는 역시 아무도 없을뿐더러, 스산한 바람만이 대나무 사이를 스치고 지나갈 뿐이다.

"난 사실 네가 누군지도 잘 모른다."

"나 역시."

운요의 답에 선무린은 씨익 웃음을 지었다.

"그 꼬마보다는 훨씬 나은 태도로군. 난 능글능글한 놈들이 싫어."

운요는 가만히 앞을 바라보고 있었다. 검렵 선무린, 현재 무림에서도 강하다 손꼽히는 무인이다.

실제로 단리우의 충복이었던 홍귀를 상대로 압도적인 우위를 차지했다고 하지 않았던가.

"하지만 청성검에 대해서는 흥미가 있어."

선무린은 조용히 칼을 뽑아 들었다. 그의 애검, 철화가 웅웅

소리를 내며 내공의 잔재를 흩뿌리고 있었다.

"보여봐라."

"당신이 보여달라고 해서 보여줄 마음은 없는데."

운요는 차갑게 그리 말하며 천천히 검을 뽑아 들었다.

"검렵… 인성이 좋은 인물은 아니라고 들었지. 무당파에서도 사람들을 학살했었고."

"그게 무림이 아니었나?"

선무린의 입가에 미소가 깃들었다. 그의 몸에서 흘러나오는 피냄새. 운요는 그것이 마음에 들지 않았다.

"소하가 댁을 왜 불렀는지는 모르겠지만… 난 그쪽과 수련할 마음이 조금도 없어."

선무린이 자신을 돕는다?

운요는 단박에 잘라 거절할 생각이었다. 사람을 죽여대는 자에게 배울 검은 없다는 생각에서였다.

"수련?"

선무린은 눈을 동그랗게 뜨며 고개를 기울였다.

"그런 소리를 누가 했지?"

솨아아악!

운요는 순간 몸을 휘돌리며 칼을 뽑아 들었다.

날아드는 참격, 그것을 바로 베어내며 허공으로 비산시킨 것이다.

스산한 기운이 주변을 맴돈다.

선무린은 칼을 휘두른 손을 내리며 비죽 웃었다.

"그저 몸을 푸는 것에 불과하다."

고오오오……!

그의 온몸에서 내공이 솟아나오기 시작했다.

"만검천주와 싸우기 전에 말이야."

그리고.

선무린은 칼을 들어 올려 앞을 막았다.

째애애앵!

철화가 흔들린다. 두터운 참격이 검신을 뒤흔들었기 때문이다. 선무린의 눈은 이윽고 칼을 휘두른 운요에게로 향해 있었다.

"같은 생각을 하고 있었군."

운요의 몸에서 청량선공이 번져 나오기 시작했다. 무시무시한 살기를 담은 눈을 든 채, 운요는 차갑게 읊조렸다.

"이쪽도 같은 놈을 노리고 있었거든."

"하!"

선무린은 비죽 웃었다.

"그럼… 즐겁게 싸워볼까!"

그 순간 두 명은 섬광이 되어 서로에게로 충돌했다.

*　　　　*　　　　*

칼과 칼이 부딪치는 순간은 놀랍도록 요란하다.

내공이 가득 어린 칼날은 마치 번개를 품은 양, 서로 격돌하는 순간 사방으로 충격을 방출하며 공기를 뒤흔들기 때문이다.

소하는 자신의 앞머리가 뒤흔들리는 것에 눈을 옆으로 돌렸다. 순식간에 몰아쳤던 삼검(三劍)은, 이윽고 궤적을 꺾으며 옆으로 돌아와 그의 목을 노리고 있었다.

'진심이다.'

소하는 그것을 걷어내며 이를 꽉 앙다물었다. 구영사태는 전혀 봐주지 않겠다는 듯, 무시무시한 기세로 소하에게 달려들며 칼을 휘두르고 있었다.

아래인가 싶었지만 이내 위에서 내려친다. 소하는 그 복잡한 연계에 새삼 감탄하며 연원을 앞으로 찔렀다.

백연검로의 주연로가 펼쳐지자, 순간 구영사태의 방어가 흔들리며 빈틈이 생겨나고 있었다.

쩌어엉!

그러나 그 순간 그녀는 양손을 펼치며 아래로 휘둘렀다.

소하의 온몸을 찍어 누르는 듯한 압력!

"제법 숙달됐군."

구영사태의 온몸에서 폭풍이 번져 나오며 음산한 목소리가 흘러나왔다.

"난피풍(亂被風)을 사용할 수 있겠어."

구영사태에게서 흘러나온 목소리에 자소연의 얼굴이 당황으로 물들었다.

"피해요!"

그녀의 목소리는 명백히 소하를 걱정하고 있었다. 소하의 귀로 그 음성이 흘러들어 온 순간, 소하의 눈은 이채를 발했다.

써걱!

팔이 잘려 나가는 줄만 알았다. 소하는 순간, 어마어마한 폭풍이 자신에게로 밀어닥치고 있다는 것을 깨달았다.

콰라라라라랏!

사람이 아니다.

마치 거대한 폭풍을 두른 듯한, 재해(災害)의 모습이었다.

백연검로가 막힌다. 아미파의 정수라고 일컬어지는 난피풍검법(亂被風劍法)의 진짜 모습이 펼쳐져 나오는 것이다.

어마어마한 압력이 쏟아져 나온다. 소하는 결국 이를 악물며 뒤로 물러설 수밖에 없었다.

'강하다.'

소하는 눈썹을 살짝 찡그렸다. 그녀의 힘은 과연 상상 이상이었다. 칼날에 걸려 있는 폭풍은 닿는 순간 상대의 살을 분쇄하고 핏물을 흩뿌릴 것이다.

"어디… 아직까지도 도를 꺼내지 않을 생각이냐?"

음산한 목소리.

소하는 그것에 후욱 하고 숨을 내뱉으며 몸을 회전시켰다.

동시에 왼손이 굉명의 칼자루를 움켜잡는다.

까아아앙!

폭풍과 굉명이 충돌하는 순간, 어마어마한 기세로 사방에 충격파가 몰아쳤다. 지켜보던 자소연이 휘청거릴 정도의 위력이었다.

구영사태는 자신의 검법이 막혀 버린 것에 비죽 웃음을 지었다.

"과연……!"

소하는 우검좌도를 들어 올리며, 천천히 숨을 골랐다. 구영사태는 두 걸음을 물러서며 내공을 가다듬는 중이었다.

지켜보던 자소연은 숨이 막혀오는 것만 같았다.

'저 정도의 무공은 충돌하는 것만으로도…….'

가히 천하제일을 다툴 수 있는 힘이다.

그러나.

그녀는 구영사태가 픽 웃으며 흘린 말을 듣고는 눈을 부릅뜰 수밖에 없었다.

"힘을 아끼고 있군."

소하는 답하지 않았다.

"나로는 부족하다는 것이냐?"

"……."

구영사태는 후우 하고 숨을 내뱉었다.

"생채기조차 내지 못하다니."

그 말에 자소연은 급히 소하를 바라보았다.

확실히 그렇다. 어마어마한 파괴력을 지닌 난피풍검법이 소하와 부딪쳤음에도 그의 몸에 아무 상처를 남기지 않았던 것이다.

"단순히 무공 때문은 아니로군."

구영사태는 조용히 칼을 옆으로 뉘였다.

"타고난 것인가."

그녀는 이제야 왜 척위현을 비롯한 천하오절이 소하에게 자신들의 무공을 넘길 생각을 했는지 대충 이해할 수 있었다.

그의 눈은 이상하다.

방금 전, 총 일흔아홉 번의 검격이 소하의 몸을 두들겼었다. 난피풍검법은 여러 번의 공격을 통해 상대의 제압을 이끌어내는 무공이었다. 그렇기에 최대한 상대가 피할 수 없는 위치로, 복잡한 연계를 통해 공격을 퍼붓는 것이 특징이었다.

소하는 그것을 모조리 눈으로 보고 피해냈다.

그저 익숙하게 움직여 피할 확률을 높이는 것이 아니라, 보고 '반응'한 것이다.

소하는 아무 답도 하지 않았다.

어릴 적부터 그가 가져왔던 능력이다. 상대방의 움직임을 빠르게 파악해 그 움직임의 원초적인 '의미'를 알 수 있는 힘.

"그런데 무엇을 두려워하고 있는 것이지?"

구영사태의 의문은 바로 그것이었다.

소하의 검에는 망설임이 있다.

휘두르면서도 무언가 석연치 않은 구석이 녹아들어 있었다.

그렇기에 그녀는 공격을 멈추고 물러섰던 것이다.

"천하를 오시(傲視)할 수 있는 힘이거늘."

무림의 모두가 부러워할 만한 힘이다.

가지기만 하면 세상을 내려다볼 수 있노라며 거만하게 자랑할 만한 힘이기도 했다.

"할아버지들의 마음은……."

소하는 조용히 그렇게 중얼거렸다.

"힘이 다가 아니니까요."

고작 힘이라는 단어로 재단할 수 있는 것이 아니다.

그렇기에 점차 무공이 익숙해질수록 소하는 자신이 올바른 길을 가고 있는가에 대한 의문이 들 수밖에 없었다.

사람을 죽이는 힘은 올바른 것인가?

그 힘으로 누군가를 찍어 누르고, 슬프게 만드는 것이 과연 제대로 된 '힘'이라고 할 수 있는가?

그것이 검을 붙잡는다.

한없이 망설이게 만들고 있었다.

"미혹(迷惑)은 누구에게나 있지."

구영사태는 조용히 중얼거렸다.

"나 역시 그러했다."

그녀는 앞으로 천천히 걸음을 옮겼다. 손에 들린 검은 어느 때보다도 가볍게 흔들리고 있었다.

"지금보다 더욱 세상이 어지러웠을 때 나는 의문을 가졌었지."

자소연은 놀랍다는 눈으로 그곳을 바라보았다. 구영사태는 이제까지 단 한 번도 자신의 이야기를 남에게 한 적이 없는 철혈(鐵血)의 여인이었다. 그런 그녀가 지금 소하에게 한없이 다정한 목소리로 말을 꺼내고 있었던 것이다.

"우리는 어째서 싸우는 것일까."

싸움의 이유.

아마도 그 힘이 일정한 수위에 달한 자들이라면 누구나 한 번쯤은 스스로에게 되묻는 질문일 것이다.

"그렇기에 앞서 나가는 자들을 바라보고 싶었다. 그들은 어떤 답을 내렸었는지, 어째서 그렇게 망설이지 않았는지 묻고 싶었으니까."

만박자 척위현이 바로 그러한 이였다.

젊은 시절의 구영사태는 늘 그에게 의문을 가졌었다.

어째서 그는 저리도 당당할 수 있는가?

조금만 스스로에게 의심을 가져도 사람은 곧 한없는 나락으로 굴러 떨어진다. 자신이 똑바로 나아가고 있는 것인지, 그리고 이 길의 끝에 자신이 원하는 답이 있을지 아무도 모르니 말이다.

그렇기에 더욱더 그에게 눈길이 갔을지도 모른다.

"하지만 답을 줄 자는 이 세상에 없다."

구영사태의 전신에서 내공이 피어오르기 시작했다.

구구구구구……!

땅에 진동이 인다.

그녀가 자신의 전력을 내보이고 있는 것이다.

"그저 부딪치고 또 부딪치는 수밖에."

소하 역시 그러해야 한다는 뜻이다.

구영사태의 삶은 늘 그러했었다.

그 말의 뜻을 알아들은 소하는 고개를 끄덕였다.

천양진기의 기운이 솟아오른다.

그것을 볼 때면, 그녀는 늘 과거가 떠올랐다. 달려드는 무인들을 모조리 제압하며 날려 버리던 척위현의 모습. 그러나 그의 걸음은 늘 처절하게 외로워 보였다.

그가 가족을 가졌다는 이야기를 들었을 때, 그녀는 내심 안심했었다. 자신이 보아왔던 그 외로운 모습들이 이제야 조금 사라질 줄 알았기 때문이다.

그러나 그가 자신의 아들이 죽었다는 것에 격노해 단신으로 시천월교에 쳐들어갔다는 이야기를 듣자, 그녀는 탄식할 수밖에 없었다.

그리고 지금.

"나는 내가 할 수 있는 일을 하마."

구영사태는 척위현의 손자와도 같이 느껴지는 소하를 보며 나직이 그렇게 읊조렸다.

천양진기의 기운이 강해지기 시작한다.

천양진기 십육식.

소하는 그것을 전신에 두르며 이를 악물었다. 찌릿거리는 통증이 온몸을 가시처럼 찌르고 있었다.

"일단은 그 힘에 익숙해져라."

"사태!"

당황한 자소연의 목소리가 들렸다.

시천월교의 철은천주를 압도한 힘이다. 그런 힘을 두른 소하와 싸운다는 말인가?

"아니면… 무서워서 또 그만둘 거냐?"

도발적인 말투다.

소하는 그것을 알고 있었기에 희미한 웃음을 지었다.

마치 태양과 같은 빛. 그것을 자신의 온몸에 두른 채로 소하는 천천히 우검좌도를 앞으로 들이밀었다.

"가겠습니다."

그것에 구영사태는 씨익 미소를 지었다.

실로 오랜만에, 만면에 웃음을 지어본 것 같았다.

第二章
전심

"꽤나 시간이 잘 가네."

이설은 씁쓸하게 말을 내뱉었다. 책상 앞에는 수많은 서류가 쌓여 있건만, 이걸 모조리 살펴보고 행동을 지시하는 것에만 수십 일이 소요되고 있었다.

'시천월교의 흔적을 조사하고는 있다지만……'

생각보다 느리다. 아니, 다들 몸을 사리고 있다는 게 확실한 이야기리라.

벌써 죽은 자만 백을 넘는다. 하오문의 일급 첩보원들이 말이다.

"그래도 한데 뭉쳐서 움직이고는 있죠."

그녀에게 차를 가져다주며 금하연이 방긋 웃자, 이설은 고개를 끄덕이며 머리를 긁적였다.

그녀는 지금 사천 하오문을 대표해 이 자리에 있긴 하지만, 상대적으로 다른 문파들의 협의를 얻기 위해 이리저리 돌아다녀야 하는 처지였다.

"과연 천주들은 대단하군요."

천라지망을 펼치기 위해 무림인들이 나섰지만, 이내 모조리 각개격파당하고 말았다. 이설과 제갈위의 만류에도 불구하고 호기롭게 나섰던 이들이었다.

가진 무공으로는 초인의 반열에 들었다며 으스대던 철맹룡(鐵猛龍)이 목만 남아 돌아왔을 때에는, 모두가 두려움에 몸을 떨었었다.

"일찍이 천하제일을 논할 때, 빠지지 않았으니까요."

금하연은 후우 하고 한숨을 내쉬었다. 그렇기에 더더욱 지금 신설 무림맹의 일원들이 그들을 두려워하는 것일지도 모른다.

시천마에게 이전 시기의 고수들은 대부분 쓰러졌다. 그렇기에 현 세대의 고수들은 대부분 시천마와 천주들의 무위를 이야기로만 들어왔고, 그것이 허풍이라 큰소리치며 나서곤 했었다.

그러나 철맹룡과 같은 고수가 시체로 돌아온다면 이야기는 다르다. 금하연 역시 그 사실을 피부로 체감하는 중이었다.

"그렇기에 더더욱……."

그녀의 눈이 슬쩍 창밖을 향했다.

그곳에서는 먼지투성이가 된 소하가 있었다.

칼을 허리에 찬 채 비틀비틀 걷고 있는 모습. 아마 오늘도 치열한 대련을 마치고 온 모양이었다.

"희망이 필요한 거겠죠."

금하연은 살짝 웃음을 지으며 그렇게 말했다.

＊　　　　＊　　　　＊

"죽겠네."

소하는 후우 하고 숨을 내뱉었다.

온몸이 꽉 죄어드는 느낌에서 겨우 벗어나자, 죽음 같은 피로가 내달려오고 있었던 것이다.

"자네라면, 내 모든 힘을 다해 돕지."

소하는 그동안 구영사태만이 아닌, 신설 무림맹의 여러 고수와 검을 나눠보았다. 형인문의 비자홍을 비롯해 전대의 많은 고수가 흔쾌히 나서주었고, 소하는 그 덕에 그들의 무공을 상당수 견식할 기회를 맞았다.

'천양진기에도 익숙해져야 하겠고.'

필식까지는 이제 몸이 견딜 수 있다. 아니, 원래부터 천양진기는 이런 식으로 서서히 개방해 나가면서 육체에 익숙하게 만드는 무공일 것이다.

소하는 천천히 걸음을 옮기며 안쪽의 연무장에 도달했다. 바깥에서 다른 고수들과 겨뤄보았다면, 이제는 또 다른 대련이 기다리고 있었던 것이다.

"늦었군."

"오늘은 여러모로 피곤해서."

소하는 한숨을 쉬며 고개를 저었다.

그곳에는 청아와 초량이 서 있었다.

"좀 쉬고 나서 시작해도 돼."

청아는 백련을 들어 옆으로 내렸다. 소하의 몸이 꽤나 지쳐 있다는 것을 느끼고 있었기 때문이다.

"아냐. 오히려 풀린 참인데."

소하는 앞으로 나서며 천천히 우검좌도를 뽑아 들었다.

초량의 눈가가 살짝 구겨진다. 그는 자신의 애도인 비영을 들어 올리며, 전신에서 내공을 일으키기 시작했다.

"여유로운 말투로군."

지금 상태로도 자신들을 충분히 상대할 수 있다는 듯 말하지 않는가.

소하의 입가에 장난스러운 미소가 내걸렸다.

"어떨지는 시험해 봐야지."

초량도 마주 웃는다. 그리고 찰나, 그의 입가에서 웃음이 사라진 순간 초량은 도약하며 소하에게로 도를 휘두르고 있었다.

까아아앙!

청아는 하아 하고 고개를 저었다.

소하가 그들의 수련에 함께해 준 것은 며칠 전부터다. 백연검로와 광천도법, 두 가지의 절세무공을 모두 알고 있는 자는 오로지 소하밖에 없었기 때문이다.

초량의 손에서 마구잡이로 도세가 꺾여 나간다.

"십오 초는 그렇게 쓰는 게 아니야."

소하는 그것을 받아내며 즉시 굉명을 위로 휘둘렀다.

콰가가가갓!

참격이 허공에 자국을 남기나 싶더니, 이내 끝 쪽 벽에 상처를 남긴다. 참격이 유형화되기 시작한 것이다.

"큭!"

초량은 뺨을 일그러뜨리며 비영을 내리쩍었다.

소하에게 전수받은 굉천도법의 십칠 초, 파양(破洋)이 내리꽂히자 사방으로 강렬한 충격음이 퍼지고 있었다.

그러나 소하는 허공을 뛰며 피해낸다. 내공을 집중시켜 일시적으로 허공을 밟는 게 가능해진 탓이다.

초량의 눈동자가 마구 휘돌았다. 보통 무인들은 수평(水平)적 움직임에 익숙해져 있기에, 소하와 같이 수직(垂直)적 움직임을 보이는 적에게는 어색하게 마련이다.

"위!"

소하의 고함과 동시에 초량은 눈을 흡떴다.

파카가가각!

비영과 굉명이 부딪치며 진동이 인다. 그는 황망심법을 전력으로 펼쳐내며 고함을 내질렀고, 이내 바직거리는 열기가 쏟아져 나가는 동시에 소하에게로 도격이 꽂혀들었다.

그러나 빗나간다.

소하는 허리를 뒤틀며 땅에 착지했고, 이내 목을 뚜둑거리며 천천히 연원을 허공에 휘둘렀다.

"그럼 이제 제대로."

초량은 후욱 숨을 내뱉었다.

'빌어먹을 놈.'

소하는 굉명만 사용했다. 한쪽 팔만 쓰면서도 초량을 압박해

왔던 것이다.

"뭐, 알고 있었으니……."

청아는 무상기를 일으키며 소하를 바라보았다.

"하지만 이제까지와는 다를 거다."

"음."

소하는 찌릿거리는 손의 감촉을 느끼며 고개를 끄덕였다. 과연 이들은 천하오절의 무공을 전승받을 만한 이들이긴 했다. 청아든 초량이든, 두 명 다 엄청난 재능을 지닌 무인들이기 때문이다.

타닷!

두 명이 달려드는 모습에 소하는 즉시 양손의 무기를 쥐며 빠르게 휘둘렀다.

'이런 기분이셨을까.'

두 명이 성장하는 것이 보인다. 하루하루 달라지며 점차 강해지는 그 모습들에 소하는 문득 노인들의 목소리가 귓전을 맴도는 것만 같았다.

"제자를 키운다는 건 정말 즐거운 일이지. 하루하루 그 아이가 성장할 때마다… 행복함을 느낀단다."

현 노인이 수염을 쓰다듬으며 했던 이야기.

소하는 그것을 이제야 제대로 느낄 수 있었다.

청아의 칼이 뒤흔들린다. 백연검로의 주연로로 그녀를 밀어낸 소하는, 이내 초량에게로 거칠게 칼을 내리찍으며 씨익 웃음을 지었다.

"물론 넌 아니지만!"

"무슨 소리를… 큭!"

초량은 번개 같은 도격들을 얻어맞으며 물러섰다. 베이지 않도록 힘 조절을 하고 있다지만, 소하와의 대련은 정신을 집중하지 않으면 도저히 공격을 명중시키기 어려울 정도였다.

소하는 새삼 초량이 다시 덤벼드는 것을 보며 기이한 기분이 들었다.

사람을 제멋대로 죽이는 데다, 사람들에게 모두 두렵게 여겨지던 그다. 소하 역시 지금도 초량을 그렇게 좋아하지 않았다.

하지만 철은천주와 싸울 적, 자신의 목숨보다도 앞을 가로막았던 여월을 살리기 위해 움직이던 그의 모습을 보았기에 소하는 굉천도법의 후반부 초식들을 알려주기로 마음먹었다.

카카카캉!

'사람은 변할 수 있는 걸까.'

"나에게, 굉천도법을 가르쳐다오."

어느 날 초량이 소하에게 찾아와 그렇게 말했다.

그의 얼굴에는 전혀 굴욕적이라거나 괴롭다는 감정이 스며들어 있지 않았다.

오히려 초량은 무릎을 꿇고 소하에게 한 마디만을 꺼냈을 뿐이다.

그리고 가만히 그 장면을 바라보고 있던 소하는, 이내 고개를 끄덕여 주었다.

초량의 입에서 흘러나왔던 말.

그는 자신이 틀렸었다고 말했다.

소하는 꽉 이를 앙다물었다. 초량의 뒤쪽에서 솟아난 청아가, 백연검로를 펼치며 그를 몰아붙이고 있었다.

청아는 무당파의 무인들을 미워했다.

그들은 그녀를 핍박했으며 유일하게 그녀를 믿어줬던 사형마저도 바보 취급해 왔었다.

그러나 그럼에도 그녀는 무당파의 무인들을 이끄는 자리에 남았다. 자신이 없으면, 정말로 무당파는 아무것도 아니게 되어버린다는 것을 알았기 때문이다.

마음의 모습은 여러 가지가 있다.

소하는 무림에 나와 그것을 배웠다.

간단히 자신의 추측만으로 재단할 수 있는 것들이 아니라, 각각의 사람마다 수십, 수백 가지의 모습이 존재하고 있었던 것이다.

"여기서 성수로!"

소하의 고함과 동시에 두 개의 검로가 조합되어 뻗어져 나간다. 백연검로는 단순히 여덟 개의 검로만이 아니라, 어떤 검로를 어느 순간에 전개하느냐에 따라 무한히 뻗어나갈 수 있는 장점을 갖고 있었다.

청아는 침착하게 그것을 받아치며 무상기를 일으켰다.

콰라라락!

옆에서 달려드는 초량의 모습. 그는 어느새 청아와 합을 맞추며 소하를 조여 오고 있었다.

두 명의 공격은 소하의 공격과 점차 맞아 들어가며 교착을 이룬다. 소하는 날아드는 도격을 아래로 튕겨내며 씩 미소를 지었다.

"그대로 유지!"

소하의 몸에서 뿜어져 나오는 기세가 점차 거세져 간다. 천양
진기를 더욱 개방해 내는 것이다. 그와 동시에 청아와 초량의 표
정이 굳어지기 시작했다.

천양진기 팔식의 개방. 더군다나 소하 역시 전력으로 두 무공
을 펼쳐내자 받아내기가 버거워진 것이다. 힘 조절이 있다고는
해도 팔에 어리는 충격은 조금이라도 긴장을 놓았다간 뼈가 부
러져 버릴 것만 같았다.

"큭……!"

초량은 고함을 지르며 비영을 휘둘렀다. 도신에 어려 있는 내공
이, 마치 칼날처럼 비산하며 소하의 온몸으로 쏟아지고 있었다.

이전 그가 사용했었던 천장우의 수법이다. 하지만 이제 더욱
더 명료(明瞭)해진 궤적을 보여주고 있었다.

카카카캉!

소하의 굉명이 그것들을 튕겨내며 동시에 사이를 꿰뚫고 연원
이 솟구쳐 나온다.

초량의 뺨을 스쳐 지나가는 칼날. 그는 자신의 인중이 관통당
할 뻔했다는 사실에 등줄기가 서늘해지는 것만 같았다.

"집… 중해라!"

청아는 아슬아슬하게 소하의 검을 막아 세우며 옆으로 그것
을 쳐냈다. 그녀가 아니었으면 초량은 칼날을 언어맞고 날아가
버렸을 것이다.

소하는 두 명을 밀쳐내며 천천히 땅으로 발을 디뎠다.

"좋아. 그럼……!"

콰아아아아앗!

소하의 온몸에서 숫구치는 열기.

천양진기 십육식의 발동이다.

그것에 청아와 초량은 동시에 질렸다는 표정을 지었다.

'여기서 더?'

'미친놈!'

그런 두 사람의 감정은 아랑곳않고, 소하는 여전히 장난스러운 미소를 지을 뿐이었다.

"다시 간다!"

*   *   *

"…골병든다, 골병."

수련을 마치고 찾아온 운요는 혀를 내민 채 나가 떨어져 있는 소하를 보며 고개를 저었다.

"그래… 도… 다들 나아지고 있어서……."

이번에는 자그마치 반 시진이나 버텼다. 처음 십육식을 보았을 때 바로 날아가 버렸던 처음과는 다르게 말이다. 소하의 솔직한 표현에 운요는 허어 소리를 냈다.

"그래도 네 몸이 상하면 안 돼."

"거뜬해요."

손을 들어 보이다 이내 흐느적흐느적 내리는 소하의 모습에 운요는 픽 웃은 뒤 안쪽의 문을 열었다.

"다행히 소저 쪽도 준비가 끝난 것 같군."

그곳에는 금하연이 빙긋 미소를 지으며 서 있었다.

"예. 오늘도 대협께서 시간에 맞춰 와주셨거든요."

소하는 이제 대답할 힘도 없는지 고개만 끄덕여 보일 뿐이다. 금하연은 천천히 안으로 들어서며 소하의 옆에 앉았다.

"시작할게요."

그녀의 손에서 비취빛 기운이 일어나기 시작한다. 내월당의 비형청사공이 발휘되기 시작한 것이다.

내월당은 철저히 자신들의 위치를 숨겨온 비밀문파다. 그 이유는 바로 내월당에 대대로 전해져 오는 이 비형청사공 때문이었다.

소하의 팔과 단전에 손을 올려놓은 그녀는, 이내 천천히 비취빛 기운을 운용하며 소하의 몸으로 흘려보내기 시작했다.

"극양기를 받아들이는 건 조금 아플 거예요."

비형청사공이 절정에 달하자, 소하는 전신이 이완되며 서서히 극양기가 스미드는 듯한 느낌을 받았다.

상대방의 내공을 더욱 강하게 만들어주는 힘. 이것 때문에 언제나 내월당은 고수들의 관심을 받으며 무력에 의해 위협받곤 했었다.

차기 내월당주로 여겨지는 그녀만이 비형청사공을 익혔기에, 금하연이 선뜻 소하를 돕겠다고 나선 것에 다들 놀라는 눈치였다.

환열심환이라는 단약에 대해 처음 들었을 때, 금하연은 그제야 소하의 힘이 왜 그렇게나 강한지에 대해 얼추 추측할 수 있었다. 대환단에 비견될 정도의 영약이라면 능히 일반인을 천하제일의 고수로 만들 수 있지 않겠는가?

그러나 며칠 동안 소하의 내공을 계속해서 증진시키기 위해 비형청사공을 펼치던 그녀는 무언가 위화감을 느꼈다.

'뭔가 이상해.'

극양기는 느껴진다. 그러나 소하의 몸 안에 녹아 있다고 하는 환열심환의 잔재가 전혀 느껴지지 않았다.

'하지만 대협의 내공심법은 점차 강해지고 있어.'

소하는 그것이 아마 환열심환이 아직도 남아 있어 그것이 녹아드는 과정이 아니겠냐며 말했었지만, 금하연은 고개를 갸우뚱할 수밖에 없었다.

내공을 거두며 그녀가 손을 떼자, 소하는 후아 하고 숨을 내쉬며 상체를 일으켰다.

"정말 점점 더 괜찮아지네."

팔을 붕붕 흔들어 보이는 모습, 이전의 피로는 온데간데없다는 표정이었다.

"고마워요."

"아니에요. 다만… 대협."

금하연은 이해할 수 없다는 표정을 지었다.

"그 환열심환이란 약은……."

"자세히는 말해줄 수 없다네."

뒤에서 목소리가 들린 것에 그녀는 당황해 고개를 돌렸다. 문의 옆에는 서약사 모진원이 평소의 무표정인 상태로 서 있었던 것이다.

"고맙네. 봉옥 소저."

앞으로 걸음을 옮긴 그는 소하를 가만히 바라보다 입을 열었다.

"잠깐 자리를 피해줄 수 있겠나? 아무래도 중요한 이야기가 있거든."

"예……?"

그러나 이미 모진원은 그녀가 자리를 떠나기라도 한 것처럼 성큼성큼 안으로 들어서 소하의 옆에 자리한 뒤였다. 결국 금하연은 머뭇대다 몸을 돌릴 수밖에 없었다.

"그럼… 이야기를 할 수 있겠군."

모진원의 등장에 소하는 고개를 까닥이며 의문을 표했다. 갑작스레 그가 이곳에 온 건 그렇다 치고라도, 무슨 이야기를 하고 싶다는 뜻인가?

"환열심환의 기운에는 잘 적응하고 있는 것 같군."

"네. 그럭저럭……."

소하는 손을 쥐었다 펴며 고개를 끄덕였다. 계속해서 천양진기를 개방할수록 환열심환은 더욱 그 기세를 더해 소하를 북돋고 있었다.

"이제 느껴지지는 않지만요."

"알고 있었나?"

소하는 아무 말도 하지 않았다.

모진원은 조용히 소하를 바라보고 있다, 이내 한숨을 푹 내쉬며 말을 시작했다.

"환열심환에 대해 어느 정도는 알아챘겠지. 다른 누구도 아닌 자신의 몸이니까."

소하 역시 최근 들어 확신하게 된 일이다. 단전 내에 잠들어 있다고만 믿었던 환열심환이 어느새 서서히 그 모습을 감추며 사라져 버린 것이다. 그러나 그 기운만은 전신에 남아 끊임없이 양기를 공급하고 있었다.

"환열심환은 단순한 내공 증진을 넘어⋯ 다른 모습을 추구하고자 했지."

모진원이 애초에 노린 것.

"처음에는."

소하는 그것을 알고 있었기에 조용히 말을 이었다.

"왜 그런 영약이 천망산 안에 숨겨져 있을까 궁금했었어요."

왜 환열심환은 천망산 깊숙한 곳에 잠들어 있었던 것인가?

먹은 자에게 가공할 힘을 부여하는 희대의 영약, 더군다나 다른 무언가를 더 요구하지도 않는데 말이다.

"그럴 수밖에 없었던 이유가 있었겠죠."

"그렇지."

모진원은 조용히 고개를 끄덕였다. 그의 눈에는 희미한 죄책감이 깃들어 있었다.

소하의 손이 자신의 단전으로 향했다. 아직까지도 천양진기에 반응해 극양기가 퍼져 나오고 있는 참이다.

"환열심환은⋯⋯."

망설이던 모진원의 입이 조용히 열렸다.

"사람 자체를 환약(丸藥)으로 삼고자 했기에 만든 것일세."

환열심환의 목적.

소하는 그것에 대해서 이야기하고 있는 것이었다. 모진원 역시, 소하가 서서히 그 일에 대해 알아챌 것이라 여겼기에 이곳을 방문한 것이고 말이다.

"의외로군."

그는 조용히 그리 읊조렸다.

"당장 내게 화를 내도 이상하지 않을 상황이거늘."

"시천마를 위해서였나요?"

모진원의 손이 살짝 움찔거림을 보였다. 그 이름, 자신의 심령까지 새겨져 버린 강자의 이름을 듣자 도저히 몸이 반응하지 않을 수 없었던 것이다.

"…그렇지."

모진원은 고개를 숙였다. 도저히 눈을 마주칠 수 없었다. 그역시 초인의 반열에 든 이였지만, 자신이 어떠한 일을 해도 거스를 수 없었던 그 당시의 상황이 떠올라 버렸기 때문이다.

"그는 하늘이 되고자 했네."

모진원은 그 이상에 동경을 품을 수밖에 없었다.

생자필멸(生者必滅).

그렇기에 모두가 결국은 거대한 힘 앞에 무릎을 꿇는다.

시천마는 그것에 자신이 절대적인 힘을 가지는 것으로 저항하고자 했던 것이다.

"그가 익힌 흡성영골을 통해 환약이 된 인간을 흡수한다면…누구보다도 빠르게 환골탈태에 이를 수 있을 테니까."

그러나 그는 사라졌다.

천하오절의 실종 이후, 시천마조차도 나타나지 않았다. 그리고 천망산을 향한 소림을 비롯한 무림맹의 공격에 시천마는 결국 죽은 것이 틀림없다는 결과가 나와 버렸다.

"결국 그 역시 죽음을 피해낼 수는 없었지. 또한··· 그에 버금 간다고 알려져 있던, 천하오절마저도."

모두가 죽었다.

모진원은 그 소식을 듣자 자신이 굳게 믿었던 확신마저도 더 이상 신뢰할 수 없게 되었다. 그는 그 이후로 약사를 그만두고 은둔하게 된 것이다.

"결국 그런 것이네. 사람은··· 하늘을 이길 수 없었어."

운명(運命)에는 저항할 수 없다.

생자는 결국 멸하게 되고, 사자(死者)는 누구도 알 수 없는 암 흑 속으로 사라져 버린다.

"자네는 이제··· 나보다도 강해졌다고 생각하네."

소하는 아무 대답도 하지 않았다. 심지어 그는 모진원이 더 이상 의중을 파악할 수 없을 정도였다.

"그 힘··· 시천마가 추구하고자 했던, 합일의 힘을 지닌 자네에 게는 어떤가."

그는 이전, 수십 년 전 시천마에게 하지 못한 질문을 소하에 게 묻고자 했다.

"이 세상에게, 우리는 대체 어떤 식으로 맞서야만 하는 것인가?"

*　　　　*　　　　*

"몸은 좀 괜찮느냐."

"네."

소하는 눈을 들어 앞을 바라보았다. 그곳에는 구겨진 옷을 그대로 입고 나온 유하원이 있었다. 그는 소하가 이곳에 있다는 소식을 듣자마자 다른 것을 모조리 내팽개치고 발을 옮겼던 것이다.

"시천마의 재림이라니……."

유하원은 이를 악물었다. 그런 자가 나타났다는 것 자체가 전 무림의 위기나 다름없다. 그런데 혁월련을 막기 위해 소하가 나서야 한다니! 그는 당황해 어떻게든 소하를 막고 싶어 이리로 향했었다.

그러나 소하가 어떤 위치를 가지고 있는지에 대해서 자세히 알게 되자, 그마저도 가능하지 않다는 사실을 깨달았다.

광명지주이자 천하오절의 무공을 모두 물려받은 소하의 존재는 전 무림의 희망이나 다름없었던 것이다.

"너무 걱정하지 마세요."

소하는 아버지의 주름진 미간을 보고는 살짝 웃으며 말을 이었다.

"그래도 제법 튼튼해졌으니 어디 가서 다치고 이러지는……."

"소림의 방장을 죽인 사라고 들었나."

훈도 방장을 죽음에 이르게 한 건, 확실히 시천무검에 의한 공격이었다. 소하 역시 그의 공세를 한 번 맞받아 보았기에 시천무검이 어떠한 힘을 지니고 있을지에 대해서는 얼추 추측할 수 있었다.

"네가 상대할 수 있는 게냐?"

"……."

소하는 솔직하게 답하지 못했다. 청아와 운요까지 끼어들어 막았음에도, 손이 저릿거릴 정도의 위력이었다.

혼자 혁월련과 싸운다면 과연 무사할 수 있을까? 자신에게 물어봐도 확답이 나오지 않는다.

"나는… 무섭구나."

유하원의 목소리는 떨리고 있었다.

"너희를 잃고, 하루하루 그때를 떠올려 보았었지."

두 아들이 동시에 사라진 날, 유하원은 자신의 감정을 그 누구에게도 토해내지 않았다. 그저 조용히 삼키고 또 삼키며 하루하루 미쳐 버릴 것만 같은 마음을 달래려 노력할 뿐이었다.

모두가 그 사실을 알고 있었기에 그에게 아무 말도 하지 않았다.

그런데 이제 와서, 다시 소하가 위험에 처하는 것을 보아야 한다는 것이다.

소하의 얼굴은 저절로 어두워졌다. 아버지의 마음도 이해하지만 자신이 이곳에서 섣불리 몸을 뺀다는 건 정말 어리석은 일이라는 것을 느끼고 있었기 때문이다.

잠시 그런 소하를 바라보던 유하원은, 이내 후우 하고 길게 한숨을 내뱉었다.

"운현이와 검을 배우러 갔을 때를 기억하느냐."

소하는 눈을 크게 떴다.

기억하고 있었다.

그때, 소하는 처음으로 형의 차가운 목소리를 들었었으니까.

"무공을 배우지 마라."

유가검공을 배울 적, 소하는 형의 청천벽력 같은 그 말에 크나큰 상처를 입었었다. 자신은 재능이 없기에 운현과 같이 멋진 무림인이 될 수 없다는 사실을 깨닫고는 한참을 방 안에 틀어박혀 있기도 했다.

"전……."

"돌아온 운현이가 다짜고짜 방으로 들어왔을 때는 제법 놀랐었지."

유하원은 그때를 다시 떠올려 보았다. 평소 늘 조용하고 차분하던 자신의 첫째 아들이 얼굴이 붉게 상기된 채로 방에 들어왔을 때가 아직도 생생했다.

"운현이는 네가 '재능'을 타고난 아이라고 말했었다."

소하의 눈이 흔들렸다.

"자신은 따라갈 수도 없는 보석 같은 재능을 가지고 있다고 말했었지."

소하는 운현의 검식을 그대로 따라했었다. 단지 본 것만으로, 운현이 수련을 통해 체득해 낸 검식의 묘리마저도 베낄 수 있었다.

그것을 본 운현은 소하의 재능을 꿰뚫어 볼 수 있었다. 그 역시 상당한 재능을 지닌 자였기에, 자신을 아득하게 뛰어넘는 소하의 힘을 깨닫고는 즉시 소하를 만류했다.

그 재능을 들킨다면 소하는 목숨을 위협받을지도 모른다.

"분가의 입장 때문이었다."

그 이야기를 들은 유하원도 소하에게 무공을 가르치지 말자는 운현의 말에 동의했다. 소하가 그만큼 뛰어나다는 것을 알게 된다면, 분명 본가에서는 소하를 어떻게든 없애거나 무공을 폐하려 들 것이 뻔했기 때문이다.

"하지만……."

유하원은 조용히 소하의 어깨에 손을 짚었다.

"운현이는 네가 행복한 미래를 살아가기를 원했었다."

아버지의 손은 예전보다 더 작고 약해져 있었다.

소하는 가만히 눈을 내렸다.

무서웠었다.

형의 말을 듣게 된 순간, 자신이 인정받지 못하게 될까 두려워 도망치고 싶었다. 그때부터 바깥에 나가 노는 것을 좋아하게 되었을지도 모른다. 그러면 누구도 소하를 붙잡지 않았고, 싫은 말을 하지 않았으니까.

죽어가던 형의 무게가 떠오른다.

자신에게 기대어 서서히 온기를 잃어가던 운현은 마지막까지 소하를 걱정했었다.

"저는."

소하의 손이 유하원의 손을 맞잡았다. 놀란 유하원이 눈을 들자, 그곳에는 당당한 표정을 한 소하가 있었다.

"싸워야 해요."

그 목소리에는 한 점의 망설임도 없었다.

"형과 같은 사람들이… 더 이상 죽지 않도록."

그랬다.

세상의 의(義)를 위해?

정의로움이 사라지지 않았다는 것을 증명하기 위해?

무림맹의 사람들이 부르짖는 그 말들은 소하에게 전혀 전해지지 않았다. 오히려 그런 말을 들을 때마다 나는 정말 그런 것인가, 하고 의문이 들 정도였다.

하지만 아주 간단히.

자신이 더 이상 일어나지 않았으면 하는 일이 있다면 그걸로 충분하다.

소하는 빙긋 웃음을 지었다.

"걱정하지 마세요."

그 말에 무슨 답을 할 수 있을까. 유하원은 조용히 손을 내릴 뿐이었다.

그리고.

드르르륵!

문이 열린다. 안에서는 다급한 표정의 이설이 있었다.

"소하!"

"찾았나요?"

이설은 고개를 끄덕였다. 소하에게 전하기 위해, 서신을 받은 즉시 이리로 온 터였다. 유하원은 자신의 아들이 일어서며 옆에 놓인 무구들을 집어 드는 것을 보았다.

"가볼게요. 아버지."

소하는 그리 말하며 광명을 등에 멨다. 이설이 찾아온 정보가 확실하다면, 지금 당장 밖으로 나서야만 했다.

가만히 아들의 뒷모습을 바라보던 유하원은, 이내 하아 하고 긴 한숨을 내뱉었다.

"많이 컸구나."

이제 자신이 지켜야 하는 아들이 아니다.

그것을 깨달은 그는 살짝 고개를 돌리는 소하에게로 미소를 지어 보였다.

"돌아오면, 네 이야기를 해다오."

"네."

씩 웃은 소하는 이설과 함께 밖으로 나섰다.

방에 홀로 남게 된 유하원은 수심 어린 눈으로 바닥을 쓸었다.

하지만 그것은 이윽고 확고한 의지로 변한다.

"너를 꼭 닮아가는구나. 운현아."

그는, 그저 그 말을 입 밖으로 낼 수밖에 없었다.

*   *   *

"천령협(千翎峽)이라."

제갈위는 그 이름을 입으로 되뇌며 조용히 고개를 까닥였다. 계속해서 밤을 새웠기에, 그의 눈 밑은 시꺼멓게 죽어 있는 상태였다.

"그곳에 월교의 잔당들이 은둔하고 있다는 말인가?"

몸에 붕대를 칭칭 두른 팽역령이 묻자 이설은 고개를 끄덕였다.

"사십을 잃고 얻은 정보예요."

하오문의 일급 정보원들이 제대로 된 정보를 얻기 위해 죽어갔다. 이설은 그렇기에 이번 정보로 시천월교의 뒤를 붙잡았음을 확신했다.

"하지만 하오문이 아니오!"

뒤쪽에서 목소리가 들린다. 이설은 단박에 인상을 찡그렸지만, 지금 이 상황에서 언쟁을 벌이고 싶지는 않았다.

나선 자는 서문세가의 서문렬이라는 자로, 세가주의 자리를 차지하자마자 무림맹에서 한 자리를 얻기 위해 안간힘을 쓰고 있던 자였다.

"그런 자들의 조사로 대규모 인원을 동원했다간……!"

"확실합니다."

이설은 으득 이를 악물었다.

"얼마나 많은 수의 하오문도들이 희생했는지 모르시지 않을 텐데요."

"더 상세한 조사가 있어야 한다!"

서문렬의 목소리에는 강한 힘이 실려 있었다. 모든 세가들이 스스로의 힘을 전부 꺼내어 쓰기 싫어한다는 것을 알고 있기 때문이다.

자신에게 동조하는 자가 많아질수록, 목소리에는 힘이 실린다.

서문렬이 그것을 기대하고 있을 때쯤, 목소리가 들렸다.

"그렇다고 가만히 앉아서 잘난 척하고 있을 때도 아니지."

이죽거리는 목소리.

바깥에서 들어선 선무린은 슬쩍 고갯짓을 했다.

"정확한 위치는 어디지?"

그의 눈은 이설이 아닌, 그녀의 뒤에 서 있는 상처 입은 하오문도들을 향해 있었다.

그중 한 명이 걸어 나온다.

소하는 그를 알아보고는 아, 소리를 내었다.

"…천령협의 꼭대기에 있는 설산(雪山)이오."

말을 꺼낸 자는 하오문의 특급 요원으로 분류되어 있는 일접영이었다.

그러나 소하는 그에게 말을 꺼낼 수 없었다.

온몸에 붕대를 감은 일접영의 오른팔은 텅 비어 있었다.

"그곳에서 월교와 내통한 자들을 확인했소."

팔이 잘려 나가는 와중에도 그는 필사적으로 도망쳤다. 그래
야만 신설 무림맹이 정확한 적의 위치를 특정할 수 있기 때문이
다. 하지만 팔을 잃은 순간 정보원으로서의 가치는 떨어질 수밖
에 없었다.

그것도 가장 소중하다 여겨지는 오른팔이다. 이설은 꾹 입술
을 깨물며 서문렬을 노려보았다.

"도망쳐도 된다. 서문세가."

서문렬의 눈이 선무린에게로 향했다.

"세가를 두고 지금 무슨……!"

"약한 줄 안다면, 끼어들지 않는 것도 방법이다."

그는 가볍게 그리 말한 후 고개를 돌렸다.

"서둘러 출발하는 걸 추천하지. 아마 그놈들이 그리로 향한
이유는……."

"환골탈태한 육신을 가다듬기 위해서일 거요."

구석에 앉아 있던 모진원이 한 마디를 보탰다.

"시천마의 무공을 이어받은 자가, 전설 속에서나 등장한다는 환
골탈태까지 했소. 사실상 우리에게는… 시간이 턱없이 부족하지."

그 말에 모두가 침묵에 빠졌다.

"움직이죠."

소하는 조용히 그렇게 말을 이었다. 그곳에 있는 고수들 역시,

모두 고개를 끄덕일 뿐이었다.

"큭……!"

서문렬이 당황해 숨을 삼키자, 제갈위의 눈이 그에게로 가 머물렀다.

"서문세가의 도움이 없다면 이 계획이 실패할 수도 있습니다."

"그, 그건……."

"전 무림의 생존이 걸린 싸움입니다. 대협. 단순히… 누군가가 죽고, 누군가가 사는 것만이 아니란 말입니다."

다시 한 번 시천월교의 지배를 받게 된다면, 남은 것은 파멸뿐이다. 이미 전 무림맹 소속 문파들이 어떠한 꼴을 당했는지 명백하게 알고 있는 서문렬이었다.

"……."

"모두가 함께 싸워야 합니다."

연대가 필요하다.

제갈위는 그렇기에 섣불리 서문세가를 쳐내고 싶지 않았다.

"알았소."

서문렬은 후우 하고 숨을 내뱉었다.

"무례를 사과하지."

이설은 자신에게로 향하는 서문렬의 눈에 고개를 끄덕여 보였다. 예전이었다면 당치도 않다며 거짓말을 했겠지만, 일접영의 비어버린 팔을 보고 그런 행동을 할 수는 없었다.

"두 시진 뒤 준비를 갖추겠소."

그 말과 동시에 모두가 우르르 달려 나가기 시작했다. 다들 언제라도 나갈 수 있도록 준비를 하고 있던 참이기 때문이었다.

"누나."

사람들이 흩어지던 도중, 소하는 이설에게로 다가와 말을 걸었다.

소하의 눈은, 일접영에게로 가 있었다.

"그 팔⋯⋯."

"날아오는 칼을 피하는 게 고작이었다."

일접영은 씁쓸하게 웃음을 지었다. 초인의 영역에 달한 자의 공격에, 필사적으로 도망친 결과가 이 꼴이다.

"그런 표정을 지을 필요는 없다."

무인이 팔을 잃었다는 건, 모든 것을 잃었다는 말이나 마찬가지다.

이제 그는 자신의 무공을 제대로 사용할 수 없을 것이다. 사실상 은퇴해야 한다고 보는 게 맞았다.

"원래였다면 협곡에 들어서지 않아야 하는 게 맞았다."

자신들의 수준을 아득히 넘어서는 고수들이다. 숨을 쉬는 소리만으로도 위치를 파악당할 수 있었다.

"하지만 그럴 마음이 들지 않았지."

일접영은 조용히 소하를 바라보았다.

그 이유란.

"우리를 사람으로 대해준 자에게, 우리 역시 그렇게 하고 싶었으니까."

"하지만⋯⋯!"

그건 별것 아닌 일이다.

소하는 아주 잠시 묵궤에 관한 일에 관여한 것뿐이다. 그가 이렇게 자신을 버리며 달려들 필요는 없었던 것이다.

"네가 보여준 그 호의만으로도."

일접영은 자신의 비어버린 팔을 바라보았다. 평생 무공과 함께 해온 자신이, 이제 더 이상 검을 쥘 수 없다는 생각까지 이르면 더 비참한 느낌이 들 것이라 생각했었다.

"충분했다."

그는 천천히 몸을 돌렸다.

"자료를 정리해 두지."

"네."

이설은 멀어지는 일접영의 모습을 바라보다, 이윽고 소하에게로 고개를 돌렸다.

"너무 마음 쓰지 마."

그녀는 웃음 지었다.

"우리는 네게 큰 빚을 진 거니까."

그 말.

소하는 조용히 고개를 끄덕일 수밖에 없었다.

"준비는 끝난 건가?"

뒤에서 소리가 들렸다. 어느덧 준비를 마친 구영사태가 아미의 비구니들을 이끌고 등장했던 것이다.

"아마 제갈 대협이 곧 언질을 주실 겁니다."

"그렇군… 너 역시 준비는 해둬라. 아무리 수련했다고 해도 방심은 금물이니."

구영사태는 차갑게 그리 말한 뒤 몸을 돌렸다.

"대협이 걱정돼서 오신 거예요."

그리고 조그맣게 들려오는 자소연의 웃음 섞인 목소리. 그녀는 구영사태가 찌릿 노려보는 것에 놀라 황급히 걸음을 옮겨 사라지고 있었다.

"다들 바쁘군."

멀리서 운요의 목소리가 들렸다. 그는 선무린과의 대무(對武)를 마치고 오는 길인지 온몸이 먼지투성이인 상태였다.

검을 어깨에 걸친 그는 소하를 보며 빙긋 웃었다.

"출발하는 거겠지?"

"네."

소하는 주먹을 쥐어보았다. 시간이 그렇게나 빠르게 흘렀건만, 이상하게도 모든 것들이 생생하게 이 손 안에 쥐어진 것만 같았다.

이상하게도 마음은 차분하다.

소하는 천천히 고개를 들어, 푸르게 펼쳐진 하늘을 바라보았다.

"가죠."

서서히 구름이 바람을 따라 흘러가고 있었다.

第三章
천령

스산했다.

"밤이 되니 춥군."

펼쳐진 들판을 바라보던 무인 하나가 조용히 중얼거렸다. 더위가 조금씩 가시고는 있다지만, 밤이 되면 때때로 계절을 착각할 만큼 차가운 바람이 뺨을 적시곤 했다.

"상황도 상황이니……."

옆에 서 있던 자가 킥킥 웃음을 지었다.

"무림공적이 될 줄이야."

시천월교를 따르는 자는 무림의 대적(大敵)으로 간주된다. 지금 이 자리에 있는 자들은 모두 천령협의 입구를 지키는 무인들이었다.

무림공적이라는 말에 남자는 헛웃음을 흘렸다.

"돌이킬 수 없는 일이란 무섭군."

"뭘 해서 여기로 왔지?"

옆에 서 있는 남자의 비릿한 목소리에 그는 후우 하고 숨을
내뱉었다.

"돈을 훔쳤지."

"진부하긴 하군."

수많은 범죄자들이 살기 위해 시천월교에 붙었다. 강하기만
하다면 누구라도 상관하지 않는다는 규칙 때문이었다.

"먹고 살기 위해선 어쩔 수 없었으니까."

"사람 꽤나 죽였나 보지?"

답은 없었다.

"뭐, 누구라도 그럴 수밖에 없는 게 세상이지."

비릿한 목소리의 남자는 어깨를 으쓱하며 킬킬 웃었다. 스산
한 바람이 계속해서 귓전에 시끄러운 소리를 내며 맴돌고 있었
다.

"그래도 뭐, 시천월교나 무림맹이나……."

그는 고개를 까닥거리며 천천히 허리춤에 손을 댔다.

"우리한테는 다 똑같은 치들이지."

그의 허리에는 독특한 모양의 도가 걸려 있었다. 붉은 수실이
찰랑이는 것에 남자는 조용히 머릿속에서 생각난 무명을 중얼거
렸다.

"백월적도(白鉞赤刀)."

"날 알다니 박식하군."

그의 킬킬거리는 목소리에 남자는 조용히 말을 뇌까렸다.

"스물을 죽였던 살인마를 모를 리 없지."

"다 죽을 만했던 자들이었어."

백월적도는 허리춤의 도를 쓰다듬으며, 씨익 흰 이를 드러냈
다.

"약하면 죽는 게 당연한 법."

그는 시천월교의 강자존이 마음에 들어 이곳으로 왔다. 이곳
이라면 마음껏 사람을 죽인다고 해도 아무도 다른 말을 꺼내지
않기 때문이다.

"이렇게 좋은 곳은 달리 없다고."

"……"

남자는 더 이상 말을 섞기 싫어 고개를 돌렸다. 천령협의 입
구는 그들 외에도 수백에 이르는 무인들이 철통 같은 경비를 서
고 있었다.

"어차피 다들 똑같다고 하지 않았나?"

"흐. 뭐… 다들 이용할 생각이겠지."

그는 손을 펼치며 웃었다.

"그 하오문 조무래기들을 죽일 때 기분 좋지 않았나?"

이곳으로 온 하오문의 요원들은 붙잡힌 즉시 비참하게 죽임을
당했다.

남자는 그것에 눈꺼풀을 떨었다.

하오문의 요원들은 아무도 곱게 죽음을 맞이하지 못했다. 팔
다리를 자르고 자해하지 못하도록 괴롭힌 자도 있었고, 두 눈을
파내고 괴로워하는 꼴을 즐기는 자도 있었다.

"그런 걸 보기 위해… 도망친 게 아니다."

천령 75

"위선을 떠는군."

백월적도는 요원들을 고문하는 데에 적극 지원한 자였다. 아무리 고통에 익숙한 요원들이라 해도, 팔다리를 눈앞에서 잘라 내는 데에 견딜 수 있을 리 없었다.

"다 똑같아. 서로 죽이고 싶어서 무공을 배운 게 아니었나?"

그는 남자를 눈짓하며 클클 웃음을 흘렸다.

"그쪽도 사람을 죽여봤으니 알 텐데. 익숙해지는 게 얼마나 즐거운 일인지."

남자는 더 이상 말할 가치도 없다는 듯 입을 꾹 다물었다.

대답이 없자, 흥이 가신 백월적도는 눈을 들어 천령협의 꼭대기를 바라보았다. 그곳으로 올라간 천주들은 아직 모습을 드러내지 않고 있었다.

"그러니 하나라도 더 죽여놔야 보람차지 않겠어."

그는 서서히 도를 뽑아 들었다.

입가에는 살의에 찬 미소가 맴돈다. 남자가 당황해 눈살을 찌푸린 순간, 백월적도의 손이 옆으로 향했다.

"왔다."

그와 동시에.

멀리서 고함이 들려왔다.

"습격이다……!"

그 소리는 곧 무언가에 의해 사라져 버린다.

동시에 주위에 있던 모든 무인이 무기를 뽑아 들었다. 습격이란 말의 의미를 모두가 알고 있었기 때문이다.

멀리서 달려오는 그림자들이 보인다.

"무림맹 놈들… 기습인가!"

백월적도의 온몸에 내공이 감돌았다. 그 역시 상당한 수준의 힘을 가진 고수였던 것이다.

순식간에 평원을 질주하는 백월적도의 뒷모습을 바라보던 남자는 큭 소리를 내며 쥔 칼을 바라보았다.

"나는……."

잠시 허공에 말을 흘리던 그는, 이내 손에 힘을 주며 땅을 박 찼다.

사방에서는 비명이 울리고 있었다.

베이는 자, 베는 자.

누가 누구인지도 구별하기 힘들 정도로 어둠이 내려앉아 있 는 탓이다.

"큭……!"

남자는 잇새로 신음을 토하며 주위를 둘러보았다. 가끔씩 달 빛에 어른거리는 반사광만이 적의 위치를 알려줄 뿐이었다.

그리고.

"카하하하하!"

백월적도의 맹렬한 고함 소리가 어둠을 울렸다.

"이거다!"

파샷!

사람의 몸이 쓰러지는 소리가 일었다. 내공이 어린 도가 살점 을 찢으며 내는 독특한 소리다.

그것이 너무나도 즐겁다는 듯 백월적도는 고함을 지르며 허공 으로 번쩍이는 도를 치켜들었다.

"이걸 기다리고 있었지!"

희열에 찬 웃음. 그리고 내공이 어린 도가 노란 궤적을 이룬다.

"크아악!"

비명과 함께 무림맹의 무인 하나가 뒤로 넘어졌다. 가슴을 파고든 도격. 이미 핏물이 꿀럭꿀럭 솟구쳐 숨이 넘어가고 있는 상황이었다.

백월적도는 그에게 달려들어 마구 도를 내리꽂았다.

팍! 팍! 팍!

사람의 몸을 내려치며 그는 얼굴과 상체에 튀는 피의 온기에 히죽 미소를 지었다.

"다음!"

백월적도의 몸에서 질풍이 몰아쳤다. 단숨에 그가 익힌 절풍도(折風刀)가 펼쳐지며, 뒤를 기습하려던 무인 하나의 팔을 잘라버렸다.

비명이 나올 틈도 없이 도가 꺾어지며 무인의 목을 베어버린다.

'엄청나군……!'

남자는 인정할 수밖에 없었다. 아무리 마도에 물든 자라고 하지만, 백월적도는 어마어마하게 강했다.

"크, 흐흐흐흐!"

백월적도는 손에 걸리는 살점의 촉감에 미쳐 버리겠다는 듯 고개를 털었다. 머리칼에 걸린 핏방울들이 옆으로 흩날리자 그는 흥겨움을 이기지 못해 고함을 질렀다.

"더 덤벼들어라! 어서, 어서!"

그 모습에 용기를 얻었는지, 시천월교의 무인들은 손을 들어올리며 소리를 질렀다.

"시천월교에 대항하는 놈들을 모조리 없애라!"

"세상은 바뀐다!"

그 고함에 백월적도는 더욱 의기양양해지고 있었다.

그의 평생 누군가가 이렇게 자신을 응원한 적은 없었기 때문이다.

어릴 적부터 누군가를 죽여야만 살아남을 수 있는 삶이었다.

파각!

백월적도는 달려드는 무인 하나의 머리를 칼로 내려치며, 그 반동으로 시체를 끌어당겨 옆으로 내던졌다. 단단한 두개골에 박힌 도가 빠져나오자 그는 그 기세를 타고 그대로 땅에 발을 디뎠다.

두 번째 무인의 옆구리를 베어내며, 백월적도는 씨익 웃음을 지었다.

모두가 그를 미워했다.

사람을 죽이는 힘을 가진 그를 기피하며 두려워했다.

누구도 똑바로 바라봐 주지 않았다.

'바로 지금이다.'

백월적도는 웃음이 멈추지 않을 것만 같았다. 평소에는 전혀 웃을 일이 없었던 그였지만 싸움을 할 때만큼은 즐거움이 용솟음치며 온몸을 가득 채웠다.

그가 살아갈 공간은 이곳밖에 없었기 때문이다.

"카하하하핫!"

입에서는 계속 웃음이 터져 나온다.

붉은 핏물이 얼굴을 물들임에도 그는 계속해서 앞으로 달렸다. 심장이 터져 버릴 것 같이 뛰지만, 그것마저도 즐겁다는 듯 웃었다.

이걸 원했었다.

강한 것으로 모두에게 인정받을 수 있는 세상을.

그 순간.

콰라라라락!

무언가가 날아온다.

거칠게 백월적도가 칼을 휘두른 순간, 번개가 그에게로 충돌했다.

번쩍이는 불빛에 모두가 눈을 동그랗게 떴다. 허공에서 날아든 누군가가 거칠게 도를 휘두르며 백월적도와 맞붙은 것이다.

"크흐흐흐!"

백월적도의 입에서 웃음이 흘러나왔다.

"뭐가 웃기지."

그에게 도를 부딪친 이는, 조용히 땅에 내려앉으며 바직이는 내공을 발산했다.

"이제야 싸워볼 놈이 나왔으니까!"

"대충 알겠군."

마치 번개가 현신(現身)한 것 같다.

남자를 포함한 모든 시천월교의 무인들은 그런 생각을 할 수밖에 없었다.

번개를 두른 무인.

굉령도 초량은 옆으로 도를 내리며 중얼거렸다.

"넌 죽여도 되는 놈이야."

"과연?"

백월적도는 고개를 옆으로 숙였다. 팔에 어리는 얼얼함. 초량이 가진 힘이 상당하다는 뜻이다. 그는 그것에 더욱 즐거워짐을 느끼며 도를 치켜들었다.

"죽이기 재미없는 놈들만 있어서 아쉬웠는데……!"

백월적도가 땅을 박차자, 어마어마한 소음과 함께 모래가 눈앞을 메웠다.

그는 직선으로 뚫고 나가며, 초량에게로 도를 내리찍었다.

"날 즐겁게 해봐라!"

초량은 가만히 선 채로 그것을 바라보고 있을 뿐이었다.

"흠."

그 말과 동시에.

써석!

백월적도는 격렬한 통증을 느꼈다. 아픔. 머리로 전해지는 통증이 줄어들기도 전에 전신에 번개가 내리박히는 것만 같았다.

베였다.

초량은 들어 올린 비영을 내리며, 천천히 고개를 돌렸다.

"나름 재빠르기는 하군."

본능적으로 상체를 뒤틀어 왼팔을 방패로 내밀었다.

그 덕에, 목이 잘려 버릴 뻔한 것을 막긴 했지만 왼팔이 사라져 버린 것이다.

백월적도는 비어버린 자신의 팔을 바라보다, 이윽고 카악 소리를 내며 신음을 뱉었다.

"이… 놈……!"

"어설프군."

초량은 조용히 도를 겨누며 중얼거렸다.

"아까는 즐겁다더니만."

콰라라라랏!

번개가 치솟는다.

어둠을 환히 밝히는 번개.

그 모습에 시천월교의 무인들은 저도 모르게 그쪽을 응시할 수밖에 없었다.

"사람을 죽이는 것만 즐거웠던 거겠지."

"크, 으으으으!"

백월적도의 미간이 와락 찌푸려졌다.

팔을 잃었다.

피가 지나치게 많이 흐른다. 벌써부터 의식이 희미해지려는 참이다.

하지만 그것보다도, 그는 자신의 뒤에서 보내는 성원(聲援)이 사라져 버렸다는 것에 격한 분노를 느꼈다.

"건방진 놈!"

고함과 동시에 땅을 박찬다.

"나도 그랬다. 아니, 지금도 그럴지도 모르지."

초량은 그런 백월적도를 가만히 바라보며 도를 들어 올렸다.

"하지만……"

콰라라라라라!

하늘이 울린다.

동시에 백월적도는 자신의 몸이 둥실 허공에 뜨는 것을 느꼈다. 강렬한 내공의 격류에 휘말린 탓이다.

초량은 베어낸 비영을 허공에 튕기며 나직이 중얼거렸다.

"그게 역겹다는 걸 이제야 알겠군."

몸이 조각조각 나뉜 백월적도가 땅으로 철퍽 소리를 내며 떨어지자, 곧 뒤쪽에서 무림맹의 무인들이 앞으로 달려 나오기 시작했다.

'틀렸다.'

남자는 자신이 죽는다는 사실을 직감했다.

이곳에 있는 자들은 모두 시천월교의 '버림패'다.

무림맹의 무인들을 묶어두며, 수를 줄이는 시도를 해볼 만한 버림패들. 그렇기에 멀찌감치 떨어져 위험하면 피할 생각이었다.

하지만 백월적도가 죽는 모습을 본 순간, 모두 포기할 수밖에 없었다.

초량은 그를 아득히 뛰어넘는 고수였다.

다가온다.

번개를 두른 초량은, 남자에게 있어 무시무시한 괴물처럼 보였다.

입을 떼지만, 아무 말도 나오지 않는다. 한 마디를 내뱉는 순간 그의 도가 번개처럼 목을 잘라 버릴 것만 같았다.

"아, 으……."

다리가 떨린다. 오들오들 떨리며, 식은땀이 등을 타고 흘러내렸다.

눈앞에는 과거가 그려졌다.

사람을 죽여서라도 구하고 싶었던, 아내의 죽어가던 모습이 아릿하게 가슴을 적셨다.

그리고.

"투항(投降)하는 놈들은 잡아서 묶어라."

초량은 남자를 지나치며 주변에 말을 전했다. 그와 동시에 무림맹의 무인들이 움직이기 시작한다.

무기가 떨어지는 소리.

시천월교의 무인들이 무릎을 꿇으며 항복을 표시하자 남자 역시 힘이 빠져 자기도 모르게 무릎을 꿇었다.

"왜……?"

남자의 입에서 허탈한 목소리가 흘러나왔다. 한 수면 자신을 핏덩이로 만들 수 있거늘 초량은 그를 죽이지 않았다.

고개를 돌리지 않은 채, 초량은 천령협을 올려다보며 대답했다.

"다 부질없는 일이다."

불빛이 인다.

이쪽에서 보낸 신호를, 천령협에 잠입한 다른 쪽에서 마주 보내고 있던 것이다.

"성공했군."

"뒤쪽에 보고하겠습니다!"

무림맹의 무인이 달려 나가자, 초량은 가볍게 비영을 들어 칼집에 꽂아 넣었다.

"싸우지 않을 거면 살아남아라."

초량은 남자를 돌아보며 중얼거렸다.

그와 동시에.

풀숲 사이에서 수많은 무인이 나타나기 시작한다. 그들은 달려 나오며, 단숨에 초원을 메우고 있었다.

귓전을 두들기는 고함 소리. 수백에 이르는 무인들이 무기를 든 채로 천령협으로 돌격하고 있는 것이다.

그 사이에 선 채로, 초량은 싸늘한 눈으로 말을 이었다.

"그래야만 길을 발견할 수 있으니까."

남자는 이해하지 못했다.

하지만 앞으로 나아가기 시작한 초량을 보며 무언가를 느낄 수 있었다.

그 역시 아직 망설이고 있다는 것을.

"대협!"

여월의 목소리가 들린다.

"아직 안 갔나."

초량은 그녀를 보며 인상을 찡그렸다. 무림맹의 무인들 중, 무공이 약한 이들은 뒤로 물린 터였다.

"하, 함께 가겠습니다!"

여월은 칼을 꼭 쥔 채로 분연한 표정을 지었다.

"대협이 구해주신 목숨인걸요!"

"방해된다."

하지만 여월의 표정은 여전히 굳은 결의를 담은 채였다.

가만히 그녀를 노려보던 초량은, 이내 흥 소리를 내며 고개를 돌렸다.

"중턱으로 가서 합류한다."

"예!"

앞으로 나서는 무인들을 바라보며, 초량은 후우 하고 길게 숨을 내뱉었다.

"어디… 보도록 하지."

멀리서 빛이 어른거린다.

마치 태양과도 같은 노란빛.

그것을 보며 초량은 가볍게 주먹을 움켜쥐었다.

"네놈은 어떤 생각을 할지."

                    *   *   *

"크아아악!"

퍼억 소리와 함께 옆으로 날아간 무인은 벽에 들이받으며 그대로 의식을 잃었다.

두 명을 걷어차 날려 보낸 소하는, 이내 반동을 이용해 빠르게 몸을 위로 튕겼다.

파파파팍!

세 명의 무인이 어깨를 얻어맞으며 주저앉는다. 소하의 움직임은 그야말로 신출귀몰해, 다가선 이들이 도저히 맞붙을 수가 없는 상태였다.

"이, 이게 뭐야!"

"너무 빠르잖…… 크악!"

뒤로 날아가는 무인들의 모습. 소하는 그들을 모조리 쓰러뜨린 뒤, 가볍게 몸을 돌렸다.

"가죠!"

"…그래."

청아는 질렸다는 표정으로 고개를 젓더니만, 이내 소하의 뒤를 따랐다.

"뭐… 대단한 거야 이미 알고 있었으니."

그녀의 뒤를 따르던 운요는 가볍게 고갯짓을 하며 아래쪽에서 올라오는 신호를 보았다. 그와 동시에 뒤쪽에 따라온 목연이 신호를 보내기 위해 연통(煙筒)을 꺼내기 시작했다.

"제갈위가 세운 계획대로군."

가벼운 책략이라고 할 수 있을 것이다. 산의 가장 초입에서부터 큰 소란을 내, 인원들의 시선을 모조리 그리로 집중시킨다. 그리고 여러 군데에서 동시다발적으로 습격을 시작하는 것이다.

"하오문 사람들 덕이에요."

그들이 모아온 정보 중 하나는 지도였다. 천령협을 마치 자기 집 안마당처럼 자세하게 그려놓은 지도 덕에 대략 일곱 군데에서 동시에 쳐들어갈 수 있었던 것이다.

그리고 소하 일행이 택한 길은 가장 험준하고 가파른 곳이다. 상대적으로 경비가 적었기에 모조리 쓰러뜨리고 지나갈 수 있었던 것이다.

"그럼……."

신호와 동시에 고함 소리가 들려온다. 사전에 짜놓은 계획대로였다.

"자고 있는 놈들까지 모조리 깨우자구."

운요는 씩 웃으며 위를 올려다보았다. 천령협으로 가는 가장 빠른 길. 거의 깎아지른 듯한 절벽이 있는 곳이다.

"무당산보다 편해 보이는데?"

소하가 중얼거리자, 청아는 픽 웃음을 흘렸다.

"당연한 소리를 하는군."

그녀의 몸이 위로 솟구친다. 순식간에 절벽을 밟으며 올라가는 모습. 소하는 그것에 몸을 돌렸다.

"여기서 왼쪽으로 내려가면 합류할 수 있어."

목연은 그것에 연통을 든 채로 고개를 끄덕였다. 무공이 약한 그로서는 여기까지 쫓아오는 게 한계였던 것이다.

"소, 소하 형님."

목연은 조심스레 목소리를 냈다.

"조심하십시오."

그 말에 소하는 긁적긁적 관자놀이를 긁었다.

"누가 그렇게 불러주니까 엄청 어색하다."

그러나 이내 그는 씨익 웃으며 목연의 어깨를 두드려 주었다.

"그래!"

그러고는 질풍이 된다.

소하는 단숨에 절벽을 밟으며 위로 튕겨 오르기 시작했고, 곧 운요 역시 그 뒤를 따랐다.

목연은 조용히 아래를 내려다보았다. 그곳에서는 무림맹의 정예들이 빠르게 움직이며 천령협의 정면으로 쳐들어가고 있는 모습이 보이고 있었다.

굳게 주먹을 쥔 목연이 모습을 감추자, 이내 소하는 더욱더 발에 힘을 넣으며 절벽을 박찼다.

세 명의 몸이 빛살이 되어 솟아오른다.

"중턱에 이르면 갈라진다."

운요는 빠르게 땅을 밟으며 말을 이었다.

"모여 봤자 시선을 끌 뿐이라는 건 알겠지?"

처음에는 몇 명의 고수들을 한데 묶어 내보내려 했지만 제갈위의 생각은 달랐다.

여러 명의 고수를 산개시켜 각 천주들을 상대하게 만든다. 물론 천주 하나하나가 어마어마한 고수이기 때문에, 합공하는 것도 망설이지 말아야 한다는 전제가 있었다.

"당연한 일이지."

청아는 고개를 돌리며 아래를 내려다보았다. 벌써 정면에서는 시천월교의 무인들이 달려 나오며 싸움을 벌이고 있었다.

"최대한 빨리 끝내야 한다."

오래 끌수록 더 많은 사람이 죽어간다. 청아의 말에 소하는 굳게 고개를 끄덕이며 발에 힘을 주었다.

퍼엉!

절벽의 바위가 부서지며 소하의 몸이 위로 솟구치기 시작한다. 그에 따라 운요와 청아도 더욱 가속했고, 두 명은 빠르게 절벽을 오르며 이내 중간에 난 평지로 가볍게 착지했다.

쿠우우우우……!

먼지와 함께 진동이 울린다.

"후우."

운요는 발을 툭툭 턴 뒤, 고개를 들어 옆을 바라보았다.

"이쯤이면 꽤 한적해질……."

그는 말을 끝내기도 전에, 안쪽에서 시천월교의 무인들이 나타나는 것을 보며 한숨을 내뱉었다.

"수는 없구만."

"이쪽에 적이 있다!"

"죽여라!"

괴성과 함께 몰려든다. 운요는 허리춤에 찬 검에 손을 올리며 가볍게 그것을 뽑아 들었다.

"빠르게 뚫고 간다!"

청아 역시 백련을 쥐며 앞으로 쏘아져 나가고 있었다.

파칵!

칼을 든 자의 머리가 뒤흔들린다. 단숨에 휘둘러진 칼날이, 그의 옆얼굴을 두들긴 것이다.

튕겨 나가며 땅을 나뒹구는 모습. 그러나 죽지는 않았다. 청아는 내공을 실은 검을 튕기며 전신에서 흰 기운을 내뿜기 시작했다.

"몸풀기로 제격이군."

광오해 보이지만, 그녀의 전신에서 뿜어져 나온 무상기는 단숨에 시천월교의 무인들을 사로잡기 시작했다. 이제까지 소하와 다른 무인들과의 싸움을 통해 청아 역시 나름대로의 성장을 보였던 것이다.

"월교천세!"

고함과 함께 검은 무복을 입은 자들이 덤벼든다.

"시천월교에 미친놈들이로군."

운요는 쯧 소리를 내며 숨을 들이켰다.

콰아아아앗!

바람.

단숨에 그의 검에서 질풍이 몰아치며 덤벼드는 자들의 몸을 잘라 나갔다. 팔과 다리를 베어 단숨에 행동을 불가능하게 만드는 모습이었다.

"잡다한 놈들은 얼른 보내 버리고, 어서……!"

파아앗!

청아의 몸이 번개처럼 움직여 운요의 앞을 가로막았다.

빛살이 직격하는 모습.

"이런!"

운요가 당황해 소리를 쳤지만, 청아는 이내 그런 운요를 제지하며 칼을 내렸다.

"괜찮다."

청아는 검신을 눕혀서 공격을 받아낸 것이다. 그녀는 아직도 떨리고 있는 백련의 검신을 바라보다, 이내 눈을 들어 앞을 바라보았다.

"이런 식으로 보기는 처음이군."

그녀의 눈이 가늘어졌다.

"곡원삭."

풀숲이 흔들린다. 그리고 그 사이에서 모습을 드러낸 건, 잔뜩 핼쑥해진 곡원삭의 모습이었다.

"이런 곳으로 온다고 눈치채지 못할 줄 알았나."

그의 목소리에는 살기가 등등한 상태다. 그런 곡원삭을 노려 보던 청아는, 이윽고 주변에서 포위 진형을 갖추는 무인들을 보며 나직이 읊조렸다.

"먼저 가라."

"하지만……."

"여기서 힘 뺄 필요는 없어."

그녀는 칼을 겨누며 천천히 전신에서 흰 기운을 퍼뜨렸다.

"진짜 상대는 시천월교의 천주라는 자들이지 이놈이 아니니까."

"건방진 년이!"

곡원삭의 다섯 손가락에 빛살이 깃들었다. 선양지를 다시 사용하려는 것이다.

그러나 청아가 빨랐다.

파아아앗!

그녀의 칼날이 직선으로 내찔러져 온다. 그와 동시에 운요와 소하가 옆으로 갈라졌고, 무인 두 명이 나자빠지는 동시에 두 명은 두 갈래로 갈라지며 산길을 향해 사라지기 시작했다.

"큭!"

처음부터 갈라지기로 상의했던 상황이다. 청아는 후욱 하고 숨을 들이키며 가볍게 땅을 내리밟았다.

쿠우웅!

내공이 어린 발은 단순히 구르는 것만으로도 주변에 진동을 만들어낸다.

"그럼……."

그녀는 흰 기운을 몸에 두르며 차갑게 중얼거렸다.

"빠르게 처리하고 따라가야겠군."

*　　　*　　　*

괴성이 들린다.

달려드는 시천월교의 무인 한 명을 베어 떨어뜨린 구영사태
는, 이윽고 눈을 돌리며 전장을 훑어보았다.

'이상하군.'

第四章
쟁두

괴성이 들린다.

달려드는 시천월교의 무인 한 명을 베어 떨어뜨린 구영사태
는, 이윽고 눈을 돌리며 전장을 훑어보았다.

'이상하군.'

적들의 기세는 흉험하다. 그러나 막상 상대해 보니 실속이 없
는 자들이 가득하다는 느낌이 들었다.

'초입(初入)에 위치한 이들이라면 당연한 일이겠지만……'

콰콰콰!

구영사태의 손에서 펼쳐진 삭풍이 단숨에 세 명을 베어 넘어
뜨렸다. 지금 와서 손속을 봐줄 만큼 그녀는 유한 자가 아니었
다.

"가라! 가서 무림맹의 명예를 드높여라!"

자신들이 압도해 나간다는 것을 깨닫자, 희열이 가득 그들의 표정을 뒤덮고 있었다. 구영사태는 그런 자들에게 역겨움이 일었지만, 이내 몸을 돌려 빠르게 칼을 휘둘렀다.

"아미의 제자들은 앞으로 나서라!"

그녀의 입에서 앙칼진 고함이 터져 나오자, 곧 자소연을 포함한 아미의 무인들이 앞으로 뛰쳐나오며 칼을 휘두르고 있었다.

"사태! 이대로라면 금방 중턱으로 도착할 것 같습니다!"

자소연의 목소리에 구영사태는 더욱더 인상을 썼다.

'시천월교 놈들이 이렇게 가만히 당할 리는 없다.'

천주들의 모습도 거의 보이지 않는 상황이다. 그것에 으득 이를 악문 구영사태는 앞으로 더욱 발을 디디며 협곡의 안으로 들어섰다.

어둠이 깔린다. 달려들던 무인들의 시체를 밟아 넘어서며, 그녀는 주변을 둘러보았다.

"어둡군. 모두 감각을……!"

까앙!

그녀는 말을 멈춤과 동시에 칼을 들어 공격을 막아내었다.

"아아악!"

뒤쪽에서 소리가 들린다. 구영사태처럼 기민하게 반응하지 못한 탓이다.

"살수다!"

무림맹의 무인 하나가 고함을 질렀다. 어둡고 축축한 늪 안쪽에서 칼을 뻗어온 것은 검은 무복을 전신에 둘러쓴 살수들이었다.

"하는 짓거리를 보아하니… 백사문(栢蛇門)이로군."

구영사태는 자신을 공격한 살수의 가슴을 베어버린 뒤 인상을 썼다.

'유인책?'

그녀의 감각에 주변이 잡히기 시작한다. 대략 살수의 수는 이백이 넘고, 위쪽에서는 다른 자들이 무기를 준비하며 공격을 가하기 시작한다.

퓨퓨퓨퓨퓻!

"암기다!"

그 소리를 들은 자소연은 다급히 칼을 휘둘렀다.

카카캉!

독침들이 떨어져 내리는 모습. 그녀는 코에 어리는 시큰한 냄새에 소름이 끼쳤다.

"이런……!"

"침착하게 반응해라!"

구영사태는 내공을 끌어 올리며 자신의 몸 주위를 은은히 비췄다. 차가운 물이 발목까지 잠겨 있는 거대한 공동(空洞). 천령협의 안쪽으로 들어가기 위한 제대로 된 입구는 이곳밖에 없었다.

"그 작자들이 이런 걸 좋아하진 않을 테고……."

구영사태는 숨을 죽인 채 기회를 노리는 살수들을 노려보며 중얼거렸다.

"곡 가 놈의 짓이로군."

곡원삭이 짜놓은 함정. 그것에 그녀는 후욱 하고 숨을 들이 컸다.

"뒤로 물러서라!"

그 고함과 동시에 구영사태는 빠르게 칼을 휘둘렀다.

쩌저저적!

단숨에 휘둘러진 검풍은 물을 가르며 주변의 벽을 내리부수고 있었다.

파아악!

날아드는 암기를 쳐내 버린 그녀는 노기 어린 목소리로 고함쳤다.

"당문(唐門)은 부끄럽지도 않느냐!"

그 말에 무인들이 웅성거린다.

지금 그녀가 말한 문파의 이름은 무림 구대문파 중 하나로 이전 세대의 무림에서 큰 명성을 떨쳤던 문파의 이름이었다.

사천당문.

그리고 위쪽의 절벽에 서 있는 남자는 천천히 윤곽만 보이는 모습을 드러내며 말을 이었다.

"살아남기 위해서는 수단을 가리지 말아야 하는 법."

사천당문의 문주인 당화령(唐花伶)은 뱀과 같이 싸늘한 목소리로 중얼거렸다.

"당신은 아직도 시대를 보지 못하는 것인가?"

"약해 빠진 놈……."

구영사태는 노기 어린 눈을 내리며 천천히 검을 들어 올렸다. 그녀의 난피풍검이 펼쳐지려 하고 있는 상황이었다.

"타인에게 기대기만 하는 작자가 입만 번지르르하구나."

"이제까지 모든 무림이 그래왔었지."

당화령은 손을 들어 올렸다. 그와 동시에 주변에서 당문의 문도들이 암기를 든 채로 모습을 드러내기 시작했다.

'포위됐다.'

그녀는 인상을 쓰며 칼자루를 움켜쥔 손에 힘을 더했다.

물러선다면 피할 수야 있겠지만, 그러면 다른 쪽으로 숨어들어 간 자들이 더욱 곤란해져 버린다.

여기서 많은 희생을 감수해야만 천령협으로의 공격을 안전하게 수행할 수 있는 것이다.

당화령은 어둠 속에서 안광을 빛냈다.

"결국 모든 건 강자의 손에 놀아나는 법이었지 않는가. 시천마가 그러했고… 호랑이가 사라지자 여우들이 들끓었지."

피잉!

구영사태는 날아드는 침 하나를 받아 넘기며 으득 이를 악물었다.

지금 당화령은 자신이 압도적인 우위에 서 있다고 확신하는 중이다. 그렇지 않았다면, 이런 식으로 여유를 부리며 공격을 펼치지 않을 리가 없었다.

'위험하군.'

암기를 사용하는 데에 있어 명망 높은 사천당문이 시천월교의 지배를 받아들이리라고는 생각하지 못한 탓이다.

그녀는 인상을 찡그리며 뒤쪽을 바라보았다. 무인들 몇몇은 서서히 물러서고 있었지만 살수들의 습격 역시 신경 써야만 했다.

"그러니 차라리 더욱 강한 쪽을 따르는 게 옳다고 여겼다네."

구영사태의 머리가 빠르게 여러 가지 방법들을 생각해 냈다. 하지만, 그 어떤 방식으로도 피해를 줄이면서 당화령을 죽일 수는 없었다.

분하지만 그는 강하다.

사천당문에서 절대로 넘기지 않았던 고수. 그는 당문에서 유일하게 초인의 경지에 이른 자였다.

'결국······.'

어떻게든 싸워야만 한다.

"그런가."

구영사태가 피해를 감수하고 공격을 명령하려는 순간.

뒤쪽에서 들리는 목소리가 있었다.

그곳에서는 선무린이 저벅저벅 앞으로 걸어 나오고 있었다. 그의 옷에는 이미 살수들의 피가 흥건히 묻어 있는 상황이었다.

"만천화우(滿天花雨)로 유명한 사천당문이······."

그들의 암기술은 무공의 경지를 넘어 예(藝)에 달한다고 여겨지곤 했다.

"당대에 이르러서는 상당히 하찮아졌군."

"검렵."

당화령은 비죽 웃었다.

"오대천주들 앞에서는 제대로 나서지도 못했던 패배자가 이제 와서 주절대려는 건가?"

검렵 선무린은 천주들과의 싸움에서 패배했다. 그 후로 그는 무림을 돌아다니며 칼을 사냥하는 일만 전전할 뿐이었다.

당화령은 그렇기에 그를 무시했다.

선무린이 아무리 강한 듯 군다고 해도 패배를 견디지 못하고 약한 자들만 상대하는 나약한 이라고 여겼기 때문이다.

"이야기할 가치도 없다."

당화령이 손이 앞을 향했다.

"모조리 죽여라."

그 소리와 함께 당문의 문도들은 암기를 겨누기 시작했다.

그 순간 선무린의 손은 자신의 칼자루를 붙잡았다.

그것을 본 구영사태의 눈이 일그러졌다.

"뒤로 물러서라!"

그녀의 찢어질 듯한 고함. 그와 동시에 선무린은 피식 미소를 머금었다.

콰아아아아아아아!

굉음.

그와 동시에 거대한 참격이 쏟아져 나가며 당화령과 주변의 당문도들을 휩쓸었다.

지축(地軸)이 울린다.

동시에 모든 이들이 머리를 부여잡으며 몸을 수그렸다. 동굴을 통째로 붕괴시키기라도 하겠다는 듯, 어마어마한 참격이 그대로 주변을 휩쓸어 버린 것이다.

"이런 멍청한……!"

구영사태는 고함을 질렀다. 붕괴되지 않았기에 망정이지 주변이 모조리 휩쓸려 버리는 참격을 쏘아낸다면 모두 깔려 죽어버릴 수도 있었던 것이다.

"안 죽었으면 됐지 않나."

선무린은 가볍게 그리 답하고는, 이내 고개를 들어 앞을 바라 보았다.

"자, 어디……."

쿠르르르릉!

위쪽의 돌이 무너져 앞쪽을 뭉갠다. 몇 명의 당문도는 돌무더 기에 깔려 끔찍한 육편(肉片)이 되어 있었다.

"이제 좀 제대로 나오려나."

그 안에는 온몸에 내공을 두른 당화령이 있었다.

"…흠."

그는 자신의 손을 내리며 조용히 인상을 찡그렸다. 어느덧 천 장의 구멍에서 빛이 새어 나오고 있었다.

"얌전히 죽었다면 고통스럽지는 않았을 것이다."

"이쪽이 할 말이로군."

선무린은 조용히 옆으로 자신의 검을 내리며 히죽 웃음을 지 었다.

"구영사태. 나머지를 맡아주면 좋겠어."

"건방진 놈. 누구에게 명령을 하는 거냐."

구영사태는 칫 소리를 내며 고개를 돌렸다.

"진형을 펼쳐라!"

그 말과 동시에 아미의 무승들이 옆으로 흩어지기 시작했다. 사전에 제갈위를 통해 짜놓은 진법을 펼치려는 것이다.

"그럼… 이제 둘만 남았다."

선무린의 눈이 위로 향하자 당화령은 으득 이를 악물며 땅을 박찼다.

쿠우우!

그의 몸이 내려앉는 동시에 당화령의 양 소매에서 길쭉한 칼날들이 튀어나와 붙잡히고 있었다.

"후회하게 될 거다, 검렵."

"이쪽이 할 말이라니까."

능글맞게 웃은 선무린은 천천히 옆으로 검을 내리며 눈을 번득였다.

"자, 덤벼라."

                    *   *   *

콰아아아앗!

청아는 쏘아져 오는 빛을 피하며 거칠게 고개를 뒤흔들었다.

'과연……'

선양지는 만박자의 독분부공이라 하여 오래도록 누림에 공포스러운 무공으로 전해져 왔다.

"네년이 만에 하나라도 이길 줄 알았다면."

곡원삭은 부드득 소리가 나도록 이를 갈아붙였다.

"머리가 어떻게 된 게 아니냐고 답해주지."

확실히 그는 강하다. 양 손가락 끝에서 너울너울 퍼져 나오고 있는 노란 기운. 선양지를 극성으로 익힌 증거였다.

청아는 무상기를 사방으로 펼치며 숨을 들이켰다. 하지만 그녀에게 있어 곡원삭이 얼마나 무공을 수련했는지는 그다지 중요하지 않았다.

땅을 밟는다.

동시에 청아는 흰 빛살이 되어 그에게로 솟구쳤다.

팟!

뺨을 스쳐 지나가는 칼날. 곡원삭은 이를 드러내며 오른손을 휘둘렀다. 손에 어린 기운들이 궤적을 그리며 마치 채찍처럼 청아의 몸을 후려갈기고 있었다.

그러나 그녀의 몸은 마치 연기처럼 사라져 버린다. 제운종의 보법으로 완급을 주어 공격을 아슬아슬하게 피해낸 것이다.

동시에 쏘아지는 주연로. 곡원삭은 갑작스레 자신의 눈앞으로 다가온 검봉에 놀라 몸을 뒤틀었다.

"크윽!"

그의 입에서 신음이 토해져 나왔다. 청아의 검은, 그의 콧잔등에 상처를 남기며 옆으로 비껴 나간 것이다.

"입만 주절대는 자라고 생각했는데."

청아는 뒤로 몸을 옮기며 차갑게 중얼거렸다.

"그럴 만한 수준은 되는군."

"네… 넌……!"

곡원삭의 두 눈에 핏발이 섰다.

그는 지금 상당히 초조해진 상태였다.

'나를 버리고, 잘될 거라고 생각하느냐! 시천월교 놈들!'

그는 필사적으로 살아남기를 원한 자였다. 시천월교의 건재한 힘을 보았고, 소림의 훈도 방장이 베여 나가는 모습도 보았다. 그렇기에 도망치는 이들에게 합류해 힘을 더하고 싶다 말했던 것이다.

그러나 그런 곡원삭을 차갑게 바라보던 만검천주 성중결은 그를 다른 이들과 똑같이 취급했다.

'나를 그딴 놈들과!'

그는 불을 토해낼 것만 같은 표정으로 청아에게 손을 내뻗었다.

피이이잉!

단숨에 날아가는 선양지.

그는 청아를 어서 죽여 버린 뒤, 소하와 운요를 뒤쫓으려 했다.

자신의 공을 인정받기 위해서다.

어차피 청아는 무당파의 백연검로를 이어받았다고만 알려졌던 자다. 그녀가 얼마나 강한지, 어떤 활약을 했는지에 대해 알려져 있는 바가 없었다. 곡원삭은 그렇기에 그녀의 실력을 한참 아래로 판단하고 있었다.

아무리 무상기가 내난한 심법이라 여겨진다고 해도, 사신의 앞에서는 무력할 게 당연했다.

"애초에… 네놈들 같은 작자들이 문제다."

곡원삭은 양손의 선양지를 한데 집중시키고 있었다. 선양지의 기술 중 가장 빠르고 강력하다는 일원지(一元指)를 사용하려는 것이다. 내공의 소모가 크긴 하지만, 그 기술 앞에서 이제까지 쓰러지지 않은 적은 없었다.

"자신의 한계를 모르는 병신들"

세상은 무한(無限)하지 않다.

누구나 자신의 끝을 가진다.

여기까지다. 나는 나아갈 수 없다.

곡원삭은 그것을 신비공자에게서 느꼈다.

진정 천하인(天下人)의 가치를 지닌 그를 본 순간, 자신이 얼마나 비천하고 무력한 존재인지를 깨달았던 것이다.

그런 이에게 굴복해야만 한다. 곡원삭은 분하지만 그것을 인정했다. 이제까지 계속 타인을 굴복시키고 비참하게 만들어왔던 그였기에, 누구보다 그 사실을 확실하게 알 수 있었던 것이다.

신비공자는 혁월련을 이기지 못했다.

머리가 두 쪽으로 갈라진 채, 시체는 거적에 감겨 황야(荒野)에 매장되었다.

그렇게 강해 보였던 그자 역시도 결국 형편없는 꼴이 되어 죽었다.

그렇기에 곡원삭은 혁월련에게 충성하기로 마음먹었다. 그러한 힘을 가진 자의 밑에 있다면, 자신은 절대로 신비공자처럼 비참한 죽음을 맞게 되지 않을 테니까.

"너희 같은 놈들이 있어… 혼란(混亂)이 일어난다."

"자기 멋대로로군."

청아는 곡원삭의 말을 일축하며 검을 들어 올렸다.

"넌 그냥 포기한 것뿐이잖아."

그녀의 몸에서 흰 기운이 피어오른다. 그것은 마치 상서(祥瑞)로운 날개와 같이, 서서히 주변으로 깃을 펼치며 날아오를 것만 같았다.

"자기 힘으로 살아가는 것을."

뿌드득 소리가 난다. 곡원삭은 청아의 말을 듣자마자, 머리에 불꽃이 차오르는 것만 같았다.

"이년!"

일원지가 뿜어져 나간다.

이전, 만박자가 익히기 전의 선양지는 빠른 발출과 내공의 분화(分化)를 통해 무수한 수의 지풍(指風)을 쏘아내는 무공이었다.

하지만 만박자 척위현은 그 무공을 강렬한 극양기를 통해 쏘아내는 열선(熱線)의 무공으로 바꿨다.

완급을 자기 마음대로 조절해 더욱더 사용하는 데에 있어 다양한 방식을 취할 수 있게끔 만들어낸 것이다.

두 줄기의 열선이 날아간다.

청아는 그것들을 피해내며 백련을 든 손을 옆으로 펼쳤다. 동시에 흰 연기가 뻗어 주변을 가득 채우고 있었다.

백연검로의 칠로, 영운로가 응축된 열선들을 모조리 꺾어버리며 허공에 흰 궤적을 그렸다.

단숨에 쓰러뜨린다.

청아는 그렇게 결단을 내리며 거침없이 백련을 앞으로 뻗었다.

그리고.

곡원삭의 입가에 비릿한 미소가 걸렸다.

그의 왼손가락들이 한데로 뭉친다.

그와 동시에 그곳에 응축되었던 거대한 열기가 청아에게로 쏟아져 나갔다. 선양지의 절초인 일원지가 이제야 펼쳐진 것이다.

빠르다.

청아는 저도 모르게 영운로를 펼치던 손을 그쪽으로 향했다. 그 미지의 열기를 접한 순간 그것을 베어내야겠다고 여긴 것이다.

곡원삭의 입가가 벌어졌다.

'걸렸군!'

웃는다.

그와 동시에 일원지의 빛줄기는 수백 갈래로 갈라졌다.

칼에 닿기 전에 갈라진 빛줄기들은 마치 혜성(彗星)인 양 청아의 온몸으로 틀어박혔다.

투두두두두두두!

땅에 명중한 빛줄기가 지반을 녹여 버리며 연기를 피운다.

몇 발이 맞지 않았더라도, 한두 번 급소에 명중했다면 그것으로 끝이다.

"역시 어리석군……."

곡원삭은 클클 웃음을 흘렸다. 내공의 소모가 격심해 속을 게우고 싶은 마음이 들었지만 청아의 시체를 확인하는 게 먼저였다.

"건방지게 주절대는 것만으로는……."

그리고 연기가 갈라진다.

그곳에서는 전신에 흰 기운을 두른 청아가 앞으로 돌진하고 있었다.

가린 왼팔에서 연기가 피어오른다. 목과 심장을 노렸던 열선을 막아내기는 했지만, 팔에는 둥그런 구멍이 뚫려 있는 모습이었다.

"무슨!"

곡원삭은 당황할 수밖에 없었다. 청아는 붉게 변한 왼팔을 옆으로 치우며, 전신에서 연기를 뿜어내었다.

'이, 이년!'

그는 당황할 수밖에 없었다.

청아는 그 무수한 빛줄기를 본 순간 모조리 방어한다는 것이 무리라는 사실을 깨달았다.

그렇기에 자신이 죽지 않는 것만을 중시했다.

급소를 막고 그 이외에는 최소한의 내공으로 보호했다.

그녀의 허벅지와 어깨, 다리에는 끔찍한 구멍이 뚫려 있는 모습이었다.

곡원삭은 정신을 차리려 노력했다.

'아무리 그렇다고 해도 만신창이인 것에는 변함이 없다!'

그의 양손에서 선양지가 뿜어져 나온다. 청아가 달려들기 전에, 먼저 쳐서 거꾸러뜨리려는 것이다.

그러나 청아는 백련을 멈추지 않았다.

영운로가 아니다.

그녀는 이윽고, 흰빛으로 변모한다.

백연검로의 마지막 검.

"할아버지가 이걸 만든 이유는."

소하가 그녀와 함께 팔로를 수련하며 말해주었던 것이 있었다.

그리고 그 이야기는 아직까지도 그녀의 마음을 잔잔하게 울리고 있었다.

백연검로의 최종식.

백연로가 단숨에 일곱 줄기의 선양지를 꺾어 부수며 곡원삭의 가슴을 찔렀다.

푸화악!

"크아아아악!"

새된 비명이 쏟아진다. 찔린 곡원삭은 땅을 튕겨 나가며 데굴데굴 굴렀다. 단순히 칼을 맞은 것만이 아니라, 거대한 내공의 무게가 전신을 분탕질했기 때문이다.

청아는 큭 소리를 내며 몸을 멈췄다.

전신에서 연기가 피어오른다.

무상기로 막았다 해도 피부가 녹고 구멍이 뚫리는 것은 피할 수 없었던 탓이다.

"너는… 모른다."

그녀는 숨을 몰아쉬며 곡원삭을 노려보았다.

"소중한 것들을 지키기 위해서일 거야."

누구보다도 빨리.

자신의 소중한 이들을 위협하는 적을 막아내기 위해 만들어진 검술.

청아는 백련을 꾹 쥐며 천천히 팔을 내렸다.

"이, 으으으으아아!"

곡원삭은 온몸이 타들어가는 고통에 비명을 질렀다.

"이미 늦었다."

청아는 후우 하고 숨을 내뱉으며 걸음을 옮겼다. 어서 다른 이들에게로 합류해야만 했다.

"크, 그르르……!"

곡원삭은 땅을 마구 쥐어 잡으며 일어서려 하고 있었지만, 이미 속이 전부 타들어간 뒤였기에 도저히 움직일 수 없었다.

"그런… 다고 너희가…….."

그는 위액을 토해내며 필사적으로 말을 이었다.

"시천월교를… 이길 수 있을 것 같으냐……!"

"그런 문제가 아니야."

청아는 곡원삭을 무시하며 고개를 들어 올렸다.

중턱의 싸움이 점차 커져가는 듯 나무들 사이에서 굉음과 함께 먼지가 피어오르고 있었다.

"그저… 빛을 따라가는 것뿐이지."

누운 곡원삭의 눈이 허탈하게 허공을 향한다. 그는 이미 몸을 뒤집을 수도 없는 상황이었다.

청아와 곡원삭의 눈은 산 정상으로 가는 길의 노란빛으로 향해 있었다.

소하의 천양진기다.

그것을 본 청아는 담담히 웃었다.

*   *   *

'두 명.'

소하는 판단을 내리자마자 그대로 팔을 뻗었다.

두 명의 무기가 얽혀들며 단숨에 굉명에게로 끌려든다.

"크악!"

짧은 비명 소리. 순식간에 의식을 잃은 두 명이 쓰러지자, 소하는 앞으로 눈을 옮기며 달려드는 시천월교의 무인들을 보았다.

"수준이 높아졌군."

운요는 한 명의 목을 검병으로 찍어 기절시킨 뒤, 고개를 들었다. 천령협의 중턱을 넘어 위쪽으로 가는 길목에 이르자, 점차 이곳을 지키는 이들의 수준이 높아지고 있었다.

중심지로 접근하고 있다는 증거다.

그리고.

쿠우우우우우!

소하와 운요는 동시에 고개를 숙였다. 막대한 내공의 파문이 사방으로 대기를 타고 퍼져 나가는 중이었던 것이다.

"이건……."

운요의 인상이 살짝 일그러졌다. 예상을 초월한 힘의 파동이 느껴져 왔기 때문이다.

무언가가 천령협 안에 있다. 운요는 자신의 팔에 돋아난 소름을 보며 숨을 들이켰다.

"장난이 아니구만."

마치 마굴(魔窟) 같다.

거대한 내공의 격류가 뭉쳐져 있는 느낌. 발을 딛자마자 빨려들 것만 같았다.

"이대로 접근하면……."

운요는 말을 잇던 중 소하를 보고는 놀란 표정을 지었다.

그는 똑바로 천령협의 안쪽을 바라보고 있었다. 운요가 도저히 알 수 없는 표정을 한 채로 소하는 가만히 생각에 잠긴 채였다.

"온다."

소하의 말이 끝나는 순간, 천령협의 안쪽에서 검은 무복을 입은 자들이 빗발치기 시작했다.

모두가 칼 하나만을 찬 채로, 살기등등한 모습을 한 모습이었다.

"천검순시대."

나직한 목소리가 흐른다.

운요는 허, 하고 웃음을 흘렸다.

"여기서부터 상대하게 될 줄은 몰랐는데."

그 목소리에는 희미한 긴장이 섞여 있었다.

"시천월교의 일번대(一番隊)이자……."

길의 가운데에 서 있는 여인은 온몸에서 강렬한 매화향을 흩뿌리며 입을 열었다.

"가장 강한 무인들만을 모아놓았지."

냉옥천주 미리하는 땅에 선 채로 조용히 손을 뻗었다.

"경고하마. 여기서부터는 들여보낼 수 없다."

천검순시대가 자리하는 것에, 소하는 후우 하고 한숨을 내뱉었다. 냉옥천주 미리하가 나섰다는 건, 그만큼 지금 상황이 그들에게 있어서도 위급하단 것을 의미했다.

소하는 광명을 꺼내 들며 앞을 바라보았다. 미리하는 전신에서 붉은 기운을 흘리며, 천천히 오른팔을 들어 올리고 있었다.

"왜 막는 거지?"

소하는 의문을 표했다. 미리하는 분명, 이전 소하를 은근슬쩍 도운 적이 있었다. 마치 혁월련이 이끄는 시천월교가 마음에 들지 않는다는 듯 말이다.

그런데 지금 와서 갑작스레 길을 막으며 덤벼들 자세를 취하고 있다니?

"…너희는 모른다."

그녀의 눈에 어두운 살기가 맴돌았다.

"우리가 보아온 세계가 어떤 것인지."

양손에 맺히는 붉은 기운. 그녀의 독문무공인 혈음매화가 발동하려 하는 것이다.

"천검순시대는 자세를 갖춰라!"

그녀의 입에서 찢어지는 고함이 울리는 순간, 흑의를 입은 천검순시대는 동시에 칼을 들어 올렸다.

"시천월교의 천검순시대라면……."

운요는 인상을 찡그리며 칼을 들어 올렸다. 무언가 알 수 없는 시큼한 냄새가 코끝을 간질이고 있었다.

"무림맹과의 싸움에서 전멸했을 텐데."

미리하의 두 눈에서 서늘한 냉기가 흘렀다.

"운요 형!"

소하의 입에서 고함이 터져 나오는 것과 동시에 공간을 가르며 한 흑의인이 날아들었다.

써걱!

단숨에 지반이 갈라진다. 칼을 내려치는 순간, 강렬한 충격이 땅을 두들긴 것이다.

운요는 즉시 검을 휘둘러 그의 공격이 빗나간 틈을 타 머리에 칼날을 명중시켰다.

캉!

그러나 운요는 오히려 자신의 손에 남는 둔탁한 충격에 인상을 써야만 했다. 사람의 살점을 베는 소리가 나지 않았다. 오히려 둔탁한 쇠를 때리는 듯한 느낌이 전해져 왔던 것이다.

"무슨……?"

그가 당황해 물러서는 순간 흑의인이 머리에 썼던 두건이 흘러내리는 모습이 보였다.

그것에 소하마저도 눈을 의심할 수밖에 없었다.

머리의 반이 없다. 반은, 어디서 났는지 모를 철통으로 둘러씌워져 얼기설기 꿰매져 있는 모습이었다.

눈은 이미 생기를 잃고, 허옇게 떠 있는 상태다. 그는 그런 상태로 입을 쩍 벌리더니만, 이내 거칠게 칼을 휘둘렀다. 그 칼에는 노란 내공의 기운이 담겨 있었다.

"큭!"

운요는 고개를 뒤로 빼며 칼날을 피해냈고, 자신의 기세를 이기지 못한 흑의인은 몸을 휘돌리며 다시 자세를 잡았다.

"뭐야. 이거… 시체잖아?"

운요는 인상을 쓰며 그리 중얼거렸다. 분명 시체였다. 잘린 머리를 쇠로 메우고, 몸에는 얼기설기 찢겨진 상처들을 메운 흔적이 있었다.

"이전부터 시천월교의 혈음매화는 이러한 무공이었지."

미리하는 음산한 목소리를 내며 양손을 들어 올렸다.

그러자 수십이 넘는 흑의인들이 동시에 움직이기 시작했다.

"죽어서도 시천월교에 충성할 자들을 위하여."

"미쳤군!"

운요의 몸에서 청량선공이 들끓었다.

"죽은 자를 모욕하는 짓거리를 미화하지 마라!"

"무슨 문제가 있지?"

미리하는 고개를 슬쩍 옆으로 기울였다.

"너희가 가진 그 무기는 사람을 죽이기 위한 것이 아니었나?"

그녀의 두 눈에는 살의가 진득하게 배어들어 있었다. 이전, 소하를 보며 희미한 웃음을 짓던 그 모습은 어디서도 찾아볼 수 없었다.

"어차피 서로가 죽이기 위해 만난 것이라면, 그 수단에 의미가 있을 리 없지."

소하는 몸을 살짝 앞으로 수그렸다. 미리하의 전신에 운집한 내공이 곧 주변을 뒤덮는 것을 보았기 때문이다. 혈음매화가 극성으로 발동되며, 주변을 아릿한 매화향으로 메우기 시작했다.

"그 누구도."

까가가각……!

시체 중, 뼈가 비틀려 죽은 시체들이 거칠게 움직이기 시작한다.

뭉쳐진 뼈가 풀리고, 고개가 들어 올려지며 앞을 바라보기 시작한 것이다.

"하늘을 막을 수는 없어."

미리하의 마지막 말과 동시에 천검순시대는 전신에서 내공을 발하며 달려들기 시작했다.

소하는 즉시 굉명을 허공에 휘둘렀다.

쩌어어엉!

두 명의 몸이 날아가지만 그 사이를 넷이 메운다.

콰콰콰콱!

칼날이 내리꽂히는 것에 소하는 위로 뛰어오르며 오른손을 크게 뒤로 젖혔다.

굉천도법의 공파!

동시에 쏟아지는 거대한 참격이 흑의인들을 후려 갈겼다.

굉음과 함께 먼지가 피어오르지만, 소하는 뒤로 물러서며 후우 하고 숨을 내뱉었다.

"단단하네."

내공을 둘러 육체를 강화시킨 탓인지, 그들은 소하의 참격을 맞고서도 꿈틀거리며 움직이고 있었다.

'아프지 않아서 그런 걸지도.'

시체는 고통을 느끼지 않는다. 그저, 미리하의 명령에 따라 움직이는 인형이 되었을 뿐이다. 그렇기에 몇 명은 손목이나 어깨가 부러졌음에도 아무렇지 않게 움직이고 있었다.

"그럼……."

소하는 천천히 굉명을 뒤로 향하며 고개를 뚜둑 꺾었다. 뒤쪽

에 선 미리하는 이제 전신에서 붉은 증기를 방출하고 있는 것만
같았다.

 냉옥천주로 불리며 시천월교의 주축이 되었던 그녀다. 더군다
나 그런 미리하가 부리고 있는 것은 시천월교에서 가장 강하다
는 천검순시대의 시신들, 아직 그 체내에 남은 내공과 무공의 흔
적은 그대로였다.

 "빨리 뚫고 나가야겠네요."

 "동감이다."

 운요 역시 지금 이 무공을 사용하고 있는 미리하를 우선적으
로 쓰러뜨려야 한다는 사실을 느꼈다.

 "피해 있지."

 운요의 무공은 여기서 그다지 도움이 되지 못한다.

 그 말에 고개를 끄덕인 소하는, 이내 후욱 하고 숨을 들이켰
다.

 천양진기의 개방.

 동시에 태양과도 같은 빛이 소하에게서 뿜어져 나왔다.

 그리고.

 콰아아아아앗!

 앞에 있던 세 명의 흑의인이 하늘을 난다. 동시에, 그들은 무
언가에 거세게 얻어맞기라도 한 듯 움푹 찌그러지고 있었다.

 미리하의 눈에 이채가 감돌았다.

 빠르다.

 소하는 전력으로 질주하며, 동시에 공기를 후려갈겨 그들을
날려 버린 것이다.

마치 날개가 펼쳐진 듯하다.

천영군림보로 단숨에 그들 사이로 파고든 소하는, 조용히 허리에 찬 연원을 뽑아 들며 눈을 빛냈다.

천양진기 팔식.

그와 동시에 주변에는 폭풍이 몰아쳤다.

콰오오오오오!

미리하의 두 눈에 경악이 어린다.

순간 천검순시대의 시체들은 허공을 날더니만, 이내 거대한 폭풍에 휩싸이기 시작한 것이다.

조각조각 찢겨진다.

단숨에 주변을 휩쓸어 버린 삭풍(朔風)은, 이윽고 허공으로 솟구쳐 오르며 그 잔재를 올려 보냈다.

눈앞이 흰 안개로 가려진 것만 같았다.

거대한 바람의 벽은, 이윽고 미리하가 숨을 내쉬는 순간 그 안쪽을 내보였다.

콰르르르르르!

머리가 흩날린다.

바람은 마치 거대한 충차처럼, 그제야 소하의 지배에서 풀려나며 사방으로 충격파를 방출했다.

"크으윽!"

미리하는 밀려나며 저도 모르게 고개를 숙였다.

손에 걸리는 내공의 기운이 사라졌다.

"시원하네."

소하는 그리 중얼거리며 굉명을 내렸다.

"안 끼어들길 잘했군."

운요는 뒤에서 혀를 내두르고 있던 참이다. 소하는 천양진기로 끌어 올린 내공을 단숨에 펼쳐내는 것과 함께 광천도법을 사용해 주변 일대를 모조리 휩쓸어 버린 것이다.

미리하는 자신의 무공이 허탈하게 풀려 버렸다는 사실에 멍한 표정을 지을 뿐이었다.

"넌……."

"더 이상 할 게 없다면."

소하는 연원을 칼집에 꽂아넣으며 광명을 등에 걸쳤다. 싸우지 않겠다는 뜻이다.

"지나가도 되겠죠?"

미리하의 눈앞에 보이는 것은 거대한 절벽이었다.

자신이 어떠한 수를 쓰더라도, 도저히 넘을 수 없는 거대한 벽. 소하의 무공은 어느새 그녀를 아득히 넘어서 있었던 것이다.

오대천주 중 미리하의 무공이 가장 약한 축에 속한다고 해도, 그녀 역시 고수의 반열에 드는 인물이다. 더군다나 천검순시대를 동원한다면 초인에 이른 이들이라 해도 애를 먹을 수밖에 없는 일이리라.

그러나 그런 생각들 속에서도 가장 크게 그녀의 머리를 메운 것은.

"왜 날 죽이지 않는 거지?"

그것이었다.

운요는 아무 말도 하지 않았다.

소하 역시 가만히 그녀를 쳐다보고 있을 뿐이었다.

"싸울 마음이 없었죠?"

"뭐?"

미리하의 눈이 일그러진다. 소하는 그런 그녀의 속을 모두 들여다보고 있다는 듯 그녀의 눈을 바라보며 말을 이었다.

"시간을 끌 마음으로 여기 왔던 거겠죠. 안 그러면… 이런 식으로 덤벼들진 않았을 테니까."

미리하의 능력은 차라리 중턱에 있는 무림맹의 무인들에게 더 유용하게 먹혔을 것이다. 그러나 그녀는 굳이 이곳에서 소하를 막으러 나섰다.

미리하는 숨을 몰아쉬며 고개를 들었다. 아직 그녀의 혈음매화는 전부 해제되지 않았다. 조각조각이 난 시체들도, 필사적으로 움직이려 살점을 퍼덕이고 있는 상황이었다.

하지만.

"그럼, 지나갈게요."

소하의 말 한 마디에 모조리 스러져 버린다.

미리하는 으득 이를 악물었다.

"너희는… 알지 못하니 그렇게 아무렇지 않겠지."

소하는 몇 걸음을 더 걷는다.

"무림은 멸망할 거야."

그녀는 쭉 생각하고 있었던 끔찍한 예감을 입 밖으로 토해놓았다.

"모두… 죽을 거라고."

"그걸 막고 싶어서."

소하는 고개를 돌렸다.

"다들 여기 있는 거예요."

미리하는 고개를 돌렸다. 그녀의 두 눈에는 이전과는 전혀 다른 감정이 스며들어 있었다.

"왜 그럴 수 있지?"

무림은 도산검림(刀山劍林).

서로가 서로를 집어삼키는 공포의 공간이다.

그럼에도, 어찌 소하는 자신만이 아닌 타인을 위해 지금 이렇게 목숨을 걸고 나설 수 있다는 말인가.

그녀는 그것이 궁금했다.

처음 소하가 달려들어 혁월련을 날려 버릴 때부터, 어린아이의 치기가 서서히 대의(大義)로 변해갈 때부터.

"소중한 사람들이 있으니까요."

그것을 마지막으로, 소하는 돌아보지 않은 채 앞으로 향하기 시작했다. 천령협의 깊은 안쪽으로 들어가는 그의 발소리에 미리하는 무릎을 꿇으며 주저앉았다.

반박할 말들이 수백 개도 넘게 떠올랐었다.

어린아이의 개소리라고.

그저, 세상을 제대로 알지 못하는 녀석이 제멋대로 쏟아내는 말이라고 쏘아붙였어야 했다.

하지만 그럴 수 없었다.

"나도⋯⋯."

그러고 싶었으니까.

미리하는 으득 이를 악물며 고개를 숙였다.

운요는 순간 자신의 청량선공에 말려드는 붉은 기운을 느꼈다. 미리하의 손에 막대한 내공이 집약되기 시작한 것이다.

"끈질기군……."

그녀의 오른손에 엉긴 기운은 마치 불꽃처럼 타오르고 있었다. 운요는 긴장한 눈으로 그녀를 노려보며 칼을 겨누었다. 만약 그녀가 길을 지나가게 두지 않는다면, 어쩔 수 없이 싸움이 일어날 수밖에 없었다.

그러나.

푸우욱!

운요와 소하의 눈이 동시에 일그러졌다.

미리하의 손이 자신의 하얀 목을 파고들었다.

손가락을 타고 떨어지는 붉은 핏물은 이내 솟구치며 줄줄 흘러내리기 시작했다.

"나는… 이미 늦었어."

그녀의 입술에 미소가 걸렸다.

사람을 죽였다.

셀 수 없이 죽였고, 짓밟고, 유린했나.

울부짖는 자들 역시 모조리 죽였다.

그것이 당연한 일이라고 여겼기에, 강자가 지배하는 이 세상에서 살아남기 위해서는 어쩔 수 없다고 느꼈기에.

손을 빼내자, 새빨간 핏물이 손가락을 타고 방울방울 떨어져 내렸다.

미리하의 눈이 소하를 향했다.

"당신……."

소하는 숨을 삼켰다. 그녀가 선택한 답이, 결국 이런 것이 되기를 바라지 않았기 때문이다. 그러나 미리하는 담담히 웃고 있었다.

"네 말이 맞다."

내공이 필사적으로 육신을 살리기 위해 피를 지혈한다. 그녀는 그렇기에 확실하게 손으로 살점을 잡아 뜯어버렸던 것이다.

"바랐던 건 아주 작은 일이었는데."

소중한 사람들과 함께 살아나가는 것.

어린 시절부터 간절히 바랐던 일이 아니었던가.

"그럴 수 없었어."

붉은 피가 그녀의 목을 타고 흘러내리며 몸을 덮는다. 상체를 타고, 바닥으로 뚝뚝 떨어져 내리고 있었다. 운요마저도 제대로 말을 꺼내지 못하는 광경이었다.

"외면했으니까."

강해지기 위해서.

어느 순간부터 목적을 잊었다.

그녀는 허탈하게 웃었다. 아니, 어쩌면 자신은 이제까지 알고 있었는지도 모른다. 그러나 점차 자신이 되돌릴 수 없는 일들이 커지고 커져가자, 스스로 외면해 버린 것에 가까울 것이리라.

입가에서는 계속 웃음이 흐른다.

"가라."

그녀는 소하와 운요를 바라보며 말했다.

내공이 너울너울 퍼져 나간다.

결국 죽음이 다가오는 것을 인지하자, 그녀의 몸에서 퍼져 나오는 내공은 작은 가루가 되어 허공으로 번져 나가고 있었다.

소하와 운요는 결국 발을 돌린다.

두 명이 천령협 안으로 사라져 가자, 그녀는 입술을 꽉 깨물며 서서히 희미해져 오는 시선을 하늘로 보냈다.

"처음이네."

그녀는 흐려지는 의식 속에서도 웃음을 흘렸다.

스스로가 내린 결정이 이리도 후회가 없을 줄이야.

*　　　　*　　　　*

"당문이라고 해서 사실 무시했는데."

선무린은 하아 소리를 내며 툭툭 신발을 털었다.

"생각보다 성가시군."

당화령은 으득 이를 악물었다. 양손에 낀 비도를 천천히 내린 그는, 이내 자신의 어깨에서 흘러내리는 핏물을 보며 인상을 썼다.

'짜증 나는군.'

자신들이 가장 유리함을 보일 수 있는 장소로 유도한 뒤 공격까지 했다. 그러나 갑작스레 선무린의 공격으로 진형이 분쇄되고, 난전이 되어버린 것이다.

이 상태에서 가장 빨리 승기를 거머쥘 수 있는 방법은 단연 이들을 이끄는 당화령이 주도권을 잡는 일밖에 없었다.

하지만 강하다.

선무린은 그가 흩뿌린 비도들을 모조리 튕겨 버린 것도 모자라 각지에 설치된 암기들까지 돌파하면서 전진해 왔던 것이다.

"이제 내놓을 게 없나?"

선무린은 히죽 웃음을 지었다. 그것이 성질을 돋우는 것에 당화령은 입술을 피가 나도록 깨물며 양손을 들어 올렸다.

"놈!"

그와 동시에 일곱 개의 빛살이 날았다. 당문의 정교한 비술인 철향표(鐵響憬)가 펼쳐진 것이다. 그것은 각각 속도의 차이를 보이며 단숨에 선무린에게로 달려들고 있었다.

카카캉!

그의 칼이 회전하며 두 개의 비도를 쳐냈고, 단숨에 그는 기세를 살려 다음 비도를 비껴내려 했다.

하지만 당화령의 손에서 그 순간 침이 쏘아져 나갔다. 철향표라는 것은, 방어가 뛰어난 상대를 단숨에 제압하기 위해 만들어진 무공이었다.

완급(緩急)의 조절을 통해 상대가 막아내는 순간 그대로 여러 개의 비도가 쏘아져 나가는 기술.

당화령은 선무린이 이번에도 막을 수는 없으리라 확신했다.

그 순간.

선무린의 왼손이 허공을 갈랐다.

콰아아악!

단숨에 내공의 격류가 뻗어 나오며 비도들의 궤적을 꺾어 땅으로 떨어지게 만들고 있었다.

"너무 자만하는 거 아니냐?"

선무린은 어이없다는 듯 피식 웃었다.

"이딴 잔재주를 써대다니."

"끝이 아니다!"

당화령의 소매 아래에서 침들이 쏟아져 나갔다. 그러나 선무린은 그것마저도 검신을 옆으로 세워 막아낸 뒤 심드렁하게 어깨에 걸쳤다.

"서두르지 않으면 다 죽을 거다."

이미 상황은 거의 기울었다.

당화령이 막히고, 암기술을 사용하는 이들이 진형을 이루지 못한 채로 싸우고 있는 상황이었다. 더군다나 이곳에 있는 무림맹의 무인들은 전부 상당한 무공을 지닌 이들이었다.

자신의 부하들이 비명을 지르며 죽어가는 모습에 당화령은 으득 이를 깨물었다.

"전해지는 소문으로는… 사천당문의 비술들이 점차 사장(死藏)되고 있다던데."

재능이 뛰어난 자에게 모든 기술을 몰아주는 전통을 가졌던 사천당문이다. 암기란 그만큼 위험하고 비밀스러웠기에, 재능을 갖지 못한다면 애초부터 배울 수 없도록 의도된 것이다.

"이번이 가장 심각하다더군. 그저 당문이라는 이름만 세운 채 거들먹거리는 자들이 대부분이라더니……."

피를 뿌리며 쓰러지는 당문도들. 아미의 무승들을 상대하기가 버거웠던 것이다.

"사실이었나 보지?"

"닥쳐라!"

당화령의 입에서 고함이 쏟아져 나왔다.

하지만 그것을 부정할 수는 없었다. 그가 시천월교에 붙은 것은, 바로 당문의 무공이 유례없이 떨어져 가고 있었기 때문이다.

당화령을 비롯해 다섯도 안 되는 숫자만이 비술을 배울 수 있었고, 그것을 극성까지 다룰 수 있는 자는 오직 당화령 뿐이었다.

사실상 당문은 붕괴의 위기를 맞고 있었던 것이다.

"네놈이 뭘 안다고……!"

"꺼내라."

선무린은 고개를 꺾으며 중얼거렸다.

그 순간 그의 전신을 내공의 기운이 둘러싸고 있었다.

"만천화우."

당화령의 몸이 덜컥 멈췄다.

선무린은 가만히 칼을 겨눈 채로 그를 바라보고 있었다.

"네놈들이 한 선택을 돌릴 수는 없다."

괴성이 들린다.

서서히 무너지는 시천월교의 무인들.

아무리 다른 자들이 나타난다고 해도, 지금 이 상황에서 당화령을 비롯한 당문의 문도들이 무언가를 할 수 있을 리가 없었다.

쏴카악!

뒤에서 기습하려는 살수 하나의 머리가 쪼개지며 핏물이 튄다.

"그럼 최소한 멋지게 죽어보라고."

선무린은 주변에 가득 뿌리고 있는 내공을 번득이며 당화령을 바라보았다.

"무림인이잖아."

그 말에 당화령은 헛웃음을 뱉었다.

"개소리를."

그의 양손에 길쭉한 봉 두 개가 붙잡힌다. 그와 동시에, 막대한 내공의 기운이 그의 단전에서부터 양팔을 감싸기 시작했다.

"원한다면… 보여주지."

분위기가 바뀐다.

마치 주변의 공기가 송곳으로 변한 양, 날카롭게 몸을 찔러오고 있었다.

당가비전(唐家秘傳)이라 불려왔던 만천화우가 그 모습을 드러내려 하고 있었다.

선무린은 천천히 검을 뒤로 옮긴다.

그 역시 내공을 전력으로 전개해 주변을 감싸고 있었고, 자연스럽게 다른 무인들은 그들의 싸움에서 벗어날 수밖에 없었다.

구영사태는 두 명의 몸을 잘라내며 고함을 질렀다.

"검렵에게서 떨어져라!"

무공의 수준이 높은 그녀이니만큼 가장 먼저 선무린과 당화령 사이의 분위기를 읽어낸 것이다.

아미의 무승들이 피하는 것에 선무린은 씩 웃으며 손을 옆으로 향했다.

"덤벼라."

"웃기지 마라, 검렵."

당화령의 두 눈이 시뻘겋게 물들었다. 가득 찬 내공이 그의 전신을 파괴하고 있는 것이다. 그러나 그는 아무 상관을 하지 않았다.

"네가 받아내는 거다."

그의 양 소매에서 수십 개의 암기들이 쏟아져 나오기 시작했다.

침(針).

비도(飛刀).

철추(鐵錐).

눈으로 숫자를 헤아리기 어려울 정도의 암기들은, 이윽고 떠올라 허공을 가득 메웠다.

뒤에서 그걸 바라보던 사천당문의 문원들이 당황함이 어린 신음을 내뱉을 정도였다.

"무슨······!"

"가주!"

당화령은 손을 위로 치켜들었다.

그와 동시에, 모든 암기들은 일제히 살아 있는 양 선무린에게로 그 칼끝을 겨누었다.

그리고.

그가 주먹을 쥐는 순간.

수백을 넘는 암기들이 허공에서 솟구치며 내리꽂히기 시작했다.

파아아아아아!

마치 소나기가 내리는 것만 같다.

쏟아지기 시작하는 암기들은 선무린의 살점 하나조차도 남기지 않겠다는 듯 무시무시한 기세를 지니고 있었다.

선무린의 온몸에서 내공이 폭출해 나오며, 그는 자신의 오른팔을 거세게 휘둘렀다.

굉음과 함께 쇳소리가 들린다. 그의 참격에 얻어맞은 암기들이 휘어지며 이곳저곳으로 튕겨 나가는 것이다. 아무리 내공의 기운을 사용한다 해도, 투척(投擲)한 암기들을 모조리 조종할 수는 없으리라는 생각에서였다.

참격에 휩쓸린 암기들이 튕겨 나가자, 선무린은 즉시 눈을 돌리며 당화령을 쫓으려 했다.

암기를 던진 자를 즉살(卽殺)해 버리는 것이 암기를 사용하는 자와의 싸움에서 가장 간편한 일이기 때문이었다.

그러나 당화령은 여전히 살의 넘치는 눈으로 선무린을 노려보고 있었다.

그것에 선무린은 급속히 고개를 휘돌렸다.

파악!

땅에 박히는 암기에 선무린은 눈을 찡그릴 수밖에 없었다.

'다른 곳에서 날아왔다.'

당화령이 암기를 던진 순간, 수백의 암기들을 얼추 눈으로 쫓은 결과 그 각도를 계산할 수 있었고, 그렇기에 쳐내 버렸다. 그러나 오히려 다른 곳에서 암기가 날아들 줄이야!

"쳐내면 그만이라고 생각했나."

당화령의 오른손이 허공으로 휘둘러졌다.

그 순간, 일곱 개의 철추가 콰라락 소리를 내며 선무린에게로 파고들었다.

모조리 칼날로 쳐내자 정수리를 향해 비도가 떨어져 내린다.

땅에 박히는 비도들. 선무린은 내공을 끌어 올려 옆으로 몸을 튕긴 뒤 거칠게 당화령에게로 일검을 휘둘렀다.

참격이 쏘아져 나가는 모습은 맞게 된다면 어지간한 무인도 단박에 핏덩이가 되어버릴 기세였다.

그 사이로 암기들이 쏟아져 내렸다.

콰과과과과과!

선무린의 눈이 커진다.

"만천화우가 단순한 암기술이라고 생각했나."

당화령의 잇새로 분노 어린 목소리가 흘러나왔다.

그의 양손이 옆으로 뻗어지는 순간, 선무린의 눈은 잠시 드러난 노란 내공의 빛줄기를 보았다.

수백의 빛줄기가 암기들을 움켜쥐고 있었다.

"내공사(內攻絲)."

내공의 실을 뻗어, 암기들을 하나하나 붙잡아 조종하는 기술. 선무린은 그 세세한 조종이 얼마나 힘든 것인지 알고 있었기에, 허어 소리를 내뱉을 수밖에 없었다.

"과연……!"

그러나 곧 그의 눈은 재미있다는 듯 이글거리기 시작했다. 동시에 그의 칼에서 번쩍이며 참격이 쏘아져 나갔고, 당화령은 암기들로 그것을 막아내며 동시에 왼손을 뻗었다.

파바바바바박!

선무린의 뺨에서 피가 흘러내렸다. 머리를 향해 쏟아진 침들을 미처 전부 피해내지 못한 탓이다. 그는 땅을 뒹굴며, 손을 들어 뺨에 흐르는 피를 닦아 혀에 대었다.

'독은 없군.'

당문이라면 암기와 독으로 유명한 곳이다. 그러나 다행히 이번에 맞은 암기에는 독이 발라져 있지 않은 모양이었다.

"아까와는 사뭇 다르군, 검렵."

당화령의 입가가 비틀어졌다.

"잘난 척하는 건 여기까진가?"

"무슨."

선무린은 칼을 고쳐 쥐며, 이내 고개를 까닥 기울였다. 사방에 떠 있는 암기들은, 그가 움직이는 순간 반응하기라도 하듯 꿈틀거리며 날을 겨누고 있었다.

"이제부터 재미있겠는데!"

그가 땅을 밟는 순간 어마어마한 기세로 토사가 터져 나왔다. 선무린이 바로 당화령에게 돌진하기 시작한 것이다.

쐐애애애액!

선무린은 자신의 어깨를 향해 내리꽂히는 비도를 튕겨내며, 몸을 회오리처럼 그대로 휘돌렸다.

광연수량검의 절초, 아랑이 펼쳐진다.

마치 늑대의 입처럼 단숨에 달려들던 암기들을 내리꽂아 버리며 그는 격렬하게 당화령에게로 뛰어들었다.

당화령은 으득 이를 악물며 손가락을 휘어 올렸다. 그러자 내공의 실에 의해 조종되던 암기들은 벽을 이루며 선무린과 당화령의 사이를 가로막았다.

까가가가가가가!

단숨에 깨져 버린다. 선무린이 내려친 일격에 서린 내공의 기운은 암기를 부숴 버리며 계속 내리박히고 있었던 것이다.

그러나 수십이 깨져 나간다고 해도, 그 이외에 수많은 암기가 있다.

"큭!"

당화령은 오른손의 내공사를 휘두르며 뒤로 뛰었다. 광연수량검의 공격을 견디지 못한 탓이다.

쫘르르르릉!

땅이 무너지며, 동시에 돌이 튀어나간다. 당화령은 자신의 온몸이 흙투성이가 되는 것도 피하지 않은 채, 마구 물러서며 거칠게 양손을 휘둘렀다.

선무린은 땅에 칼을 내려친 자세 그대로 천천히 몸을 일으키고 있었다.

"도망치는 건 재빠르군."

조금만 깊게 베었어도 당화령은 지금쯤 이 세상 사람이 아닐 것이다. 당화령은 거칠게 숨을 몰아쉬며 손을 들어 올렸다.

"과연 그럴까."

선무린은 피식 웃음을 지었다.

그 광경을 놀란 듯 바라보던 무인들 중, 자소연은 당황해 목소리를 냈다.

"저건……!"

선무린의 어깨와 등에 박혀 있는 칼날들을 본 것이다.

아무리 그렇다고 해도, 만천화우를 향해 돌진한 이상 전부 막아낼 수는 없었다. 내공의 강대한 방어를 뚫고 박힌 칼날들 때문에 그의 등은 시뻘겋게 피로 젖어 있는 상황이었다.

"제법 따끔하기는 하다만……."

선무린은 팔을 빙빙 돌리며 씩 웃었다. 마치 이리 같은 웃음이었다.

"이 정도로 끝났다고 말하진 않겠지?"

그의 도발에 당화령은 후욱 하고 숨을 들이켰다.

그 역시 강대한 내공의 소모로 인해 서서히 육신이 죽어가고 있는 형편이었다.

"아직 절초를 꺼내지도 않았다."

그러나 그의 입가에는 미소가 걸려 있었다. 마치 선무린처럼 말이다.

양손을 펼치자 내공사가 펼쳐지며 사방의 암기들이 고정되기 시작했다.

당가의 만천화우라는 것은, 바로 내공사를 정교히 다루는 기술을 의미한다. 암기를 다루는 무공 중 가장 복잡하며 다룰 수 있는 자들 역시 세대에 한 명이 나오기 어려웠기에, 가문 내에서 엄중히 봉인되었던 것이다.

당화령의 코에서 핏물이 주르륵 흘러내렸다. 눈은 이미 새빨갛게 충혈된 지 오래였고, 양팔은 힘줄이 터져 나갈 듯 돋아오른 상태였다.

그러나 웃는다.

만천화우를 꺼내 든 것은 거의 처음이었다. 가문의 사람들은 이 무공이 비전으로 여겨지기를 바랐고, 누군가가 파훼할 수 있는 가능성 때문에 바깥에 선보이는 것을 원하지 않았다.

그렇기에 당화령은 강한 무공을 지니고도, 그것을 쉬이 드러낼 수 없는 상황이었던 것이다.

가문의 사람들이 가진 무공이 약해질수록 더욱 그러했다.

그의 오른손이 옆으로 향한다.

내공사를 다루는 기술 중 하나인 무파(無派)!

동시에 수십 개의 암기들이 궤도를 바꾼다.

내공사의 정교한 움직임을, 다섯 손가락만으로 명령해 내며 당화령은 선무린의 전신으로 침들을 쏘아내었다.

콰콰콰콰콰!

하나하나가 내공이 어려 있다. 땅에 박히는 순간, 먼지가 피어오르며 사방으로 충격파가 몰아치기 시작했다.

"물러서라!"

구영사태는 당황해 그렇게 외쳤다. 당화령이 펼쳐낸 암기들은, 마치 폭풍우처럼 주변을 휩쓸어 버리며 옆쪽에서 싸우고 있던 무인들까지 습격한 것이다.

"크아아악!"

비명과 함께 두 명이 엎어진다. 전신을 삭풍이 훑고 지나간 양, 한 명은 오른 어깨부터가 잘려 나간 채로 비명을 지르며 무릎을 꿇고 있었다.

"저게 당문의……!"

자소연 역시 당황할 수밖에 없었다. 사천당문이 무림의 명가로 취급받았던 것은 어디까지나 오래전 일이다. 그들은 시천월교와의 싸움에서도 공을 세우지 못했고, 그저 몰락해 가는 것으로만 알려져 있었기 때문이다.

구영사태는 제자들을 물리며, 미처 피하지 못하고 암기에 휩쓸린 무인들을 바라보다 눈을 돌렸다.

'만약 저 기술을 우리에게 사용했다면.'

대부분 버텨내지 못했을 것이다. 그만큼 선무린의 무공이 출중하다는 뜻이다. 그는 지금 그 폭풍우 한가운데서, 거의 피해를 입지 않은 채 앞으로 전진하는 중이었던 것이다.

선무린의 오른손이 휘어지며 날아드는 암기들을 모조리 격파한다.

그럴 때마다 당화령은 이것도 막아낼 수 있겠냐는 듯 더욱 기세를 올리고 있었다.

마치 두 명은, 서로 생사를 결정하는 싸움이 아닌 대련을 하듯 자연스레 서로의 기술을 시험하는 듯해 보였다.

"저럴 수가……."

자소연은 초인들의 싸움에 당황을 금치 못하고 있었다. 이전 소하와 철은천주의 싸움은 대체 무슨 일이 일어나고 있는지 파악하기도 어려웠기에, 그녀가 제대로 무인들의 경천동지할 위력을 보는 건 이번이 처음이었던 것이다.

"곧 끝난다."

그러나 구영사태는 간략히 그렇게 말했다.

"그때를 대비해 진형을 갖춰라."

"예!"

그리고 그녀의 말마따나 서서히 교착을 이루던 대결에 금이 가고 있었다.

선무린의 칼이 휘둘러질수록, 암기의 숫자가 줄어가기 시작했다.

그의 몸에 명중하는 암기도 있긴 했지만, 대부분 내공의 방어 때문에 살을 뚫지 못하고 떨어지는 판국이었다.

그것에 당화령은 이를 뿌득 악물었다. 목구멍에서 터져 나온 핏물이 역한 맛을 내며 입안을 맴돌고 있었다.

콰라라라락!

왼손에 머물러 있던 수십 개의 암기가 마치 도끼처럼 떨어져 내린다. 굉부(宏斧)라 이름 지어진 초식이었다.

하지만 그것 역시 선무린은 광연수량검을 펼쳐 떨궈낸다. 당화령 본인을 노리는 게 어렵다는 것을 인지하자, 그는 암기를 모조리 소모시키는 방향으로 전략을 바꿨던 것이다.

후두두둑 떨어져 내리는 쇳가루들. 선무린은 검을 든 채로 히죽 웃었다.

"이제 끝인가 보군."

당화령의 내공사에 매달린 암기들은 이제 거의 본체가 불분명할 정도로 망가져 있었다. 아무리 내공을 실었다고는 해도 선무린의 강렬한 힘을 이겨내지 못한 탓이다.

그러나.

당화령은 숨을 내뱉으며 말을 꺼냈다.

"네놈은 그저 싸우는 것을 좋아하는 광인(狂人)이라고 들었다."

그게 검렵 선무린이다.

다가오는 자들을 모조리 물어뜯어 죽이는 광견.

"그런 네놈이… 왜 굳이 이런 짓을 하는 거지?"

당화령의 질문에 선무린은 눈을 들어 올렸다.

팽팽하게 굳어진 공기는, 금방이라도 격돌할 것만 같았지만 두 명은 서로에게 출수하지 않았다.

지금 선무린이 하는 건, 무림맹의 무인들을 보호하는 일이나 마찬가지다.

구영사태를 포함한 모두가 느끼고 있었다.

선무린의 공격은 어디까지나 주변에 피해를 끼치지 않는 범위에서 펼쳐진다. 그 덕에 더 큰 피해가 일지 않을 수 있었던 것이다.

"글쎄다."

선무린은 장난스레 되받았다.

"다만⋯⋯."

"그 얼굴이 기억난다."

순수하게, 너무나도 순수하게 웃던 스승의 얼굴이.

이상하게도 소하와의 싸움 이후로 잊히지 않고 눈앞을 맴돌고 있었던 것이다.

"스스로 부끄러웠기 때문이겠지."

"⋯허."

"귀찮다. 얼른 덤벼."

선무린의 말에 당화령은 유쾌하다는 듯 큭큭 웃음을 흘렸다.

"좋다, 그러지."

그 순간.

주변의 공기가 모조리 굳어졌다.

선무린의 눈에 이채가 감돈다.

그 광경을 지켜보고 있던 구영사태 역시 마찬가지였다.

조각났던 암기들이 다시 떠오르기 시작한다.

그것은 이윽고 수백, 수천을 아우르는 편린(片鱗)이 되어 모조리 선무린을 겨누고 있었다.

그 마지막 초식.

화우(花雨)라 이름 붙여진 기술이었다.

주변 모든 것이 무기가 된다.

조각난 돌멩이, 심지어 모래마저도 떠올라 내공이 감싸지며 사람의 살을 저밀 수 있는 무기로 변하고 있었다.

"이걸… 기다렸던 건가……."

구영사태는 멍하니 그리 중얼거렸다. 그들 역시 움직여서는 안 된다. 그녀는 다급히 칼을 들어 올리며, 내공을 펼쳐 주변을 감싸려 했다.

당화령은 암기를 퍼부어 선무린이 그것을 막아내도록 만들었다. 그리고 그가 기술을 펼쳐 무기를 박살 내자 그 조각들을 새로이 활용해 허공으로 떠오르게 만들고 있었다.

그의 두 눈에서 핏물이 흘러 뚝뚝 떨어지기 시작한다. 내공이 자신의 온몸을 상처 입힌 탓이다.

괴성을 지르며 당화령은 양손을 아래로 휘둘렀다.

그와 동시에 하늘에서는 노란빛으로 가득 찬 소나기가 내리기 시작한다.

"도망쳐라!"

구영사태는 고함치며 내공을 뻗어냈다. 멀리 있던 살수 하나의 온몸에 구멍이 나며 그대로 증발해 버리는 모습이 보였고, 무림맹의 무인들 역시 몇몇은 도망치려다 빛에 휘감기며 사라지고 있었다.

자소연은 어마어마한 소음에 귀를 틀어막았다. 고막이 찢어지기라도 했는지 핏물이 흘러내리고 있었다.

"크으으윽!"

구영사태의 내공에도 금이 가기 시작한다. 다급하게 펼친지라 주변의 두어 명을 보호하는 것만으로도 고작이었다.

'사천당문의 무공이 이렇게나……!'

이 정도라면 능히 초고수의 반열에 이름을 올려놓을 수 있는 수준이다. 그런데 어째서 당화령은 지금까지 무시를 당하면서도 이 힘을 숨겨왔다는 것인가!

쿠르르르르르!

지반이 울린다. 그와 동시에 구영사태의 눈이 앞쪽의 선무린에게로 향했다.

외곽인데 이 정도의 충격이 가해져 온다. 그럼 대체 선무린은 지금 어떠한 상태라는 말인가?

그의 모습은 빛무리에 가려 제대로 보이지도 않는 상황이었다. 아마 당화령 역시, 선무린이 어떻게 되었는지는 도저히 알 수 없을 것이다.

마치 이 공간 자체를 짜부라뜨리려는 듯, 화우의 기세가 더욱더 강해져 갔다.

사천당문을 대표하는 만천화우의 명성을 모두가 확인할 수 있는 순간이었다.

그러나 당화령의 모습은 점차 일그러진다. 두 눈은 이제 완연한 핏빛으로 물들어 있었고, 눈과 코에서 흘러내린 피는 줄줄 흘러 땅으로 떨어져 내리는 중이었다.

휘청거린다. 강대한 내공을 일시에 방출해 버린 탓이다.

당화령의 눈이 흐릿하게 앞을 향했다.

선무린이 있는 장소로 퍼부은 암기들은 어마어마한 기세로 연기를 피워 올리고 있었다.

이겼다.

그는 스스로 확신할 수 있었다. 저 안에서 살아남을 수는 없다. 선무린은 그저 육편이 되어버렸을 것이다.

그리고.

콰라라라라라!

"칭찬해 주마."

선풍(旋風)이 인다.

그 안쪽에서 드러난 선무린은 회색 기운을 전신에 휘감으며 칼을 겨눴다. 핏물이 그의 온몸에서 배어나오며 사방으로 핏방울들을 휘날리고 있었다.

"큭……!"

당화령은 아차 하는 표정을 지으며 팔을 휘두르려 했다. 아직 내공사에 얽힌 암기들이 남아 있었던 것이다.

그러나 땅에서 발을 떼는 순간, 선무린은 이미 그의 눈앞까지 파고들어 와 있었다.

용무(龍霧).

광연수량검 최후의 초식이 펼쳐지며 동시에 내공사가 모조리 어그러지기 시작한다.

마치 검을 휘두르는 게 아니라, 거대한 용이 현신해 입을 벌리고 달려드는 것만 같은 착각을 일으키는 모습이다.

당화령의 왼손이 잘려 나갔다.

내공사를 펼치려는 순간, 강대한 내공이 실린 칼날이 스치고 지나간 것이다.

그는 그러나 고통을 느끼기보다는 자신의 오른팔로 당화령을 공격하는 데에 집중했다.

카카카카카칵!

선무린의 용무 역시 내공이 부족한 탓에 제대로 된 힘을 발휘하지 못한다. 당화령은 으득 이를 악물며 자신의 오른팔을 그대로 내리꽂으려 했다.

하지만.

선무린은 그 기세를 받아내는 것이 아니라 옆으로 흘렸다.

땅이 무너지며 모래가 치솟는다.

당화령의 눈이 멍하니 앞을 향하는 순간, 날카로운 검봉은 그의 가슴을 꿰뚫고 있었다.

뼈가 부러지는 소리.

당화령은 그대로 고개를 위로 치켜 올렸다.

콰아아아아아앗!

두 명의 내공이 사라지며 사방으로 충격파가 울렸다.

그 가공할 싸움에 모두가 할 말을 잃은 상태였다.

"조금만 더 갈고 닦았다면 내가 죽었겠어."

선무린은 핏물을 토해내며 웃음을 지었다.

"자만… 하지 마라……."

당화령은 힘없이 오른손을 늘어뜨리며 중얼거렸다.

"당… 문은 아직……."

강한 힘은 억제되어야만 한다.

사천당문의 원로들은 그렇기에 만천화우의 경지에 다다른 당화령을 제어했다.

그것이 모두를 위한 일이라며 시천월교와의 싸움에서도 나서지 못하도록 했다.

더 강한 힘에 복종해야 한다.

그 가르침을 마음으로는 인정하지 못하면서도, 어쩔 수 없이 따라야만 했다.

당화령의 입에서 헛웃음이 흘렀다.

"하지만 제법… 재미있었다."

처음으로 누군가와 전력을 다해 싸웠다.

선무린 역시 고개를 끄덕였다.

"만족했다."

그 답에 당화령은 쿨럭 하고 검은 피를 뱉어내며, 씁쓸하게 중얼거렸다.

"조금만 더… 시간이… 있었다면……."

그러나 거기까지다.

당화령의 몸이 축 늘어지자 선무린은 칼을 빼내며 땅으로 핏물을 털었다.

"그럼……."

그의 눈이 옆으로 돌아간다.

"다음으로 덤빌 놈이 있나?"

그것에 툭툭 무기가 떨어지는 소리가 났다. 당화령이 죽은 것에, 당가의 무인들은 싸움을 포기한 것이다.

그러자 자연스레 살수들 역시 양손을 들며 걸어 나오기 시작했다. 상황이 완전히 넘어갔음을 인지한 모두가 싸움을 포기하자, 구영사태는 후우 하고 숨을 내뱉으며 주변을 둘러보았다.

"뭉쳐라. 곧 합류하는 자들이 있으면 함께……."

투항하는 자들을 묶기 위해 다가가던 중, 자소연은 눈을 들어 올렸다.

감(感)이었다.

그저 눈에 어른거리는 희뿌연 것이 위험하다는 것을 본능이 알려줬을 뿐이다.

그녀는 몸을 돌리며 고함쳤다.

"사태!"

그리고.

구영사태는 자신에게로 내리꽂히는 수먹을 보며 눈을 지녔나.

꽈아아아앙!

굉음과 동시에 폭풍이 몰아친다.

자소연은 자신의 몸이 견디지 못하고 뒤로 날아가는 것을 느꼈고, 땅을 데굴데굴 구른 뒤에야 당황한 표정으로 눈을 들었다.

"이런……!"

아미의 제자들 모두가 날아가 버린 상황이다. 주변의 무인들 역시, 그 충격파만으로 자세가 무너져 당황한 표정을 짓고 있었다.

"흠."

선무린은 칼로 땅을 짚은 채, 난감하다는 듯 피식 웃음을 흘렸다.

"예상과 다른 상황이군."

구영사태는 자신의 오른팔이 부르르 떨리는 것을 느꼈다. 내공을 전부 불어넣어 공격을 막아내기는 했지만, 조금이라도 힘을 푸는 순간 그대로 팔이 부러질 것만 같았다.

공격을 가해온 자는 흰 이빨을 드러내며 야수 같은 눈을 번득였다.

"그 꼬마 놈은 어디 있지……?"

철은천주 아회광.

가장 큰 적들 중 하나인 오대천주가 이렇게 빨리 나설 줄이야! 구영사태는 아미를 찡그리며 이를 앙다물었다.

콰아아앗!

그녀의 전신에서 뿜어져 나온 난피풍검법에 아회광은 팔을 후려치는 것으로 공격을 파쇄하며 상체를 들어 올렸다.

구영사태는 땅을 미끄러지듯 뒤로 물러서며 헉 하고 깊은 숨을 내뱉고 있었다.

그녀의 눈이 자연스레 옆으로 향한다.

선무린의 전신에는 암기가 박혀 있다. 더군다나 내공을 잔뜩 쏟아낸지라 지금 당장 싸울 수 있는 형편이 아니었다.

'안 좋은 상황이다.'

아회광의 힘을 당화령보다 아래로 볼 수는 없었다. 그녀는 얼얼한 손아귀에 억지로 힘을 주며, 눈을 들어 올렸다.

"저자가 시천월교의 철은천주다!"

그녀의 고함에 무인들의 눈에 두려움이 깃들었다. 시천월교란 이름은 전 무림에 있어서 그만큼 공포의 대상이었던 것이다.

아미의 무인들이 동시에 칼을 겨누었다. 무림맹의 무인들도 마찬가지였다.

이자를 막아내지 못하면, 모든 것이 허무해짐을 깨달았기 때문이다.

아회광은 손아귀를 말아 쥐며 음산한 웃음을 흘렸다.

"귀찮은 잡놈들이 죽어대서 친히 내려오기까지 했건만……."

소하가 없다.

그는 애초부터 소하만을 노리고 있었던 것이다. 아회광은 전신에 바람을 두르며, 날카로운 살기를 사방으로 쏟아내기 시작했다.

"모조리 죽이고 찾아내야겠군!"

*   *   *

달린다.

소하는 천령협의 안쪽에서 점차 기이한 흰 기운들이 펼쳐져 나오는 것을 느꼈다.

'이게 뭐지?'

눈에 보이는 안개, 그러나 일반적인 것과는 다르다.

닿는 순간 본능적으로 이것이 위험하다 외치고 있었던 것이다. 하지만 물러설 수 없었기에, 소하는 운요와 함께 전력을 다해 앞으로 쏟아져 나가고 있었다.

"점점 구별이 어려워지는군."

천령협의 꼭대기에는 넓은 평원이 존재하고 있다는 말을 들었었다.

운요는 고개를 돌리며 주변의 나무들을 분별하려 애썼다. 일단은 길이 난 쪽으로 달리고 있었지만, 이대로 잘못 들어서기라도 했다간 길을 잃고 엉뚱한 방향으로 갈 가능성이 있었다.

"일단은 앞으로 계속……!"

말이 끝나는 순간.

운요와 소하는 동시에 발로 강하게 땅을 짚어 몸을 세웠다.

날아온다.

카가가가각!

소하가 앞으로 휘두른 광명과 부딪친 무언가는 거칠게 회선하며 다시 안개 속으로 사라졌다.

"생각보다 빠르군."

운요는 멈춰 서며 천천히 안개를 향해 검을 겨누었다.

그 안에서 걸어 나오는 자의 모습.

만검천주 성중결은 안개 속에서 고요히 눈을 부릅떴다.

화아아아아!

주변의 공기가 흩어져 가는 모습이 보인다. 그가 나선 것에 대기가 반응하고 있는 것이다.

"기다리고 있었다."

성중결은 그리 말하며 천천히 칼을 내렸다.

그런 그의 주위로 세 자루의 칼이 희미하게 떠오르고 있었다.

"이게 마지막이란 거겠지."

운요는 그를 보며 씩 웃음을 지었다. 시천월교의 무인들 중, 가장 강한 전력은 역시 오대천주다. 아마 그들은 가장 핵심(核心)에 이르는 길을 막고 있을 가능성이 컸다.

성중결의 등장은 이 뒤로 막아설 자가 더 없음을 의미하기도 하는 것이다.

그는 소하를 바라보며 칼을 들어 올렸다.

"더 이상은 갈 수 없다."

소하는 침을 삼켰다. 역시 성중결에게서는 막대한 힘이 뿜어져 나오고 있었다. 소하가 무림에 나와서 본 자들 중 혁월련을 제외하고 가장 강해 보이는 자였다.

쿠우우우……!

굉음이 또다시 멀리서 들려왔다.

소하는 천천히 굉명으로 손을 올렸다. 일단은 전력을 다해 성중결을 상대하는 게 우선이란 생각이 들었던 것이다.

그러나.

"내게 맡겨."

운요의 목소리에 소하는 눈을 돌릴 수밖에 없었다. 그러나 그는 농담을 한 게 아니라는 듯, 여전한 표정으로 성중결을 바라보고 있었다.

"시간이 없다는 건 알겠지?"

지금 귀로 전해지는 것은 내공의 울림이다. 혁월련으로 추정되는 누군가가 자신의 힘을 갈무리하는 데에 열성을 다하고 있었던 것이다.

운요는 전신에서 흰 기운을 뿜어내며, 동시에 땅을 박찼다.

카가가가강!

성중결은 운요를 단박에 쳐내려 했다. 그에게 있어 가장 경계되는 상대는 바로 소하였다. 그렇기에 소하의 기운을 관측하자마자 즉시 스스로 이곳으로 향했던 것이다.

하지만 칼을 맞받은 순간 성중결은 자신의 검이 궤적을 잃는 것에 눈썹을 꿈틀거렸다.

바람을 가르는 소리가 들린다. 운요는 내공의 충격에 뒤로 퉁겨 나갔지만, 이내 전신에서 흰 기운을 쏟아내며 가볍게 땅으로 착지했다.

"이제야 이쪽을 보는군."

"……."

성중결은 조용히 손을 들어 올렸다.

"가!"

운요의 고함.

그것에 소하는 이를 꽉 악물었다. 상황은 알고 있다. 빨리 혁월련을 물리치는 것이 가장 적은 피해로 이 싸움을 끝낼 수 있는 방법이었다.

소하가 달리는 순간, 성중결은 빠르게 칼을 내려쳤다. 세 개의 칼이 동시에 소하를 향해 날아갔지만, 그는 즉시 달려드는 운요를 보며 결국 허공에 떠 있던 하나를 붙잡아 앞을 막아야만 했다.

쉿소리. 그는 소하의 등을 노렸던 칼날들이 모조리 굉명에 퉁겨 나가 버렸다는 것을 확인하고는 빠르게 손을 휘둘렀다.

뒤로 뛴 운요는, 이내 몸을 일으키며 입술에 침을 적셨다.

"어리석군."

성중결은 운요를 보며 천천히 오른손을 들어 올렸다.

"협공하는 게 유일한 생로(生路)였다."

"그럴 수는 없지."

운요의 전신에서 기운이 끓어오른다. 청량선공을 전력으로 펼쳐낸 것이다. 그는 온몸에서 일어나는 불길을 억제하지 않으며 자연스럽게 칼을 손에 쥐었다.

"그 힘……."

알고 있었다.

"청성인가."

운요는 씩 웃음을 지었다.

몇 번이고.

아니, 셀 수 없이 수많은 나날이었다.

스승님이 죽은 날부터 이제까지 운요는 단 한 번도 그 생각을 잊은 적이 없었다.

청성파의 비전인 청량선공이 극성으로 펼쳐지자 주변의 대기는 곧 운요에게로 빨려들기 시작한다. 그는 마치 선인(仙人)과도 같이 안개를 두른 채로 칼을 겨누었다.

"오래도록 바랐던 날이다."

그 순간 운요는 질풍이 되어 성중결에게로 달려들었다.

카아앙!

굉음과 동시에 성중결은 허공에서 숫구치는 세 갈래의 칼날을 보았다.

발을 앞으로 딛자, 그 안쪽으로 검광이 내리박히며 모래가 튀었다.

"과연."

그는 조용히 오른손을 휘둘렀다. 그러자 그의 손에 잡힌 검이 신묘하게 휘어지며 운요를 타격했다.

비홍청운의 한쪽 날개가 일그러지며 동시에 깨져 나가기 시작한다.

동시에 운요의 칼날이 앞으로 쏘아져 나왔다.

칵!

교착.

성중결은 두 개의 검을 앞에 세워 공격을 막아낸 뒤, 천천히 차가운 눈을 들어 올렸다.

"기억한다."

"큭……!"

아직 여유가 있는 목소리다. 운요는 뻗어낸 손을 회수하는 것과 동시에 몸을 휘돌렸다. 그 반동으로, 일곱 개의 검격이 마치 깃털처럼 휘몰아치며 성중결에게로 쏘아져 나갔다.

하지만 닿지 않았다.

운요는 손에 남는 감촉이 없다는 것에 눈을 부릅떴고, 이내 성중결은 자신의 오른손을 아래로 휘둘렀다.

콰콰콰콰콰!

내리꽂히는 칼날. 운요는 옆으로 몸을 튕기며 땅을 굴렀다. 뒤에서 달려드는 칼날에는 제대로 회피 동작을 취할 수 없었던 것이다.

"복수인가."

성중결은 그 말과 함께 천천히 팔을 내렸다.

세 개의 칼날이 허공을 떠돈다. 운요는 으득 이를 악물며 천천히 상체를 세웠다.

'저게 이기어검이라는 건가.'

이야기로만 들어본 경지다. 아마 천하오절 급이 되지 않는 이상 재현하는 것조차 불가능하리라.

"하지만……."

성중결의 손이 내려간다. 마치 판결을 내리기라도 하는 듯 말이다.

"힘없는 자에게는 의미 없는 일이다."

허공을 떠도는 검들은 어떠한 각도라도 상관하지 않고 공격해 올 수 있다. 실제로 성중결과 싸우던 수많은 무인들은 그 무시못 할 변수에 틈을 당해 죽고 말았다.

스승님조차.

운요는 그날의 기억들이 눈앞을 메우는 것에 입술을 세게 깨물었다.

세 개의 칼날이 쏟아진다.

그 순간 운요는 전력을 다해 팔을 비틀었다.

콰아아아앗!

성중결의 눈에 이채가 일었다. 그의 눈앞에 펼쳐지는 것은, 찬란한 흰 빛을 번득이고 있는 날개였다.

그것은 동시에 가공할 힘을 가진 칼날로 변하며 성중결의 칼들을 모조리 쳐내 버린다.

쇳조각이 튀었다.

허공으로 조각나 흩어지는 칼날들의 모습에 운요는 눈을 들며 웃음을 뱉었다.

"입으로 싸우려 드는 건가?"

칼날 조각들이 후두둑 떨어져 내린다. 운요는 비홍청운으로 단숨에 이기어검을 흩뿌려 버린 뒤, 검을 들어 올려 성중결을 겨누었다.

"그렇군."

성중결은 묵묵히 고개를 끄덕였다.

그리고.

그의 허리춤에 매어져 있던 검들이 서서히 움직이기 시작했다.

"고작 일엽이었다."

그리고.

카라라랑……!

도합, 여덟 개의 검이 떠오른다.

"팔엽(八葉)까지 견딜 수 있는지 지켜보지."

콰아아아아아!

내공의 기운이 폭출한다.

만검천주 성중결의 전력.

운요는 소름이 돋아 오르는 것에 이를 악물며 칼을 겨누었다. 청량선공의 기운이 억눌러질 정도의 기세다.

하지만.

기다리고 있었다.

운요는 조금의 망설임도 없이, 전신에서 흰 기운을 방출하기
시작했다.

*　　　*　　　*

안개는 더욱 깊어진다.

안으로 들어갈수록 발에는 사박이는 눈이 밟히기 시작했다.
마치 계절을 착각하게 만드는 것 같았다.

소하는 조용히 앞을 바라보았다.

마치 시간이 멈춘 것 같은 느낌이 든다.

이곳은 어느 때나 그래왔다는 듯 고요한 추위만이 맴돌고 있
었다.

발밑에 사람의 손이 보인다.

소하는 안타깝게 땅을 그러쥐고 있는 손을 바라보다 눈을 들
었다. 안개에 깔린 땅에는 언뜻언뜻 사람의 시신들이 모습을 드
러낸다.

이 공간에 있는 자들은 모두 죽어 있었다.

끔찍한 괴로움을 겪기라도 한 것인지, 도망치기 위해 땅에 엎
드린 채로 잔뜩 일그러진 표정을 짓고 있었다.

"흐, 으으으으……."

그때 어딘가에서 바람 빠지는 신음이 들려왔다.

아직 살아남은 자가 필사적으로 도망치려 하는 것이다.

그러나.

푸욱!

살이 꿰뚫리는 소리가 들리며 그 신음마저도 잦아들어 버렸다.

소하는 안개 속에서 일렁이는 그림자를 조용히 바라보았다. 검을 든 채, 그는 시체에게로 몸을 숙여 그것을 붙잡고 있었다.

뿌드드득!

뼈가 부러지는 소리.

그리고 이내 그림자는 몸을 펴며 숨을 내뱉었다.

"하아아아……."

소하는 등에 매어진 꿩명을 붙잡아 빠르게 휘둘렀다.

어느 순간 허공이 갈라지며, 소하에게로 참격이 쏟아져 왔던 것이다.

꿍음과 함께 북 터지는 소리가 일었다.

주변의 안개가 모조리 사라지며 사방으로 냉기가 몰아치고 있었다.

칼을 휘두른 혁월련은, 이내 음산한 미소를 지으며 고개를 까닥였다.

"새 먹잇감이… 왔군……."

두 눈은 시뻘겋고, 온몸에는 흡성영골의 문양이 돋아나 있었다.

"흐, 흐흐흐흐……."

혁월련은 천천히 고개를 숙였다. 그의 온몸에서 뿜어져 나오는 음울한 기운이 어느새 주변의 공기마저 끈적하게 만들어 버린다.

"엎드려라."

혁월련은 입을 떼며 소하에게로 한 걸음을 옮겼다.

"나는 천마다. 이 무림의 정점이자… 새로운 세계의 주인……!"

손을 펼치며 그는 자신의 내공을 사방으로 퍼뜨렸다. 어지간한 무인들은 그것을 보는 것만으로도 주저앉아, 살 의지를 포기해 버리기도 했다.

여기 모여 있는 자들은 모두 시천월교에 복종의 의사를 표했던 무인들이었다.

그들 중 실력이 약하다 평가받은 자들은 모두 혁월련의 '먹이'가 되었던 것이다.

흡성영골로 빨아들인 내공이 검붉은 빛을 뿜어낸다.

혁월련은 이제 현존하는 무림인들 중 맞설 자가 거의 없을 정도의 내공을 보유하고 있었다.

"흐, 흐흐하하캌!"

웃던 혁월련의 몸에 참격이 내리박혔다.

꽈라라라랑!

굉음이 울려 퍼진다.

굉명이 쏟아내는 소음이 뒤섞여 단숨에 허공의 안개들이 흩어짐과 동시에 소리가 주변을 뒤흔들었다.

"흠."

소하는 땅에 내려앉으며 고개를 뚜둑 꺾었다.

"어지간하면 뭐라고 하나 들어보려고 했는데."

그는 주변의 시체들을 보며 인상을 찡그렸다.

"넌 그냥 좀 맞아야겠다."

간단한 결론이다.

날아가 땅을 나뒹군 혁월련은 이내 꿈틀거리며 몸을 세우기 시작했다. 마치 소하가 방금 휘두른 도격은 아무렇지도 않았다는 듯 말이다.

"크, 으흐흐흐흐!"

혁월련은 몸을 세우며 머리를 쓸어 넘겼다. 핏줄이 잔뜩 돋아나 그의 옥안을 흉측하게 만들고 있었다.

"제법… 아팠다."

파앙!

공기를 차는 소리.

소하는 눈앞에 혁월련의 몸이 나타나는 것에 다급히 도를 옆으로 세웠다.

"아팠다고!"

괴성과 함께 발이 휘둘러졌다.

그 순간, 소하는 내장이 튀어나오는 듯한 고통과 함께 뒤로 튕겨 나갔다.

"큭……!"

아무리 광인 같다지만 혁월련의 힘은 그야말로 천하제일을 넘볼 수 있는 수준이었다.

소하가 미끄러지며 굉명을 땅에 내리박자, 지반에 길쭉한 균열이 생기며 겨우겨우 속도가 줄어간다. 소하는 역한 토사물을 뱉어내며, 혁월련의 몸을 주시했다.

공기를 차는 순간, 그는 다시 소하의 눈앞까지 쇄도해 있었다.

콰아아악!

허공을 가르며 휘둘러진 검이 굉명에 가로막히며 동시에 소하의 무릎이 혁월련의 가슴을 올려 찼다.

그러나 혁월련은 검붉은 내공으로 몸을 보호하며 소하의 목을 그대로 움켜잡으려 했다.

천양진기 팔식.

소하는 전신에서 빛을 내뿜으며 옆으로 미끄러졌다.

"캬흐하하하하!"

혁월련의 입에서 괴소가 토해져 나왔다. 소하의 몸이 여간 잽싼 것에 흥미가 인 것이다.

"재밌어!"

그 순간 소하는 으득 이를 악물었다. 천양진기 팔식으로 움직였음에도, 혁월련은 가볍게 소하를 따라잡았기 때문이다.

꽈라라랑!

굉음과 함께 소하의 몸이 튕겨 나갔다. 혁월련의 일격은 맞은 순간 전신이 뒤흔들릴 정도로 강력했다.

소하는 방패로 내세운 왼팔이 저릿저릿한 것에 인상을 쓰며 몸을 반전시켰다.

그와 동시에 세찬 발길질이 혁월련의 가슴팍을 올려 찼고, 두 명은 서로 반대로 날아가며 땅을 나뒹굴었다.

땅을 긁으며 미끄러진 혁월련은 아릿한 아픔이 번지는 자신의 가슴을 문지르며 음산하게 웃었다.

"너… 재밌어……!"

지금의 자신에게 여기까지 대적한 자는 흔치 않다. 그렇기에 혁월련은 소하에게 분노라기보다는 오히려 즐거운 감정이 솟고 있었다.

소하는 땅에 구르는 기세를 살려 몸을 반전시켰다. 입안에 피맛이 맴돌지만, 지금은 그에 신경 쓸 것이 아니었다.

'아직 칼을 쓰지 않았어.'

혁월련은 오른손에 쥔 칼을 전혀 휘두르지 않고 있었다. 소하가 어디까지 자신에게 버틸 수 있는지 시험이라도 하듯 말이다.

혁월련의 검, 천개가 허공에 휘둘러졌다.

이윽고 공기가 갈라진다.

소하는 검을 든 그를 주시하던 중 이내 자신의 머리 위로 무언가가 날아드는 것을 보았다.

멀리 있던 혁월련의 몸이 이지러지며 사라진다. 당황한 소하는 다급히 광명을 치켜들었고, 혁월련은 아래로 검을 내리그으며 흉악한 웃음을 흘렸다.

"느리군!"

콰차앙!

소하의 무릎이 동시에 굽혀진다.

"으윽……!"

입에서 새어 나오는 신음. 마치 천근의 바위가 내리꽂힌 듯한 충격이었다.

그와 동시에 혁월련의 검이 횡으로 갈라졌다. 시천무검의 일식(一式)인 회령(徊囹)이 펼쳐진 것이다. 종횡(縱橫)을 누비며 적을 조각조각 잘라내 버릴 수 있는 초식이었다.

그에 소하는 몸을 아래로 눕혔다. 공격을 흘려내는 동시에, 몸을 비틀어 땅에 누워 버린 것이다.

콰아아아아아!

귓전을 스쳐 가는 굉음. 땅이 갈라지고 시체들이 검격에 맞아 조각조각 나눠지고 있었다.

동시에 굉천도법이 내리쳤다.

혁월련의 몸이 움찔거린다. 굉명에 실린 천양진기의 힘이 강렬하게 그의 칼을 뒤흔들었기 때문이다.

'팔식으로는……!'

소하는 으득 이를 악물며 손을 옆으로 펼쳤다.

내공의 방어를 뚫는 것조차 버겁다. 굉명에 실린 내공에 더욱 기세를 가하며, 소하는 거칠게 팔을 휘둘러 땅을 내리찍었다.

지반이 갈라지는 것과 동시에, 사방으로 금이 퍼져 나가기 시작한다.

쿠르르르릉!

땅이 갈라지며 연기가 피어오르고, 소하는 내리친 자세 그대로 숨을 내뱉으며 고개를 들어 올렸다.

혁월련은 널썩이 빌려난 채로 고개를 흔들며 일어서고 있었다.

"허."

그는 자신의 팔에 죽 그어진 상처를 바라보다 이내 희멀건 웃음을 지었다.

"이것도 버티나."

서서히 그의 몸에 돋아난 문양들이 줄어들기 시작한다.

소하와 부딪치면 부딪칠수록, 치솟던 광기가 점차 가라앉고 있었던 것이다. 그러자 혁월련은 자신의 검, 천개를 잡은 손을 앞으로 향했다.

"그럼……."

사라진다.

소하는 그의 몸이 사라진 순간, 자신에게로 뻗어오는 검의 궤도를 보았다.

아래에서 위.

마치 지팡이를 올려치듯, 가볍게 휘두른 검은 막대한 해일처럼 소하의 상반신을 덮쳤다.

내공이 실린 검격이 허공을 때리며 소음을 내뿜는다. 그러나 눈발이 부스러지며 안개가 숫구쳐 오르는 것에도 혁월련은 여전히 흥미롭다는 표정을 짓고 있었다.

"이번에도?"

소하는 핏물을 억지로 삼키며 으득 이를 악물었다. 하마터면 머리부터 어깨까지가 그대로 잘려 나갈 뻔했던 것이다.

'팔식으로는 버티는 것조차 힘들어.'

그게 결론이다. 소하는 굉명을 휘둘러 손에 쥐며 천천히 앞을 겨누었다. 어느새 혁월련은 그에게서 열 걸음 정도를 멀어진 상태였다.

"넌 누구지?"

혁월련의 입에서 음산한 목소리가 흘렀다. 그는 지금, 자신의 이격을 견뎌낸 소하의 정체 자체가 의문스러웠다.

소림의 훈도 방장조차도 내공이 충만한 혁월련의 일격을 받아내지 못했다. 하물며 지금은 강한 자들의 내공을 모조리 흡수한 이후다.

그는 지금 마음만 먹는다면 지형을 바꿀 정도의 힘을 가지고 있었다.

"이상하군. 분명 내가 아는 자들 중엔……."

휘두른다.

소하는 말을 하는 도중 날아온 검격을 쳐내며, 이내 후욱 하고 숨을 들이켰다. 혁월련은 점차 강한 내공을 실어 참격을 쏘아내고 있었다.

팔꿈치가 저릿저릿하다. 소하가 튕겨낸 검격은 이윽고 바닥에 충돌하며 굉음과 함께 사방으로 눈가루를 쏟아냈다.

"너 같은 놈은 없었는데."

고개를 옆으로 슬쩍 흔든 그는, 이윽고 음산하게 웃었다.

"상관없나."

콰아아아앗!

도약, 그리고 돌진.

소하는 그가 무슨 행동을 하는지는 알 수 있었지만, 미처 그 속도를 따라가기가 버거웠다. 혁월련은 전신에 흡성영골의 기운을 두르며 소하에게로 칼을 내려치고 있었다.

쫘르르르룽!

지반이 뒤흔들린다. 칼을 내려친 순간, 쩌억 하고 지반이 열리며 사방으로 검은 금들이 생겨나고 있었다.

소하가 없다. 혁월련은 칼끝에 아무것도 걸리지 않는 것에 흠 하고 소리를 내뱉었다.

위.

소하의 굉명이 웅장한 소리를 내뿜으며 혁월련을 내려쳤다.

순간 또다시 지진이 일어난다. 두 명의 싸움은 이제 인간이라
고 칭하기 어려울 정도로 막대한 재해를 몰고 올 정도였다.

하지만.

소하는 눈살을 찌푸렸다.

혁월련은 한 손으로 굉명을 막아내며, 이내 흥미롭다는 듯 웃
고 있었다.

흡성영골의 검은 문양이 목을 타고 그의 얼굴까지 올라온 상
황이었다.

"너……"

그의 눈에 살기가 흘렀다.

"그때 그놈이로군."

촤아아악!

눈앞이 뜨거워진다.

소하는 베였음을 느끼고는 재빠르게 하늘을 박차며 땅으로
몸을 던졌다. 뜨거운 기운이 가슴팍을 타고 줄줄 흘러나오고 있
었다.

'깊진 않다.'

소하는 땅을 구르며 천양진기로 상처를 지혈했다. 다행히 피
는 금방 멈추지만, 칼에 베인 감촉이 아찔하게 머리를 찔러 오고
있었다.

"기억하고 있다. 건방지게… 날 방해한 놈!"

괴성이 쏟아져 나온다.

혁월련의 눈이 다시 휘돌며, 흡사 광인처럼 변하고 있었다.

혁월련은 소하를 잊지 않았다.

시천월교의 소교주로 남부럽지 않은 삶을 살아오던 자신을 단박에 나락으로 떨어뜨린 놈!

그는 깊숙한 망회옥에서 소하를 떠올리며 계속 분노의 감정을 심어왔던 터였다.

"알고 있다……!"

그의 입에서 고함이 터져 나왔다.

"굉천도법!"

혁월련의 입에서 굉천도법의 이름이 터져 나오자, 소하는 굉명을 휘두르며 이를 악물었다.

굉천도법의 파풍!

그러나 단숨에 혁월련은 자신의 내공으로 도격을 없애 버리며, 날카롭게 검을 찔렀다.

"시천무검에 패배한 머저리의 무공이지!"

시천무검의 이식(二式), 천괴(天壞)!

파풍의 복잡한 도격들이 모조리 격추되며 소하의 도를 밀어내고 있었다. 마치 그물처럼 검격이 쏟아져 왔던 것이다.

소하는 뒤로 뛰며 그것을 피하려 했지만 혁월련은 이미 그의 앞까지 도달해 있었다.

"천영군림보라 해도 고작 이 정도다!"

시천무검의 보법인 운무령보(雲霧逞步)가 펼쳐지자, 소하는 자신의 어깨를 혁월련의 손아귀가 강하게 움켜잡는 것을 느꼈다.

"크으윽!"

입에서 신음이 쏟아진다. 소하의 어깨에 손가락이 들어가도록 강하게 움켜쥔 혁월련은 소하를 내던져 버리며 괴성을 질렀다.

"건방진 놈!"

쫘아아앙!

소하의 몸이 벽에 충돌하며 마구 구르기 시작한다. 내공을 실어 던진지라, 바위마저도 부수며 벽에 틀어박히고 있는 모습이었다.

혁월련은 하얀 숨을 토해내며 천천히 살기에 찬 눈을 들어 올렸다.

"패배자들의 무공 같은 걸로 내 앞에 서려 하다니."

혁월련은 검을 겨누며 소하에게로 걸음을 옮기기 시작했다.

"주제를… 알아라!"

쩌렁쩌렁한 고함.

그것에 소하는 어질거리는 머리를 들어 올렸다.

이상하게도 그렇게나 강한 힘을 목도했음에도 두려움이나 공포가 일지 않았다.

"무공이란 무엇이라고 생각하느냐?"

그저 그 노인들의 물음이 아릿하게 머릿속에 번질 뿐이었다.

소하는 칼을 쥔 주먹을 세게 바닥에 내려쳤다. 이내 그 기세로 상체를 일으키며 혁월련에게로 시야를 돌렸다.

아니다.

혁월련의 말을 듣자, 소하의 머릿속에는 뭉클뭉클 생각들이 흘러가기 시작했다. 단어들이 눈앞을 가리고 기이한 감정들이 돋아난다.

"약한 놈들이 귀찮게 주제를 모르고 나서는 건… 진정 강한 자가 누군지를 모르기 때문이지."

혁월련은 양손을 펼치며, 이내 설원(雪原)에 퍼지도록 고함을 질렀다.

"이제부터 모두가 알게 될 거다! 누가 진정한 하늘인지, 누가 진정한 강자인지!"

"아, 시끄러."

혁월련은 고함을 지르던 도중 소하에게서 들려온 목소리에 눈을 내렸다.

소하는 부스스하게 몸을 일으키며, 천천히 이상이 있는 곳은 없는지 점검하고 있는 중이었다.

"네놈……!"

내공을 실은 공격이다.

소림의 훈도 방장조차도 팔 하나를 잃을 정도의 충격을 담아 공격했거늘, 어째서 소하는 아무렇지도 않다는 말인가?

소하는 머리를 툭툭 치며 눈을 털어낸 뒤, 이내 굉명을 왼손으로 바꿔 잡았다.

허리에서 연원이 뽑혀 나온다.

우검좌도.

소하의 기운이 아까와는 다르게 묵직함을 보이며 내려앉기 시작한다. 혁월련조차도 분위기가 달라졌음을 느끼며 입을 꾹 다물 정도였다.

"할아버지들의 힘이 어땠는지……."

지금 이 감정은 잔잔한 분노였다.

그들은 절대 약하지 않았다.

누구나 살아가기 위해 필사적으로 싸워왔던 자들이었다.

자신들의 시대를 각자의 방식으로 보내 온 자들이었다.

그런 이들이 무시당하는 것을 두고 볼 수는 없다.

소하는 전신에서 천양진기의 기운을 일으키며 눈을 번득였다. 머리칼이 서며, 전신에 노란 기운이 번개처럼 퍼져 나가고 있었다.

천양진기 십육식.

가히 천하오절을 노릴 수 있는 경지라고도 할 수 있었다.

"제대로 보여주지."

        *   *   *

뚝뚝 핏물이 떨어진다.

자신의 이마가 찢겨졌음을 인지한 구영사태는 손등으로 피를 닦아내며 인상을 썼다.

"크하하하하!"

아회광의 입에서 광소가 터져 나왔다.

두 명의 몸이 그의 주먹에 바로 육편이 되어버린 뒤였다. 가까스로 피했음에도 미처 여파를 벗어나지 못했던 구영사태는 형편없이 구겨진 자신의 검을 보며 눈살을 찌푸렸다.

"무슨……."

당화령의 무공 역시 눈을 의심할 정도로 경세(經世)의 절학이기는 했지만, 아회광은 더더욱 무시무시했다.

주먹에 맞는 순간 몇 명의 몸이 '사라졌다'.

이전 소하와 싸울 때 그의 무공이 어떠한 형태를 하고 있는지 예측할 수 있었지만, 이건 상상 이상이었다.

'이게… 오대천주인가!'

시천마의 힘에 감화되어 그에게 모여든 다섯 명의 고수. 그것이 바로 오대천주다.

비록 두 명의 천주가 지난 시천월교 소탕에서 죽었지만, 아직도 남은 자들은 건재하다는 듯 아회광은 난폭하게 주먹을 휘두르고 있었다.

여기서 물러나야 한다.

구영사태는 그것을 느꼈다. 아무리 혼자라고 해도, 무공의 격차는 거의 어른과 어린아이 수준이었다. 아회광의 주먹 한 번을 받아내지 못하고 즉사한 자들이 수두룩한 지금이다.

"재미가 없군."

아회광은 손을 털며 그리 이죽였다.

"역시 그 꼬마 놈을 찾아야… 음?"

고개를 돌리던 그는, 이내 눈썹을 와락 찌푸렸다.

눈앞에는 피투성이가 된 선무린이 서 있었다. 어깨를 들썩이며, 다리가 부르르 떨리는 데에도 그는 여전히 칼을 겨누고 있었다.

"뭐냐, 쓰레기."

아회광의 귀찮다는 목소리에 선무린은 쿨럭이며 피를 토해냈다. 만천화우를 받아낸 후유증 때문에 그는 지금 제대로 서 있는 것조차 불가능에 가까웠던 것이다.

"못… 지나간다."

그러나 그의 목소리만은 뚜렷이 들려왔다.

헛웃음이 흐른다.

대답할 가치도 느끼지 못한 아회광은 손을 들어 올리고 있었다. 단숨에 선무린을 짓이겨 버리기 위해서였다.

"피해라!"

구영사태의 고함.

그러나 선무린은 움직이지 않았다. 그저 피에 젖은 두 눈으로 아회광을 바라보고 있을 뿐이었다.

그는 자신과 같다.

누군가에게 자신을 이입해 본 것은 처음이었다.

'그게 지금인가.'

어이가 없을 지경이었다. 당장에라도 자신의 몸을 내려쳐 죽여 버릴 것 같은 상대에게, 비참하게도 자신의 모습을 겹쳐 버리다니 말이다.

하지만 그게 옳다.

온몸은 짙은 피에 엉겨 있다. 사람을 제멋대로 죽였고, 기분 내키는 대로 살아왔다.

죽는 것도 그런 식이리라. 문득 그렇게 생각했던 적이 있었다.

그 순간, 눈앞에는 바람이 일었다.

백연검로가 허공을 찔렀다.

아회광은 옆에서 치고 들어온 청아의 검에 인상을 찌푸렸고, 이내 으득 이를 악물며 그녀를 후려갈기려 했다.

하지만 위에서 날아든 도격이 그것마저 막아낸다.

초량은 전력으로 비영을 내리꽂으며, 황망심법을 전력으로 운용했다.

바지지지지직!

번개가 도를 타고 흐르며 아회광의 몸을 달구지만, 그는 이내 바람으로 그것을 훑어내며 거칠게 양 주먹을 휘저었다.

튕겨 나간 두 명은 땅으로 내려앉으며 조용히 무기를 들었다.

"큰 놈이군."

초량의 목소리에 청아는 날카롭게 회답했다.

"알아서 조심해라."

아회광은 으득 이를 악물며 양손에 바람을 휘감았다.

"귀찮은 날파리들이!"

선무린은 휘청거리다, 이내 몸이 뒤로 쓰러지는 것을 느꼈다. 내공조차도 이미 다해 버린 것이다.

그런 그를 받아내는 자들이 있었다. 아미의 무승들은 급히 선무린을 붙잡아 뒤로 옮기고 있었다.

"뭐… 하는 거지……."

"대협을 구하는 겁니다."

자소연은 다급히 앞을 쳐다보며 그리 말했다.

"저희 목숨을 구해주셨으니까요."

"허……."

선무린은 씁쓸하게 중얼거렸다.

구한다라…….

이제껏 살아오면서 그가 그런 말을 들은 적은 한 번도 없었다.

늘 누군가의 증오 어린 시선과 목소리만이 남았을 뿐이다.

그런데.

그는 입술을 달싹였다. 입을 열어 말을 내뱉고 싶었지만, 그렇게 되면 무언가가 픽 하고 터져 나가 버릴 것만 같았다.

선무린은 자신의 앞에서 검과 도를 겨누고 있는 청아와 초량을 보며 천천히 고개를 숙였다.

아회광의 몸이 돌진하기 시작한다. 마치, 거대한 충차 같은 모습이다.

"전력으로 간다."

청아의 말에 초량은 픽 웃음을 흘렸다.

"누가 할 말을!"

그와 동시에 두 명의 몸이 좌우로 비산했다.

콰콰콰콰콱!

아회광은 청아와 초량을 보고 단숨에 쓸어버릴 생각을 했다. 하지만 두 사람이 동시에 뻗어온 공격을 막는 순간 자신의 내공이 뒤흔들리는 것을 느꼈다.

"흠……!"

양손을 옥죄듯 막아서는 모습에 구영사태는 큭 소리를 내며 몸을 굽혔다. 나서고 싶었지만, 몸이 도저히 말을 듣지 않는 상황이었다.

"이런 때에……!'

그 순간 청아와 초량은 동시에 절초를 뿜어냈다.

백연검로의 성수로와 굉천도법의 천장우가 결합되며, 동시에 아회광의 온몸을 두들긴 것이다.

콰아아아앗!

귓전을 찢어낼 것 같은 바람이 울린다.

"크으으으……!"

아회광은 처음으로 뒷걸음질을 치며 신음을 토해냈다.

청아와 초량은 동시에 무기를 겨누며 숨을 고르고 있는 중이었다.

뚝뚝 떨어지는 핏물. 아회광은 자신의 팔에 난 상처를 보며 이를 드러냈다.

"귀찮군!"

"이쪽이야말로."

청아는 말을 끝내며 조용히 인상을 썼다.

천령협의 다른 쪽에서도 어마어마한 기운이 전해져 온다.

그쪽으로 향한 것은 운요와 소하였다. 그녀는 당장에라도 그리로 달려가고 싶었지만, 우선은 아회광을 처리하는 것이 순서였다.

"빨리 끝낸다."

청아의 말에 초량은 고개를 끄덕였다.

그녀의 눈이 자연스럽게 천령협의 위쪽으로 다다랐다.

'조심해라.'

그녀는 그리 속삭이며 빠르게 땅을 박찼다.

*　　　　*　　　　*

사아아아아!

바람 소리가 요란하다.

그것에 성중결은 조용히 눈을 들어 올렸다.

"꽤나 시간이 지났다."

폭음. 그리고 은은한 진동이 땅을 타고 전해지는 중이었다.

"지금쯤이면 철은천주도 나섰겠지."

성중결은 조용히 고개를 돌렸다.

아래에서 일어나고 있는 싸움, 내공의 파동으로 지금 아회광이 난동을 피우고 있다는 사실을 알 수 있었다.

그는 일단 그리로 향하기로 마음을 먹었다. 만검천주라는 변수가 끼어든다면, 아무리 강한 자가 아회광을 막고 있다 해도 의미 없는 일이었다.

잠시 앞으로 걸음을 옮기던 성중결은 먼지가 피어오르는 옆쪽을 보았다.

그곳에서는 운요가 비척거리며 일어서고 있었다.

이리저리 구르고 굴러 몸은 흙투성이가 되어 있었고, 머리는 산발이 되어 핏물 한 줄기가 뺨을 타고 흐르는 중이었다.

"포기해라."

성중결은 운요를 보며 그렇게 말했다.

이미 실력의 차는 역력하다. 운요는 전력을 다해 비홍청운을 펼쳤지만, 두 개의 검을 격추시키는 게 고작이었다. 그 대가로 남은 여섯 자루의 검이 그의 몸을 공격했고, 청량선공이 버틴다고는 해도 온몸에 검상이 남을 수밖에 없었다.

운요는 숨을 내뱉었다. 목구멍이 막히기라도 한 듯, 숨이 제대로 쉬어지지 않았다.

"웃… 기는… 소리……."

그는 자신의 오른손에 칼이 쥐어져 있는가를 확인했다.

힘이 제대로 들어가지 않아, 손가락으로 칼자루를 두드려 그게 굳게 쥐어져 있는지를 인지해야만 했다.

뜨겁다. 온몸이 불타는 것처럼, 검상으로 인해 핏물이 뚝뚝 떨어지고 있었다.

성중결은 그런 운요를 바라보다 이내 오른손을 들어 올렸다.

허공에 떠 있던 검 두 자루가 그에게로 검봉을 겨누기 시작했다.

손가락이 접혀지는 순간, 운요의 정수리를 향해 칼이 날아들었다. 지금 만신창이가 된 그의 상태로는 막아낼 틈도 없이 즉사하고 말 것이다.

"이 아이만은… 살려주시오."

복소리가 늘렸다.

카아아앙!

성중결의 눈가에 미미한 진동이 일었다. 그는 순간, 운요가 팔을 펼치며 자신의 검 하나를 박살 내는 모습을 보았던 것이다.

운요의 몸이 비틀거리며 일어서고 있었다. 그의 두 눈에서는 알 수 없는 귀기(鬼氣)가 흘러나오고 있었다.

아직까지 그는 싸울 마음을 먹고 있다.

성중결은 낮은 한숨을 내뱉었다. 그러나 이런 상황에서 계속 시간을 소비할 수는 없는 형국이다. 그는 그렇기에 단숨에 운요를 처치하기로 마음먹고 팔을 들어 올렸다.

다섯 자루가 남은 검들이 허공을 떠돌기 시작한다.

그가 이제까지 운요에게 사용한 무공은 일엽에서 팔엽까지 존재하는 그의 무공 중 고작 사엽까지였다. 그렇기에 운요가 자신을 이길 수는 없다고 판단한 뒤였다.

하지만 그의 몸에서 뿜어져 나오는 기운. 청량선공의 흰 기운은 점차 그 색을 바꾸고 있었다.

마치 노을 같다.

"양일적하."

그 이름을 읊조리며, 운요는 거칠게 땅을 박찼다.

쑤아아악!

성중결은 본능적으로 앞을 막아내었다. 운요의 검이 허공을 자르는 순간, 자신의 눈앞까지 칼날이 쇄도했던 것이다.

두 자루의 검이 방패가 되어 막아내기는 했지만 분명 운요는 아까보다 빨라져 있었다.

더군다나 그의 몸이 옆으로 휘돌며 공격을 쏟아내는 것에, 성중결은 눈을 의심해야만 했다.

'뭐지?'

마치 채찍처럼 칼날이 이상한 각도에서 후려쳐 온다.

운요의 팔이 휘둘러지는 순간 시야가 흐릿하게 변하며, 청량선공의 기운 자체가 몰려들었다.

성중결이 물러난 순간, 바닥에는 세차게 갈퀴 자국이 남으며 그대로 모래가 뻗어나가고 있었다.

콰콰콰콰!

뻗어나간 참격은 다시 기세를 살려 성중결에게로 달려든다. 그는 허공의 검 하나를 붙잡으며 아래로 쳐냈다. 그러자 곧 노을과 같은 색의 기운들이 흩어지며 사라지고 있었다.

"격공(擊空)의 묘(妙)인가."

비홍청운이 가공할 거리를 이용해 적을 제압하는 검이었다면, 양일적하는 청량선공과 동시에 운용하며 적의 위치를 판단해 공간째로 공격하는 절공(絶功)이었다.

성중결은 자신의 손을 한 번 흔들며, 이윽고 허공으로 휘둘렀다.

검격이 쏘아 박히지만, 운요는 허공에 휘도는 기운을 몸에 감싸며 성중결의 공격을 견뎌내고 있었다. 무형의 기운을 유형화시켜 옷처럼 두른 것이다.

"하지만."

성중결의 손에서 바람이 몰아쳤다. 단숨에 적을 옭아매어 공격하는 육엽(六葉)이었다.

동시에 운요는 신음과 함께 뒤로 물러섰다. 내공의 방호(防護)가 단숨에 금이 가며 깨져 나가고 있었던 것이다. 단숨에 팔다리를 꿰뚫을 것처럼 온몸을 두들기는 충격에 그는 제대로 서는 것도 힘들 지경이었다.

"여기까지다."

성중결은 칼로 운요의 어깨를 내려쳤고, 운요는 자신의 내공이 부서지며 허공에 입자가 흩날리는 것에 으득 이를 악물었다.

칼을 위로 올려 막았음에도 팔과 어깨에서 핏물이 솟구쳤다. 계속된 공격에 몸이 견디지 못한 것이다.

운요의 내공이 흩어지기 시작하자 성중결은 조용히 팔에 힘을 주었다. 그가 더 이상 저항하지 못하도록 확실히 끝내려는 것이다.

"고맙… 다."

운요의 입에서 마른 목소리가 흘러 나왔다.

쩍쩍 소리가 들리며 내공의 방호가 사라져 가고 있는 상황이다. 그러나 성중결은 벌벌 떨리고 있는 운요의 뺨이 조금씩 실룩이는 것을 보았다.

그는 웃고 있었다.

"다가와… 줘서!"

운요의 입에서 고함이 터져 나온다.

즉시 부서진 내공들이 사방으로 흩어지기 시작했다.

날개가 펼쳐진다.

비홍청운에 의해 비산(飛散)한 내공들은, 이윽고 허공에서 양일적하의 색으로 변하며 마치 노을처럼 내려앉기 시작한다.

위험하다.

성중결의 판단이 거기까지 미친 순간, 운요는 전력으로 오른손을 내뻗었다.

그와 동시에 그 공간 자체가 마치 하나의 검처럼 성중결에게로 밀어닥치기 시작했다.

콰아아아아아앗!

바람이 몰아친다. 마치 노을이 지는 듯, 모든 것이 일점(一點)으로 집중되며 쏘아져 나가고 있었다.

이것이 바로 청성의 마지막 비검.

청운적하(靑雲赤霞).

두 가지의 비전을 모두 배운 자만이 사용할 수 있는 절정의 검공이었다.

칼날이 부러진다.

성중결은 자신이 쥔 칼이 부서져 나가는 것에 빠르게 다른 칼을 바꿔 쥐었다. 그와 동시에 운요의 기세를 받아내려 했지만, 그의 어깨와 허벅지에서 핏물이 솟고 있었다.

'하나하나가 칼날인가.'

자신을 스쳐 지나가는 바람 하나하나가 날카로움을 지니고 있었다.

필사(必死)의 공격이다.

성중결이 자신을 어떻게 공격하든 상관하지 않고 어떻게든 그에게 상처를 입히고 말겠다는 듯 말이다.

두 번째의 칼날마저 부러진다.

파도를 흘려 넘기려고 해보았지만, 운요는 그마저도 허락하지 않겠다는 듯 매섭게 칼을 쏘아내고 있었다.

그저 오로지, 일념(一念)으로.

청성의 검은 고루하다고들 말했었다.

운요의 팔에서 핏물이 솟구치고, 꽉 다문 입 사이에서 혈선이 흘러내렸다.

그렇게 둘 수는 없다.

"살아남거라."

운요를 살려달라고 빌며, 그의 스승은 그리 말했다. 자신이 죽을 것을 이미 알고 있었음에도, 성중결의 무공은 자신보다 아득히 높음을 이미 느꼈음에도.

당당히 마지막 싸움에 임했었다.

세 번째 검이 부서졌다.

운요는 시야가 흐려지는 것만 같았다. 마치 눈이 터져 나간 것처럼, 한없이 찬란한 빛만이 시야를 가득 메우고 있었다.

왜 그는 나만이 살아남으라고 한 것일까.

운요는 끊임없이 생각했었다. 이 수많은 세월들, 도저히 잠들 수 없던 밤을 지나며 말이다.

칼날이 부딪친다.

그가 보았던 세계.

운요는 으득 이를 악물었다.

콰아아아아아!

이제 답을 알 수 있었다. 아니, 어쩌면 그 당시부터 운요는 어렴풋이 느끼고 있었을지도 모른다.

빛이 갈라지며 눈앞에 들어온 것은 성중결의 얼굴이었다.

네 번째의 검이 휘둘러진다. 이걸로 마지막 검.

운요는 자신의 칼날로 그것을 받아내며 몸을 거세게 휘돌렸다.

청운적하검은 청성의 비전으로 그것을 제대로 익힌 자는 초대 이후로 나오지 못했다. 비홍청운과 양일적하 모두를 익히는 것만으로도 버거운 일이었기 때문이다.

"너라면 할 수 있을 게다."

웃으면서 머리를 쓰다듬어 주었었다.

그 말이 있었기에 가능했다.

성중결의 미간이 일그러진다. 처음으로 그의 표정에 변화가 일어나고 있었다.

운요의 입에서 고함이 터져 나왔다.

모든 것은 바로 지금을 위해.

그 순간 성중결의 전신에서 내공의 빛이 환하게 터져 나가며 두 명의 검이 교차했다.

꽈라라라라라라라라!

먼지가 인다.

지반이 쪼개지며, 사방으로 토사가 솟구쳤다.

두 명의 격돌은 마치 폭발이라도 일어난 것처럼 어마어마한 충격을 안은 채 뭉게뭉게 연기를 피워 올리고 있었다.

"…묻고 싶었다."

먼지가 인다.

땅바닥으로 떨어지는 검편(劍片).

"현재의 무림맹은 너희와는 관련 없는 자들이 대부분이다. 오히려 지금의 실력이라면 본교에서 더욱 너희를 대우해 줄 수 있겠지."

성중결의 이마에서 핏물이 주르륵 흘러내린다.

이마가 찢어지고, 머리끈이 풀려 산발이 된 머리카락이 서서히 아래로 내려앉고 있었다.

"너희는 어째서 싸우는 것이냐."

그리고.

땅바닥에는 흥건한 핏물이 젖는다.

운요는 벌벌 떨리는 팔을 아래로 향했다. 그의 검은 다 찢어
져 버린 손아귀에서 흘러내려 땅으로 떨어지고 있었다.

마지막 일격.

그것은 성중결의 뺨을 스치는 것으로 그쳤다. 얻어맞았다면
그대로 그의 아래턱을 날려 버렸겠지만, 아슬아슬한 순간 운요
의 내력이 힘을 다했던 것이다.

상체가 붉게 물든 운요는 힘없는 눈을 들어 성중결을 올려다
보았다.

"생각해 본 적도 없어."

덜덜 떨리는 손으로 칼자루를 쥐려 하지만 이미 땅으로 떨어
진 뒤다.

"그저……."

"너는 나보다 더 대단한 무인이 될 거란다."

어릴 적, 칼싸움만을 좋아하던 개구쟁이에게 해주었던 한마디
말.

그리고 그런 스승의 웃음을 너무나도 닮은 녀석을 만나 버리
고 말았다.

"그 녀석이… 하려는 일이니까."

미끄러진다.

무릎을 꿇으며 운요는 서서히 의식을 잃고 있었다.

가만히 그를 바라보던 성중결은 자루만 남은 자신의 검으로 시선을 돌렸다.

마음만 먹는다면 운요를 죽일 수 있다.

하지만 그는 몸을 돌려 천천히 천령협의 안쪽으로 향하기 시작했다.

"훌륭하다."

그 말만을 남기고서.

第五章
질문

몰아친다.

청아는 으득 이를 악물며 자신의 팔에서 흘러내리는 핏물을 주시했다.

곡원삭과 싸울 때 입었던 부상이 방해가 되고 있다. 왼팔에서는 계속 피가 흘러 지속적으로 체력을 깎아내고 있었고, 백련을 든 오른팔 역시 아회광의 주먹을 받아내자 점점 충격이 쌓여가는 상황이었다.

초량의 몸이 허공에서 아래로 내리박힌다.

쩌저저적!

아회광은 어깨를 내려치는 도격을 받아내며 고함을 내질렀다.

"귀찮은!"

주먹을 올려치지만 초량은 몸을 비틀어 그것을 피해낸 뒤 땅에 착지했다. 그의 눈은 자신이 내려친 어깨에서 흘러내리고 있는 핏자국에 향해 있었다.

조금씩 충격을 받고 있다.

초량과 청아의 연계 공격은 이전 소하와 함께 연습하면서 합을 맞춘 적이 있기에 더할 나위 없이 부드럽게 연속되고 있었다.

내려앉은 청아는 후욱 하고 숨을 들이키며 천천히 오른팔을 움직였다. 그러나 이쪽 역시 체력이 다 떨어져 가기는 마찬가지다. 청아와 초량은 이제까지의 싸움으로 인해 내공이 점차 바닥을 드러내고 있는 형국이었다.

마치 거대한 맹수를 상대하는 듯했다. 아회광은 주먹을 내려치며, 전신에서 흰 연기를 뿜어내고 있었다.

"날파리 같은 놈들이……."

그의 두 눈에서 안광이 번득인다. 그것에 청아는 날카로운 고함을 질렀다.

"피해!"

동시에 아회광의 양손에서 폭풍이 몰아쳤다. 마치 자연현상을 재현하듯, 그는 양손에 몰린 내공의 바람을 옆으로 휘둘렀고, 그것은 마치 검처럼 쭉 뻗어나가며 대기를 가르기 시작했다.

휩쓸리면 죽는다. 초량과 청아는 본 순간 그것을 직감했다.

두 명이 양쪽으로 갈라지는 것과 동시에 아회광은 허공을 때리며 마치 성난 소처럼 앞으로 달려 나갔다.

그것에 청아와 초량의 눈이 일그러졌다. 아회광이 노리는 것은 피하려던 다른 무림인들이었던 것이다.

청아는 본능적으로 뒤를 보았다. 그곳에는 얼굴이 새파랗게

질린 젊은 무인 남녀가 두려움에 피하지도 못하고 있는 모습이
보였다.

"이런……."

청아의 입술이 꽉 앙다물어졌다.

그녀의 몸이 앞으로 쏘아져 나간다. 제운종의 보법으로 단숨
에 달려 나간 그녀는 아회광의 앞을 가로막으며 검을 들어 올렸
다.

"멍청한!"

초량이 놀라 소리친다. 그러나 청아는 이를 꽉 악물며 인상을
썼다.

"젠장……!"

죽게 놔둘 수는 없었다.

아회광의 눈에 비웃음이 흐른다. 그는 아마도 청아나 초량이
이들을 막아서리라 예상하고 달려든 것이 분명했다.

왼팔이 늘어진다. 기어코 육체가 견디지 못한 것이다. 균형이
맞지 않은 상태에서 제대로 검을 쓰기란 어려운 일, 청아는 발에
힘을 꽉 주며 날아드는 폭풍을 응시했다.

죽더라도 그에게 결사(決死)의 상처를 남기리라 마음먹었기 때
문이다.

하지만 그 순간.

수십이 넘는 그림자가 날아들었다.

콰콰콰콰콰!

상체가 으깨져 나가는 무인들이 보인다. 날아든 자들의 대부
분은 폭풍을 얻어맞으며 그대로 육편이 되어가고 있었다.

그들의 모습을 본 청아는 멍하니 입을 벌렸다.

"사형들……!"

무당의 무인들은 죽음을 각오하며 청아의 앞을 막아서고 있었다.

"앞으로 나아가라!"

고함.

모진원의 몸이 앞으로 뛰쳐나간다. 그와 함께 뒤쪽에서 합류한 무인들은 전력을 다해 앞으로 달려들며 아회광에게로 덤벼들고 있었다.

죽는다.

그러나 더 많은 수가 아회광의 전신으로 공격을 가해오고 있었다. 그의 무공은 전신에 내공을 둘러 공방을 일체화하는 기술이지만, 아회광 역시 내공의 한계가 오고 있는 터였다.

다른 문파의 무인들 역시 죽음을 각오하고 앞으로 향한다.

그 순간 청아는 초량이 달려오는 것을 보았다.

전신의 내공이 일순간 그의 도에 집중된다. 청아는 동시에 이를 악물며 앞으로 뛰었다. 무인들이 벌어준 기회를 헛되이 해서는 안 된다는 생각에서였다.

핏물이 튄다. 무인 하나는 청아에게로 달려드는 주먹을 몸으로 막아서며 비명을 내질렀다.

이 상황에서 청아와 초량이 쓰러지면 자신들이 패배한다는 사실을 모두가 알고 있었기 때문이었다. 자신들을 보호하기 위해 싸우는 모습에 무인들은 목숨을 아끼지 않고 앞으로 나아가고 있었다.

쓸려 나가는 무인들 속, 청아는 눈을 들어 앞을 바라보았다. 그의 양손에서 뻗어져 나가는 폭풍이 점차 줄어들고 있는 상황이었다.

지금.

그녀는 초량이 뛰어오르는 것을 보았다. 그의 도격에서 뻗어져 나가는 것은 굉천도법의 절초인 천장우!

"크윽!"

아회광은 팔을 돌리며 그것을 막아섰다. 초량의 도인 비월에서 뿜어져 나간 참격이 계속해서 바람을 잘라내었지만 아회광은 인상을 쓰며 고함을 질렀다.

"고작 그따위로!"

천장우의 초식이 깨어져 나간다.

주먹에 얻어맞자 초량은 뒤로 튕겨 나갔고, 그는 필사적으로 참격을 쏘아내면서도 느낄 수밖에 없었다.

이런 공격으로는 아회광을 죽일 수 없다.

그와 동시에 단숨에 초량의 목을 잡아채 비틀어 버리겠다는 듯, 천장우의 무수한 참격 속에서 아회광의 팔이 쏘아져 나간다.

그러나 아회광은 자신의 옆구리를 베어내는 검격에 인상을 쓸 수밖에 없었다.

내공의 틈.

청아는 즉시 성수로를 펼쳐 그곳을 찌른 뒤; 옆으로 베어냈다.

핏물이 튄다.

동시에 무인 두 명이 아회광의 어깨와 허벅지를 내려치고 있었다.

수십의 무인이 달려들어 공격을 쏟아내는 것에 아회광의 내공도 더 이상 버티지 못한 탓이다.

콰드드득!

청아는 인상을 찡그렸다. 아회광은 자신의 손으로 백련을 붙잡아 버린 것이다.

확 잡아당기는 것에 청아는 손을 놓지 못했다. 당황한 그녀의 얼굴 위로, 주먹이 내려쳐지고 있었다.

맞으면 바로 으깨져 버릴 것이다.

눈앞에 죽은 자신의 모습이 그려질 때쯤.

뒤쪽에서 번개가 일었다.

전신에 노란 번개를 두른 초량이 밀어닥치고 있었다. 아회광은 그런 초량을 노려보며 마치 파리를 쫓듯 회오리를 휘둘렀다.

천장우의 초식으로는 아회광의 힘을 뚫을 수 없다.

그가 익혔던 굉천도법 십이식으로는 무리다.

초량은 동시에 오른손에 힘을 주었다. 쫘르릉 하는 소리와 함께, 그의 도인 비월에 번개가 몰아치고 있었다. 황망심법의 기운이 모조리 몰아넣어진 탓이다.

아회광의 눈에 이채가 감돌았다.

초량이 들어 올린 도는, 마치 번개의 현신(現身) 마냥 어마어마한 기운이 바직거리고 있었다.

굉천도법의 마지막 초식.

"자유롭기 위해서."

소하에게 물어봤던 굉천도법의 극의(極意)는 바로 그것이었다.

초량은 소하가 부러웠다.

질투했다.

그러한 힘을 가진 자, 더군다나 자신이 알지 못하는 굉천도법의 내면까지 알고 있는 소하의 존재가 너무나도 멀게 느껴졌던 것이다.

하지만 그렇기에 초량은 자신이 더 나아갈 수 있다고 생각했다. 스스로가 저지른 일들을 후회하고만 있을 수는 없었다.

스칵!

상처에 바람이 스쳐 지나가자, 살점이 터져 나가며 핏물이 튀었다. 그러나 초량은 아무렇지도 않다는 듯 아회광에게로 도약해 나가고 있었다.

"놈……!"

저 공격은 위험하다.

아회광 역시 본능적으로 그것을 알아차리고 있었다. 마치 소하가 천양진기를 개방했을 때처럼, 알 수 없는 소름이 등줄기를 타고 올라오고 있었던 것이다.

결국 그는 청아를 후려쳐 옆으로 날려 버리는 것을 택했다. 죽이지 못하더라도, 일단 초량을 막아야만 했기 때문이다.

하지만 아회광은 초량을 비웃었다.

지나치게 무방비하다. 초량은 자신의 얼마 남지 않은 내공을 모조리 칼에 돌려 버린 터라, 육체의 방어를 하지 못하고 있는 것이다.

'병신 같은 놈!'

그렇다면 해법은 간단하다. 저 공격이 닿기 전, 그의 몸을 바람으로 휩쓸어 버리면 되는 것이다.

아회광의 주먹이 번개 같은 속도로 뻗어 나가려 했다.

청아의 칼이 그의 팔을 관통하지 않았다면 말이다.

아회광의 눈이 저도 모르게 옆으로 향했다.

그곳에는 피투성이가 된 청아가 필사적으로 그의 팔에 칼날을 꽂고 있었다.

온몸의 힘이 빠져 주저앉는 모습. 그것에 아회광은 미간을 찡그렸다.

"이년……!"

청아에게로 주먹이 내려쳐진다. 그 순간, 모진원의 몸이 섬광처럼 앞으로 도약하며 청아를 붙잡았다.

콰지직!

그의 어깨가 내려앉으며 핏물이 튀었지만, 모진원은 한쪽 팔이 뜯겨져 나가는 것도 상관하지 않은 채 청아를 안고 땅을 나뒹굴었다.

그녀를 죽이지 못했음을 확인하자, 아회광의 눈이 커진다.

그녀가 만든 한 순간의 망설임에 초량은 어느새 아회광의 눈앞까지 쇄도해 있었던 것이다.

모든 힘을 실은 일격.

굉천도법의 최후초, 천괴(天壞)가 펼쳐지며 아회광을 내리 갈랐다.

꽈라라라라라라라라!

비월에서 괴성이 울려 퍼진다. 아회광은 다급히 손을 들어 올

렸지만, 닿는 순간 도격은 수십, 수백으로 번져 그의 몸을 두들
기기 시작했다.

자신을 방해하는 자들이라면 설사 하늘이라 할지라도 베어
넘긴다.

그것이 굉천도법의 힘이다.

"크, 으으아아악!"

아회광의 입에서 괴성이 터져 나온다. 내공의 방호가 뚫리고
있는 것이다. 초량은 으드득 이를 악물었다. 자신의 팔 역시, 부
러질 것처럼 계속해서 어마어마한 부하를 받고 있었다.

초량은 전신이 산산조각 나, 눈앞이 하얗게 물드는 것만 같았
다.

어째서 이렇게까지 할 수 있을까?

스스로 의문이 들 정도였다. 이대로 계속 내공을 쏟아내면 그
는 죽는다. 그러나 이상하게도 몸이 멈추지 않았다. 멈출 마음
조차 들지 않았다.

마치 이게 당연하다는 듯 말이다.

콰콰콰콰콰!

귀에서 핏물이 흘러내린다. 내공의 격렬한 충돌은 그의 온몸
을 뒤흔들어 상하게 만들고 있었다.

아회광 역시 얼굴에 힘줄이 가득 돋아 오르며 흉측한 형상으
로 변해가고 있는 상황이었다.

조금이라도 힘을 풀면 끝이다. 아회광과 교착을 이루고 있는
힘의 균형이 무너지는 순간 초량은 물론이고 주변의 모두가 죽
게 될 것이리라.

거기까지 생각이 이르자 초량은 헛웃음을 지었다. 저도 모르게 고통 속에서 뺨이 실룩였다.

고작 그런 이유 때문이었다니.

자신의 세월은 이제까지 그런 답을 내놓지 못했었다. 그저, 한순간 깨달아 버린 것이다.

사람이 더 큰 힘을 발휘하기 위해서는.

쩌저저적!

아회광의 눈이 일그러졌다.

그의 팔이 갈라진다. 균열이 일며 철갑처럼 단단했던 외공이 풀어지고 있는 것이다.

"이런 젠장할⋯⋯!"

초량은 으득 이를 악물었다.

자신만이 아니라, 누군가를 위해 싸워야 한다는 것을 이렇게나 뒤늦게 깨달을 줄이야.

콰아아아아아!

굉천도법의 최후초.

천괴의 초식은 기어코 내공의 방벽을 돌파했고, 그 순간 아회광의 전신을 썰어내었다.

퍼퍼퍼퍼퍽!

사람의 살이 터지고 핏물이 솟구치는 소리가 들린다.

그 모습에 다들 고요해질 수밖에 없었다.

땅을 구르던 모진원 역시 청아와 함께 입을 벌린 채 앞을 주시했다.

초량은 제대로 착지할 수도 없어, 땅으로 풀썩 쓰러지며 몸을 바르르 떨었다. 전신의 근육이 일제히 파열한 것만 같았다.

뒤늦게서야 모두의 눈이 아회광에게로 향한다. 그는 여전히 굳건하게 서 있는 채로, 초량을 내려다보고 있었다.

하지만.

핏물이 떨어진다.

도격의 소나기에 저며진 그의 몸은 아무 말도 하지 못한 채 마지막 숨을 내뱉었다.

"죽었다."

한 명의 입에서 저도 모르게 그런 소리가 흘러 나왔다.

그리고 모두가 기쁨의 고함을 지르기 시작했다.

"시천월교의 천주가 죽었다!"

"우리의 승리다!"

환호성에 구영사태는 숨을 헐떡이며 상체를 일으켰다.

"이게 끝이 아니다!"

그녀의 고함과 동시에 자소연을 비롯한 아미의 무승들은 모진 원을 살피기 시작했다. 청아 역시 당황해 그에게 내공을 불어 넣어주고 있는 상황이었다.

"아직……."

쿠르르르르르릉!

지진.

순간 모두의 눈이 위쪽으로 향했다. 천령협의 가장 꼭대기, 그곳에서 일어난 폭음 때문이었다.

뭉게뭉게 피어오르는 먼지.

그리고.

"뭐, 뭐야."

무인 하나가 놀라 물러섰다. 멀리서 일어난 일일 뿐이지만, 보는 것만으로도 그들은 느낄 수 있었다.

그곳의 싸움이 얼마나 격이 다른 것인지를.

산이 무너진다.

봉우리 하나에 거대한 구멍이 뚫리며, 연기가 솟구치고 있었다. 멀리서도 보일 정도의 구멍이 생겨난 것에 부상당한 선무린은 허탈하게 웃음을 흘렸다.

"아직 제일 큰 게 남았군."

"그렇다는 건……."

자소연은 입을 벌렸다.

저곳에서 누가 싸우고 있는지를 내심 직감했던 것이다.

"서둘러라! 부상자를 살피고, 싸울 수 있는 자들은 위로 향한다!"

구영사태는 초량과 청아, 모진원을 살피며 한숨을 내뱉었다. 그들 모두가 심각한 부상을 입었다. 데리고 간다면 오히려 허탈하게 목숨을 잃을 수도 있을 것이다.

"소… 하……."

청아는 왼팔의 고통에 눈살을 찌푸리며 위를 올려다보았다.

뭉게뭉게 연기가 번지며, 어마어마한 싸움의 여파를 주변으로 흩어 보내고 있었다.

*   *   *

섬광.

그리고 바람이 찢어져 나간다.

콰아아아아아앙!

두 명의 충돌은 단숨에 주변의 지반을 들썩이게 만들며 사방으로 금이 가게 만들고 있었다. 누군가 끼어든다면 즉시 가루가 되어버릴 만한 모습이었다.

검을 휘두르자 참격은 거대한 칼날이 되어 땅을 가른다.

소하는 연원을 휘두른 손을 회수하는 동시에 굉명을 아래로 내리 가르며 혁월련의 목을 노렸다.

그러나 혁월련은 그것을 막아내는 것과 동시에 발을 올려 찬다.

쫘르르릉!

피해낸 순간 뒤쪽의 바위가 가루로 변하며 날아갔다. 두 명의 무공은, 이제 인세(人世)를 초월했다고 말할 수도 있을 정도였다.

천영군림보로 소하가 흩어져 나가자, 곧 혁월련은 빠르게 앞으로 검을 휘둘렀다.

일곱 개의 잔영이 한 번에 잘라져 나간다. 소하는 참격을 굉명으로 막아내며 연원을 땅에 꽂았다.

내공에 의해 달궈진 연원은 땅바닥에 꽂히는 즉시 앞으로 휘둘러졌다.

사람이 손으로 휘두른 참격에 수십 배는 큰 지반이 들려 올라가며 쏟아진다.

아마 누구도 믿지 못할 이야기였다. 당금 무림의 사람들이 알고 있는 무공은, 절대 그런 허무맹랑한 것이 아니었기 때문이다.

"크흐흐, 흐!"

혁월련은 웃음을 토해내며 팔을 휘둘렀다.

그러자 거대한 바위가 수십 조각으로 나뉘며 흩어져 버린다. 두 명의 공격은 이미 궤도를 예측하기조차 버거울 만큼 빨라져 있었던 것이다.

콰과아아아아!

소하는 잔해들이 자신에게로 쏟아져 오는 것에 땅을 박찼다.

서로가 서로에게 다가가는 데에는 일 초면 충분하다. 천양진기 십육식으로 강화된 육체는, 마치 번개처럼 단숨에 혁월련에게로 쇄도해 검과 도를 동시에 휘둘렀다.

오른손으로는 주연로가 왼손으로는 천장우가 펼쳐져 나간다.

눈앞을 메우는 쉴 새 없는 공격에 혁월련은 검을 뒤로 눕히는 동시에 빠르게 횡으로 휘둘렀다. 시천무검의 초식 중 하나인 일륜(一輪)이었다.

동시에 소하는 위험을 느끼고 몸을 띄워 올렸고, 종으로 베어내는 초식을 피한 순간 뒤쪽의 산이 콰르르 소리를 내며 굉음을 울렸다. 참격이 어마어마하게 불어나 산을 습격한 것이다.

"안심하긴 이르다!"

혁월련의 입에서 터진 고함에, 소하는 으득 이를 악물었다.

굉명을 방패로 삼긴 했지만, 혁월련의 도가 따라잡지도 못할 속도로 솟구치며 원을 그렸던 것이다.

"크으으윽……!"

소하는 으득 이를 악물며 충격을 견딤과 동시에, 그대로 칼을 풍차처럼 휘둘렀다.

일륜이라는 초식의 이름처럼 원을 그리며 틀어박힌 참격이 이
윽고 거대해지기 시작한다.

쿠우우우우우우!

지진이 인다. 소하는 저도 모르게, 뒤쪽의 산에 거대한 구멍이
난 것을 보며 치를 떨었다. 저게 사람의 무공이란 말인가? 벽력
탄 수백 개를 터뜨려도 저 정도 일은 일어나지 않을 것이다.

'점점… 세지고 있는데.'

소하는 공격을 막아내며 땅으로 착지했고, 이내 후우 하고 숨
을 내뱉었다.

혁월련의 공격이 매서워진다. 아까 전보다도 훨씬 강하게 느껴
지고 있는 터였다.

봐주고 있었다?

소하는 그 생각에 고개를 저었다. 혁월련은 소하를 죽이는 데
에 계속해서 열을 올리고 있었기에, 그를 굳이 봐줄 필요는 없었
으리라.

그렇다면 어째서?

소하는 저린 손을 쥐었다 펴며 앞을 주시했다. 마치 그는 서서
히 자신의 무공에 익숙해지기라도 한다는 듯, 뚜둑 소리가 나도
록 목을 꺾으며 옆으로 늘어뜨리고 있었다.

"도망치는 거 하나는 빠르군……."

혁월련의 눈에서 불똥이 튄다. 그는 소하를 바로 죽여 버리기
위해, 전신에서 내공의 빛을 너울너울 흩어내고 있었다.

목 아래로는 이제 시꺼멓게 보일 정도로, 흡성영골의 문양이
퍼져 있었다. 소하는 연원을 바로 잡으며 천천히 몸을 옆으로 기

울렸다.

'우선은……!'

소하는 달려 나가는 것과 동시에 연원을 앞으로 찔렀다.

쑤악!

바람이 찢겨지는 소리와 함께 혁월련은 자신의 미간으로 향해 오는 검봉을 보았다.

카앙!

검봉을 위로 쳐내자, 곧 그 사이를 굉명이 비집고 들어온다. 이미 서로 닿는 것만으로도 치명상을 입힐 수 있는 상황이기에, 혁월련은 어쩔 수 없이 몸을 뒤로 빼며 왼팔을 뻗었다.

장력(掌力)이 허공을 두들기자, 굉명의 궤도가 꺾이며 일그러졌다.

'내공으로는 이쪽이 위다!'

혁월련은 그것을 확신하며 비릿한 웃음을 지었다. 흡성영골의 힘으로 수많은 무림인을 흡수한 그다. 소하에게 자신이 질 리가 없다고 여긴 것이다.

하지만 소하는 팔이 튕겨 나갈 줄 알았다는 듯, 아무렇지도 않게 혁월련에게로 시선을 향하고 있었다.

뻐억!

턱이 들려 올라간다.

천영군림보를 펼친 소하는, 즉시 그의 턱을 올려 찼던 것이다. 내공의 방어가 있다고 해도, 순간 시야가 흔들리며 억 하는 소리가 튀어나올 수밖에 없었다.

콰콰콰콰!

수많은 각영이 혁월련의 가슴을 두들긴다. 충격을 견디려 했지만, 점차 발이 밀려 나가던 중 혁월련은 그대로 뒤로 튕겨 나가 땅을 나뒹굴었다.

먼지와 함께 그가 미끄러져 나가자, 소하는 내려앉으며 후욱 하고 숨을 내뱉었다.

"과… 연."

쓰러진 혁월련의 입에서 웃음이 흘러나왔다.

그는 상체를 구부리며 일어선 뒤, 몸을 툭툭 털고는 아무렇지 않게 칼을 들고 있었다.

"네 무공을 적절하게 융화(融和)했다 이건가."

소하는 굉명을 앞으로 겨누며 연원을 어깨에 걸쳤다. 일단은, 좀 더 공격적으로 나서야 할 필요가 있었다.

"이전보다 훨씬 나아."

혁월련은 머리를 흔들며 음산하게 중얼거렸다.

"역시 합일(合一)의 길은 옳았다는 건가."

그 말에 소하는 눈살을 찌푸렸다.

"무슨 말을 하는 거지."

혁월련은 노인들의 무공을 본 적이 없다. 아까도 초식을 보고서는 굉천도법을 알아챘다. 천영군림보도 말이다. 노인들은 시천마와의 싸움 이후 단전을 잃었고, 그들의 무공은 새어 나가지 않았었다.

그런데 어째서 혁월련은 그 무공들을 모두 안다는 듯 이야기하고 있는 것인가?

"흐, 흐, 흐흐흐흐!"

혁월런의 입가에 웃음이 흐른다.

이윽고, 그는 미소를 거둔다. 그러고는 자신의 머리를 감싸 쥐었다.

"뭐야."

소하는 아무 말도 할 수 없었다. 혁월런은 허공을 바라보며 질문을 던졌던 것이다.

"넌 뭔데, 내 머릿속에서 지껄여."

뭐지?

소하에게는 더할 나위 없이 알아듣기 어려운 말이었다. 갑자기 혼자 중얼중얼대기 시작한 혁월런은 이내 고개를 격렬하게 꺾으며 허, 허 하는 소리를 내뱉기 시작했다.

"귀, 찮, 귀찮아. 아, 귀찮아아아아아악!"

소리와 함께 허공에 칼을 휘두른다.

쩌저저저적!

소하는 그 여파에서 물러서며 당황한 눈을 할 수밖에 없었다. 점차 그의 무공이 강해지고 있다는 것을 증명하듯, 허공에 휘두르자 멀리 있는 절벽에 거대한 상흔이 생겨나고 있었다.

'시간을 더 이상 끌 수는 없어.'

소하는 천천히 몸을 숙였다. 제대로 완성하지 못했지만, 지금의 혁월런을 이기기 위해서는 천양진기 십육식과 함께 연계할 '이것'이 필요했다.

우검좌도를 한데 모은 소하는 후우우 하고 숨을 내뱉으며 앞을 노려보았다. 마침 혁월런이 이상해졌으니, 지금이야말로 적기였다.

주변의 대기가 멈춘다.

혁월련에 의해 계속해서 진동하고 격렬히 떨리던 공기가, 어느 순간부터 멈추며 고요해지기 시작했다.

홀로 중얼중얼거리던 혁월련도 그것을 느꼈는지, 이내 기괴하게 찡그린 얼굴을 소하에게로 향했다.

"뭐야."

그는 고개를 옆으로 수그리며 물었다. 하지만 소하는 여전히 칼을 모은 채로 아무 말을 하지 않았고, 혁월련은 그것에 고함을 질렀다.

"뭐냐고 물었다!"

그 순간.

혁월련은 자신에게로 다가온 칼날을 보았다.

쳐내려고 했다.

실제로 그의 반사 신경은 날아온 연원을 격하게 쳐내며 소하를 찌르려 했다. 아까 전부터 소하의 공격 방식은 어느 정도 눈에 익은 터였다.

백연검로는 찌르기에 중점을 둔 무공, 굉천도법은 베기에 중점을 둔 무공이다.

연원으로 찌르며 굉명으로 벤다. 그것이 소하의 기본적인 공격 방식이었다.

그런데.

촤아아악!

팔이 베이는 것에 혁월련은 인상을 찡그렸다.

소하는 연원을 내리 베며, 동시에 굉명으로 앞을 갈랐던 것이다.

"이… 건……!"

주연로, 성수로.

동시에 검과 도에서 펼쳐진 백연검로는 아름답게 허공을 수놓는 동시에 혁월련의 눈앞에서 소하를 사라지게 만들었다.

푸푸푸푹!

어깨와 옆구리를 찔렸다. 그의 몸에서 피가 솟는 순간 혁월련은 격렬히 옆으로 검을 휘둘렀다.

하지만 그곳엔 이미 굉명이 내려쳐지고 있었다.

양손으로 펼치는 굉천도법에 혁월련은 다급히 시천무검을 펼쳐 그것을 받아내려 했다.

하지만 가슴을 베인다. 그는 이제껏 보지 못했던 격렬함에 적응하지 못하고 공격을 받아낼 수밖에 없었다.

"크아아아악!"

괴성.

소하는 뒤로 빠져나가는 것과 동시에 이를 악물었다.

굉천도법과 백연검로의 연계(連繫)만이 아니라, 각 무공을 서로 다른 무기로도 사용할 수 있도록 하는 것.

소하는 연원으로 펼친 굉천도법을 회수하며 땅을 밟았다. 동시에 소하의 몸이 여섯으로 갈라지며, 단숨에 혁월련의 온몸을 짓눌러 가고 있었다.

'통한다.'

소하는 그리 생각하며 옆으로 뛰었다. 혁월련이 휘두른 검이 허공을 자르며 동시에 눈밭을 튀어 오르게 만들었던 것이다.

콰콰콰콰콰!

208 광풍제월

소하는 격렬한 충격에 옆으로 튕겨지며, 이내 땅을 데굴데굴 굴렀다. 반사적으로 움직이지 않았다면 큰일이 날 뻔했다.

"하, 하아, 하아……!"

혁월련은 숨을 거칠게 토해내며 고개를 뒤흔들었다. 그의 온몸에서는 소하의 검격에 의해 핏물이 흘러나오고 있었다.

"이야기가… 다르잖아!"

그는 허공에 대고 고함을 내질렀다.

"시천무검은 지고(至高)의 검이라고 했으면서!"

그는 땅을 세게 내려밟으며 침을 줄줄 흘렸다. 고통뿐만이 아니라 소하에게 베였다는 분함을 견딜 수 없었던 것이다.

"이게 뭐가… 무림제일이란 거야!"

소하는 숨을 고르며 몸을 일으켰다. 아무리 그렇다 해도, 혁월련의 몸에서 흘러나오는 내공의 양이 점차 불어나고 있는 것이 신경 쓰였다.

이제는 주변의 눈마저 녹고, 진동마저 느껴질 정도로 어마어마한 내공이 솟구치고 있는 터였다.

"모조리, 모조리 죽여 버려야 하는데."

그의 눈이 휘돌았다. 이미 충혈된 눈은 새빨갛게 음산한 안광을 흩뿌리고 있는 터였다.

그의 뺨까지 올라온 검은 문양이 요사하게 번득였다.

"날 무시한 놈들을… 모조리 죽여 버릴 거다!"

고함과 동시에 주변이 울린다.

그것과 동시에 소하의 몸에서도 천양진기의 기운이 솟구쳐 올랐다.

'지금 확실하게······.'

소하는 혁월련을 여기서 쓰러뜨려야 한다고 여겼다. 저자를 만약 내보낸다면, 무림맹의 무인들은 아무 저항도 하지 못하고 비참하게 학살당할 것이 분명했다.

검을 쥐는 손에 힘이 깃든다.

소하는 양손을 아래로 내리며, 천천히 달려 나갈 자세를 취했다. 지금 혁월련이 정신적으로 혼란하다면, 그를 막기에는 가장 좋은 기회였다.

박찬다.

소하는 번개가 되어 혁월련에게로 쏘아져 나가고 있었다. 천양진기도 서서히 한계가 오고 있었기에, 그를 여기서 막는 것만이 가장 확실한 길이었다.

혁월련은 소하가 달려오는 것에, 으득 이를 악물며 검을 휘둘렀다.

그물처럼 참격이 쏘아져 오지만, 소하는 굉명으로 그것을 후려쳐 부순 뒤 몸을 휘돌리며 빠르게 연원을 찔렀다.

옆으로 쳐내지만, 그 경력에 혁월련은 격하게 몸을 뒤흔들 수밖에 없었다. 소하가 다다른 영역은 이전 천하오절의 영역, 심신(心身)이 혼란한 상태에서 쉽게 받아칠 수 있는 것이 아니었다.

꽈르르르르르!

연원에서 내공의 여파가 뿜어져 나온다. 소하는 즉시 굉명을 혁월련의 어깨로 휘둘렀고, 그와 동시에 혁월련은 몸을 굽히며 굉명을 피해냈다.

하지만 굉명의 도첨에 어린 내공은 그 순간 폭발한다.

굉천도법의 붕망!

굉음과 함께 혁월련의 몸이 뒤로 날아갔고, 소하는 그 틈을 놓치지 않으며 먼지 속에서 즉시 칼을 앞으로 뻗었다.

찔린다.

"크아아악!"

혁월련은 왼팔이 관통당한 것에 비명을 내질렀고, 소하는 그의 검을 굉명으로 막아내며 앞으로 계속 달려 나가고 있었다.

'이대로……!'

끝낸다!

소하는 그리 생각하며 팔에 더욱 힘을 주려 했다.

허공에서 쏘아 박힌 검 한 자루가 아니었다면.

콰콰콰콱!

소하는 즉시 날아드는 검을 굉명으로 튕겨냈고, 자세가 어그러지자 혁월련은 연원을 빼내며 뒤로 물러섰다.

바람과 옷깃이 흩날리는 소리가 들린다.

그곳에는 피투성이가 된 성중결이 천천히 내려앉고 있었다. 소하의 공격에 휩쓸려 버린 탓이다.

왼팔이 없다.

성중결은 잘려 나간 자신의 팔뚝을 가만히 바라보다, 이내 내공으로 지혈하며 담담히 말을 이었다.

"늦지 않아서 다행입니다."

그는 조용히 검 한 자루를 들어 올리며 소하를 겨누었다.

*　　　　*　　　　*

"무엇을 원하느냐?"

소년은 그 물음에 입을 열었다.

"강해지고 싶습니다."

온몸은 이미 고된 매질로 너덜너덜하다. 가족을 잃고 노비처럼 생활하다 도망쳐 나온 소년은 당장 배고픔에 아사할 것 같은 상황에서도 두 눈을 빛냈다.

"어째서 강해지고 싶느냐?"

노인은 턱을 문지르며 그리 물었다. 히죽 웃는 얼굴에는 의문보다는 재미가 가득해 보였다.

"무림을 호령하기 위해서? 아니면, 네가 하고 싶은 일을 제멋대로 할 수 있는 힘을 갖고 싶어서?"

어떤 대답을 할까.

수많은 이가 노인에게 찾아왔다. 그의 절기를 배우기 위해서라면 쓸개조차도 꺼내 내어주겠다는 말을 하는 놈들이 있는가 하면, 수많은 보화를 바치며 그를 유혹하려던 어리석은 자도 있었다.

노인은 그런 이들을 좋아하지 않았다. 오히려 역겨웠기에 상대조차 하지 않으려 했다.

소년의 눈이 노인을 향한다.

그는 가만히 고개를 앞으로 디밀었다. 소년이 어떤 답을 할지 궁금증이 일었기 때문이다.

이렇게 어린아이는 처음이었다. 무림이 무엇인지, 사람을 죽인다는 일이 무엇인지 알 만한 나이조차 아니다. 제법 수라장을 겪어온 것 같지만, 그래봤자 어린아이의 경험에 불과하리라.

"강해진다는 게 어떤 것인지 알고 싶습니다."

노인은 아무 답도 하지 않았다.

소년은 작은 손을 꾹 쥐었다. 손톱이 다 들리고 핏물이 군데군데 고여 있는 손은, 무릎 위에서 부르르 떨리고 있었다.

"강한 사람은 마음대로 사람을 죽여도 되는 겁니까?"

가족의 죽음을 바라만 볼 수밖에 없었다. 태어날 때부터 차이가 있던 신분은 어머니가 맞아 죽고 아버지가 베일 때까지 소년에게 손 하나 까딱할 수 없게 만들었다.

눈물조차 흘리지 못했다. 한 번도 상상하지 못했던 그 끔찍한 광경은 비명조차 목구멍 안쪽으로 삼켜 버리게 만들었던 것이다.

"강한 사람은……."

그러나 지금만큼은.

소년의 눈에서 눈물이 주르륵 흘러내렸다.

"남을 아프게 해도 되는 겁니까?"

침묵이 흘렀다.

고요 속에서 노인은 턱을 괸 채 무심히 소년을 바라보고 있었다.

"내가 겪었던 세상은 그러했었다."

소년의 손이 아릿하게 떨렸다. 그 말, 소년이 본 사람들 중 가장 강한 이 노인에게서 그러한 말을 듣게 되자 다시금 비참함이 샘솟아 올랐다.

"그게 옳다고들 믿게 되거든. 시간이 지나고… 누군가를 짓누르지 않고선 못 배기는 말종들이 늘어나기 때문이지."

노인은 고개를 주억거리며 술병에 손을 뻗었다. 미지근하게 데워진 술을 한 모금 마시며, 그는 가볍게 눈을 하늘로 들어 올렸다.

"하지만 그게 무(武)인가?"

소년의 눈이 노인에게로 향했다. 그의 온몸에서는 내공의 기운이 폭풍처럼 몰아치고 있었다. 무공에 대해 전혀 알지 못하는 소년은 마치 그것이, 자연의 조화처럼 보일 지경이었다.

"그것이 과연, 사람인가?"

그는 고개를 갸웃 기울였다.

"아니지. 그건 그냥… 사람인 척하는 못돼 먹은 짐승들이야."

노인은 술병을 내려놓았다.

그의 온몸에서는 찌릿거리는 기운이 번지고 있었다.

"그러니 네가 볼 세상에서는 아무쪼록, 무언가 달라지길 바란다."

쩔그렁……!

소년은 자신에게로 날아와 땅을 나뒹구는 것을 보았다.

검.

노인은 자신의 검을 던져준 뒤, 이내 씨익 미소를 지었다.

"팔엽을 물려받을 자를… 드디어 정했군."

소년은 손을 뻗는다.

강한 자란 무엇일까.

검을 집어 들며, 소년은 조용히 손을 내려다보았다.

그 질문이 수십 년을 지나, 아직까지도 자신의 내면에서 허망하게 흐를 줄은 전혀 알지 못한 채.

$$* \qquad * \qquad *$$

소하는 숨을 내뱉었다.

천양진기의 기운이 서서히 수그러들고 있었다. 십육식을 유지할 수는 있겠지만, 그 여파로 온몸이 옥죄어오는 듯한 고통이 뒤를 잇고 있었다.

"서, 성 아저씨."

혁월련은 비틀대며 성중결을 불렀다. 그가 아니었다면, 자신은 소하에게 베여 그대로 죽었을 수도 있었다는 생각이 머릿속에서 스멀스멀 기어 올라오고 있었다.

"괜찮으십니까."

그는 고개를 돌려 혁월련을 쳐다보았다. 흡성영골의 기운이 몸을 가득 채우고 있는 혁월련의 모습, 그리고 성중결은 그것에 칼을 내리며 천천히 몸을 돌렸다.

"흡성영골을 계속 운용하십시오."

그는 그리 말하며 소하에게로 검을 향했다. 그러자, 허공에 떠 있는 세 자루의 검이 그에게로 검봉을 돌리기 시작했다.

쐐애애애액!

온다.

소하는 날아오는 한 자루를 후려쳐 떨어뜨린 뒤, 연원으로 공격을 흘려내어 옆으로 튕겨내었다.

"약."

혁월련은 침을 줄줄 흘리며 중얼거렸다.

"야, 약을 줘요."

혁월련의 광증(狂症)에 성중결은 약 하나를 건네줬었다. 이상하게도 그걸 먹으면, 모든 고통이 가라앉으며 세상이 맑게 보이곤 했었다. 그렇기에 더욱더 혁월련은 그 약에 의존했고, 그럴수록 광증은 빠른 주기로 찾아들고 있었다.

"참으십시오."

카앙!

소하의 손이 칼 한 자루를 더 박살 내자, 성중결은 눈살을 찌푸렸다. 혁월련을 여기까지 몰아붙였다는 건, 소하의 힘이 그만큼 강해졌다는 의미였다.

'그때 죽였어야 했다.'

그는 눈살을 찌푸리며 크게 손을 휘저었다. 동시에 허공에서 한 자루만 남은 검이 격렬한 내공의 가속을 보이며 소하에게로 꽂혀들고 있었다.

소하는 천양진기를 갈무리하며, 빠르게 오른손으로 그것을 쳐냈다. 부숴 버리는 게 목적이었지만, 성중결의 공격은 이상하게도 소하의 급소를 노리는 게 아닌, 그의 전진을 막겠다는 듯 주변을 맴돌 뿐이었다.

"약, 약……!"

혁월련은 머리를 움켜쥐며 으으으 소리를 뱉었다. 고통이 조금 가시고 나자, 흡성영골의 기운이 다시 머리를 침입하고 있는 것이다.

그러나 성중결은 아무 말도 하지 않는다.

"성… 아저씨……!"

고함을 지르는 혁월련의 모습에 소하는 눈살을 찌푸렸다.

내공이다.

알 수 없는 내공의 기운이 혁월련의 온몸에서 샘솟아 사방으로 번져 나오고 있었다.

"곧 끝납니다."

성중결은 오른손을 휘둘러 소하에게로 칼을 쏘아 보내려 했다.

하지만 소하는 앞으로 뛴다.

혁월련의 모습에서 무언가를 느꼈기 때문이다.

그 순간.

성중결은 손을 쥐었다.

사엽.

네 번째의 초식은 파검(破劍)이다.

칼날이 부서지는 것과 동시에, 내공이 어린 검편들이 소하에게로 소나기처럼 쏟아졌다. 맞는다면 어지간한 고수는 단숨에 핏덩이로 변할 만한 공격이었다.

하지만 소하는 굉명의 도신으로 그것을 모조리 받아냈다. 몸을 위로 휘두르는 것으로 조각들을 날려 보냈고 성중결은 그것마저 예상하고 있었다는 듯 앞으로 칼을 찌르고 있었다.

"훌륭하군."

성중결은 조용히 뇌까렸다.

"하지만 마지막이 있다."

소하는 으득 이를 악물었다.

성중결을 볼 때마다 아릿한 감정들이 끌려 올라온다.

"이 검으로 백로검을 죽였다."

그리고 그의 말이 끝났을 때.

소하의 몸은 번개가 되어 앞으로 쏘아져 나갔다.

그 순간 성중결은 잠력(潛力)을 이끌어 깨웠다.

쿠우우우우우!

소하의 눈이 커진다. 다가온 순간, 성중결의 몸에서 회색 폭풍이 일었기 때문이다.

여덟 번째의 검.

팔엽(八葉)이라 이름 붙여진 마지막 검을 준비하기 위해, 그는 이제까지 소하를 견제하며 내공을 모아뒀던 것이다.

뻗는 동시에 벤다.

간단한 말이지만, 그것을 구현하기 위해서는 막대한 힘이 뒤따라야 한다. 인간의 동작을 초월할 수 있는 힘. 성중결의 무공인 팔엽은, 그것을 내공으로 보완해 초속(秒速)의 검을 구현하고자 했다.

그걸 위한 여덟 개의 검이다.

이기어검을 펼칠 수 있는 내공이 뒷받침되어야만, 그의 검은 제대로 된 위력을 발휘하는 것이다.

그 내공을 모두 하나의 검에 몰았다.

소하는 순간, 성중결의 칼이 여덟 개로 분리된 것처럼 보였다.

모조리 똑같은 속도로 몰아쳐 온다.

눈앞을 메우는 여덟 개의 칼날은 닿는 순간 그의 온몸을 저며 버릴 것만 같았다.

소하의 양손이 뻗어져 나갔다.

굉천도법과 백연검로가 동시에 펼쳐지며 성중결의 칼날과 부딪친다.

콰아아아아아!

쇠로 된 병기가 부딪치는데, 마치 폭탄이 터진 것만 같은 소리가 일었다.

성중결의 머리칼이 흩날린다.

운요에게 베인 상처들에서 핏물이 흘러 땅으로 떨어지고 있었다.

"과연."

그는 자신의 검이 어떻게 되었는지 볼 수 없었다.

오른팔이 없다.

휘두른 팔은 그대로 짓이겨진 채 팔꿈치 아래가 사라져 있는 상태였다.

빙글빙글 돌던 손의 조각들은 이내 철퍽 소리를 내며 땅으로 떨어진다.

소하는 두 칼을 내린 채 숨을 헐떡이고 있을 뿐이었다. 그의 어깨와 뺨은, 베인 상처로 인해 핏물이 흘러내리고 있었다.

"천하오절의 제자인가."

성중결은 가만히 핏물이 뚝뚝 떨어지는 팔을 아래로 내렸다. 터져 나간 살점 부위에서는 핏물이 끔찍할 정도로 떨어져 내리고 있는 상황이었다.

소하의 눈이 앞으로 향한다. 성중결이 또 다른 공격을 가해올까 염려가 들었지만, 양팔을 잃은 그가 지금 와서 무슨 공격을 할 수 있으리라고는 생각되지 않았다.

성중결은 가만히 고개를 들어 올렸다.

"크, 크으으으윽……!"

괴성이 들린다.

혁월련이 자신의 머리를 부여잡고, 허리를 굽히고 있었다. 그러고는 끊임없이 신음을 토해내고 있는 모습이다.

소하는 그것에 앞으로 나서려 했지만, 성중결은 절대 비키지 않겠다는 듯 엄중한 눈으로 소하를 바라보았다.

"오랜 세월이었다."

그는 더 이상 검을 잡을 수 없다는 사실에 담담히 목소리를 냈다.

"약, 약을… 빨리……!"

혁월련은 무릎을 꿇으며 땅을 긁었다.

끼기이이이익……!

돌이 통째로 으깨진다. 소하는 그것에 눈살을 찌푸릴 수밖에 없었다. 혁월련의 전신에서는 검은 기운이 뭉클뭉클 비어져 나오고 있었던 것이다.

"후회하지 않는다."

그러나 성중결은 신경 쓰지 않는다.

그저 소하를 바라보며 말을 이어나갈 뿐이었다.

"그저… 보고 싶었다."

"아, 아으아아아아아……!"

터져 나오는 괴성.

그리고 검은 기운이 유형화가 되어 사방으로 뻗어져 나온다.

소하는 등골이 서늘해지는 것만 같았다.

서둘러야 한다.

그러한 목소리가 자꾸 머릿속에서 울려댔다. 당장 혁월련을 죽이지 않으면 안 된다고, 그렇게 본능이 소리를 질렀다.

타악!

땅을 박차는 것과 동시에 소하는 성중결을 밀치고 혁월련에게로 칼을 휘두르려 했다.

그러나.

쫘아아아앙!

소하는 자신의 몸을 쓸어내는 검은 기운에 저항하지도 못한 채 옆으로 날아가 땅을 나뒹굴었다.

구르는 기세를 이기지 못해 벽에 부딪치자 우지직 하는 소리와 함께 먼지가 일어나고 있었다.

성중결은 담담히 고개를 돌렸다.

비척비척 일어나고 있는 혁월련의 모습에 그는 고개를 끄덕였다.

"진정한 힘이란."

소하는 먼지 속에서 고개를 뒤흔들었다. 잠시 놀라 정신이 달아나긴 했지만, 어떻게든 자세를 고쳐 다시 싸워야만 했다.

그런데.

푸우우욱!

소하의 눈이 커졌다.

혁월련의 손이 성중결의 몸을 꿰뚫었다. 그러나 성중결은 예상했다는 듯 천천히 고개를 들어 올리고 있었다.

"하늘마저도 넘어설 수 있다는 것을."

검은 기운은 동시에 성중결을 둘러싼다.

콰아아아아아아!

마침내 기운에 두 명의 몸이 감싸지는 것에, 소하는 양손을 들어 올리며 내공으로 충격을 방어했다. 감히 다가가기조차 어려울 정도로 강렬한 기운이 온몸을 두들기고 있었다.

지금 벌어지는 일을 자세히 판단하기란 어렵다.

다만, 소하는 검은 기운이 무엇을 하는지에 대해서는 어렴풋이 알 수 있었다.

지금 저 힘은 성중결의 내공을 모조리 흡수하고 있었다.

콰아아아아아아!

바람과 함께, 검은 기운은 곧 허공으로 스러져 버린다.

혁월련의 손이 빠져나오는 것에 성중결은 천천히 뒤로 물러섰다.

침묵이 흘렀다.

혁월련은 붉게 물든 자신의 손으로 천천히 뺨을 더듬었다.

"얼마나 걸렸지?"

낮게 가라앉은 목소리.

그것에 성중결은 조용히 대답했다.

"수십 년이 넘었습니다."

"그랬군."

서로의 대화가 끝난 뒤, 혁월련은 고개를 들어 올려 성중결을 쳐다보았다.

"보아라."

그리고.

소하는 자신의 눈앞에 섬광이 터져 나오는 것을 보았다.

쫘르르르르르!

굉음과 함께, 허공이 갈라진다. 혁월련의 몸에서 뻗어 나온 기운은 하늘을 가르며 동시에 구름을 조각조각 내 사방에 무시무시한 기운을 뿌려내고 있었다.

그리고 그 안에서 성중결은 고요히 마른 입술을 달싹였다.

"감사합니다."

그리고 서서히 무너진다.

성중결의 몸은 한 줌의 생기도 남지 않은 듯 서서히 가루가되어 흩어져 나가고 있었다. 혁월련은 그것을 가만히 보며 천천히 눈을 들어 올렸다.

검은 기운이 그의 몸을 뒤덮는다.

"과연, 혈족(血族)은 잘 맞는군."

그의 중얼거림.

소하는 자신의 손이 제대로 존재하는가를 의심하고 있었다.

꽉 쥐어서 겨우 손이 달려 있음을 느낀다. 이상하게도 저자를 보고 있자 자신의 온몸이 도륙당하는 감각이 들었던 것이다.

그의 눈이 산 중턱 아래로 향한다. 혁월련과 소하의 싸움으로 갈라져 내린 중턱 너머에, 무림인들의 모습이 보이고 있었다.

"아직도 발버둥치는 자들이 있었나."

아까와는 다르다. 오로지 광기만이 느껴졌던 혁월련과는 달리, 지금의 그는 기묘한 평온마저 흐르고 있었다.

그는 몸을 돌린다.

소하는 심장이 튀어나올 것만 같았다.

그가 누군지 알 수 있었다.

겨우 눈이 그것을 인정하고, 머리로 깨달은 뒤에야 몸이 반응한다.

소하는 입을 열어 그의 이름을 불렀다.

"시천마."

전 무림에서 모두가 숭앙하던 자.

그리고 이 무림을 혈우(血雨)로 몰아넣은 자의 이름이었다.

그와 동시에 시천마의 눈이 뒤로 향한다.

"그렇군."

소하의 몸에서 흐르는 천양진기를 알아보았다는 듯, 시천마는 자신의 손을 천천히 돌려보았다.

"기이하군. 예상하지 못한 일이다."

그는 가만히 중얼거리더니 소하를 흥미롭다는 듯 쳐다보았다.

"그들의 무공이 아직 남아 있었을 줄은."

그리고.

소하의 눈에는 궤적이 보였다.

검을 내리긋는다. 그 동작을 알아챈 순간 소하는 전신에 내공을 둘러싸며 황급히 손을 올렸다.

소리조차 들리지 않았다.

마치 모든 것이 암흑에 덮여 버린 듯, 소하는 그 순간 눈앞이 시꺼멓게 물드는 것만 같았다.

파열음은 뒤늦게 찾아왔다.

산이 무너진다.

스콰아아아악!

소하를 중심으로 검이 내려친 궤적은 거대한 참격이 되어 뒤쪽의 산을 조각내 버리고 있었다. 마치 진흙으로 이루어진 것처럼, 거대한 산이 조각나며 동시에 하늘이 갈라지고, 구름마저도 흩어지고 있었다.

붕괴음과 함께 지축을 흔드는 진동이 사방을 메웠다.

잔해에 깔려 보이지 않게 된 소하에게서 눈을 돌린 시천마는, 이윽고 천천히 발을 옮기기 시작했다.

"새로운 시작이로군."

그의 입가에 희미한 미소가 걸리고 있었다.

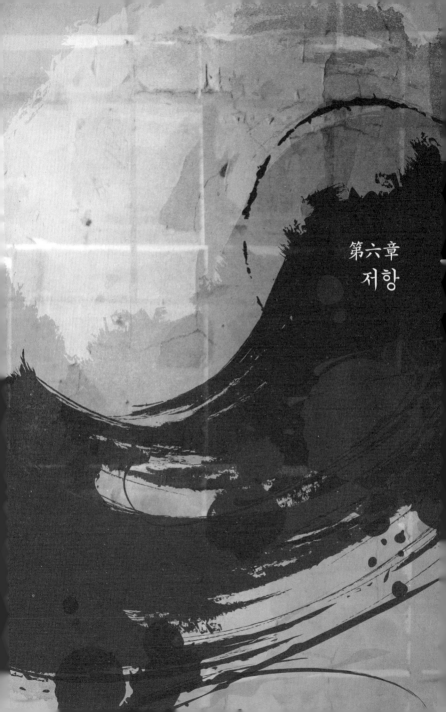

第六章
저항

알아채지 못했다.

소하는 몸이 깊은 어둠 속으로 잠겨가는 기분이었다.

자신이 베였나?

그런 판단을 제대로 내릴 수도 없을 정도로 머리가 어지럽고 온몸이 꽉 죄여오는 듯했다.

다리가 땅을 딛지 못한다. 마치 무저갱 속으로 빨려들 듯, 소하는 계속해서 암흑 속으로 가라앉고 있었다.

"무공은 살인을 위한 공부다!"

초량이 질렀던 목소리가 머릿속을 울린다.

수많은 이의 손이 허공에 휘적였다. 하얀 손들은 끊임없이 핏물을 뿌리고 있었다.

살려달라고 비명을 지른다.

죽이겠다고 분노를 토한다.

아마 이것이 죽음일 것이다. 소하는 문득 그렇게 생각했다. 이렇게 어둠 속으로 스며들어 버리면, 결국 모든 것이 다 고요해지겠지.

두렵지만 참으면 된다.

그저 조금만 견디면, 편해질 것이다.

"무림은 무서웠어."

구 노인은 그렇게 말했다.

천하제일을 노릴 수 있다 알려져 있던 천하오절의 일인인 그는, 슬픈 표정으로 그렇게 말했었다.

"아픈 걸 알고 있는데도, 다른 사람을 아프게 만들어."

그것이 당연한 일인가?

소하는 묻고 싶었다. 사람을 함부로 다치게 만들며, 그들의 목숨을 아무렇지도 않게 빼앗는 이들에게 묻고 싶었다.

그런 것을 볼 때마다 가슴속에서 샘솟는 거부감이 그들에게는 존재하지 않는 것일까?

싫었다.

적어도 그게 옳다고 여겨 버리는 것만은 피하고 싶었다. 앞으로의 사람들이 또다시 서로를 죽이기 위해 칼을 겨누는 일이 일어나지 않았기를 바랐기 때문이다.

죽어버린 형의 모습처럼.

더 이상 그 찢어질 것만 같은 아픔을 홀로 삼키는 일이 일어나지 않기를.

소하의 손이 위로 향했다.

쿠드드득!

돌덩이를 파고드는 손가락, 소하는 이상하게도 고통보다는 벅찬 감정들이 가슴속을 가득 채우는 것만 같았다.

그 순간 모든 손들이 사라진다.

눈앞을 메우던 핏물마저도 없어진다.

싸우는 이유.

그것을 깨달았기에.

소하는 전신에서 희미한 기운을 흘리며 눈을 번득였다.

어둠이 가신다.

돌더미 안쪽에 깔려 버린 소하는 거칠게 손을 휘둘렀다. 그러자 바위가 파이며 옆쪽으로 잔해가 흩뿌려졌고, 소하는 상체를 구부려 앞쪽으로 기울이며 이를 악물었다.

이렇게 포기할 수는 없다.

시천마가 어떻게 다시 돌아왔는지는 모른다. 그러나 적어도 이렇게 허무하게 끝나 버릴 수는 없었다.

바위가 뚫리며 빛이 스며들어 온다. 소하는 그것이 팔에 힘을 넣으며 앞으로 향했다. 혁월련과의 싸움, 그리고 성중결의 공격을 막아낸 것에 온몸은 만신창이였지만, 이상하게도 지금은 그런 아픔이 느껴지지 않았다.

소하는 눈치채지 못했지만, 서서히 그의 몸을 덮은 상처들은 아물어가고 있는 상황이었다. 천양진기의 기운이 극성으로 발휘되며 육체를 치유하기 시작한 것이다.

서서히 빛으로 향해가며, 소하는 숨을 들이켰다. 포기했을 때보다, 오히려 지금이 더 자신을 벅차게 만들고 있었다.

꽈아아앙!

돌벽을 깨고 나온 소하는, 이내 시원한 공기를 들이 마시며 고개를 들어 올렸다.

멀리서 기운이 느껴진다.

소하의 감각은 이전보다도 더 확실하게 주변을 잡아내고 있었다.

고개를 돌리자 무너진 산이 보였다. 시천마의 일격에 산이 무너지고, 지형이 뒤바뀌었다. 그야말로 이야기 속에서나 나올 경천동지할 힘이 아닐 수 없었다.

잠시 그것을 바라보던 소하는, 이내 아래쪽에 꽂힌 굉명을 뽑아내며 앞을 바라보았다.

고요해진다.

세상 모든 것이 사라지고, 자신만이 남은 듯했다.

기억들은 길을 안내한다.

쌓이고 쌓여온 추억들이 하나씩 하나씩 모여 나아갈 이유를 만들어낸다.

"가자."

소하는 스스로 마음을 다잡으며, 천천히 앞으로 몸을 향했다.

　　　　　*　　　　　*　　　　　*

"부상자들이 많습니다."

자소연은 조심스럽게 구영사태에게 그리 보고했다. 뒤에서 합류한 제갈위 역시, 믿을 만한 고수들의 대부분이 상처를 입은 것에 어두운 표정이 되어 있는 상황이었다.

"더군다나……"

고요해졌다.

산이 무너지는 것을 보았다. 자신들이 도저히 끼어들 수조차 없는 거대한 힘이, 지형을 뒤바꾸는 것을 보아버렸기에 무림맹의 무인들은 압도되어 버린 터였다.

"마음이 약해져서는 안 된다."

구영사태는 그리 말하며 옆을 돌아보았다. 천협검파나, 하북팽가 역시 전력을 다해 앞으로 달려 나가고 있는 터였다. 그런 그들에게 맞춰, 무림맹의 다른 무인들도 뒤를 받쳐줘야만 시천월교를 확실히 사라지게 만들 수 있으리라.

"다른 무인들도 차차 합류하고 있습니다."

옆쪽에서 제갈위가 재빨리 말을 이었다. 그는 지금 이 분단 작전을 고안해 낸 핵심 인물이니만큼, 누구보다 면밀하게 사태를 파악하고 방향을 제시하려 하고 있었다.

"오대천주 중 남은 이들은 셋, 하나를 저희 쪽에서 처리한 데다 다른 여파도 없는 것으로 보아……"

"남은 둘도 죽었다고 생각하는 게 옳겠지."

제갈위는 상기된 표정으로 고개를 끄덕였다. 만검천주 성중결을 포함한 오대천주의 죽음은 무림맹의 승리에 크나큰 기반이 되어줄 터였다.

"다른 이들도 서서히 전의를 잃고 있다."

시천월교에 본래부터 충성하지 않았던 이들은, 아회광의 죽음 이후 무력하게 항복하기 일쑤였다. 원래라면 당장 베어버렸을 구영사태 역시 그들을 포박한 뒤 뒤쪽으로 보내고 있었다. 괜한 싸움을 바라지 않았기 때문이다.

"일단은 계속 전진해야 합니다. 이대로라면 분명……."

쿠우우우우우우!

순간 앞에서 일어나는 진동에, 제갈위는 놀라 눈을 돌렸다. 그 순간 그는 자신의 멱살을 잡아채는 손을 느꼈고 구영사태가 그를 잡아끌어 뒤로 향하게 한 순간 머리 위에는 그림자가 어렸다.

"으, 윽……?"

당황한 목소리.

허공에는 사람이 떠 있었다.

수십의 사람들이 떠올라 공중에서 팔다리를 퍼덕이고 있다. 자신들이 왜 이곳에 있는지도 알지 못하는 모습이다.

그리고 그들은 떨어져 내린다.

"받아내라!"

구영사태의 고함과 동시에, 놀란 이들은 다급히 몸을 돌렸다. 공중에 떠 있던 무인들은 어찌할 바를 모르고 떨어져 내리고 있었다.

땅에 떨어지자 사람의 몸이 으깨진다.

구영사태는 내공을 끌어 올리며 허공으로 몸을 차 올렸고, 즉시 두 명을 붙잡아 아래로 내던졌다.

그녀의 내공에 의해 아미의 제자들에게로 쏘아진 무인들은, 안전하게 받아내지면서도 놀라 눈을 꿈벅이고 있을 뿐이었다.

"뭐, 뭐야."

그들은 가장 선두에서 달리던 이들이었다. 그런데 무언가 충격이 그들을 뒤흔들었고, 정신을 차리니 허공에 떠 있었다.

많은 무인이 땅에 떨어져 죽는다. 아무리 내공이 있다 해도, 아득한 높이에서 떨어지는 것에는 견디지 못한 탓이다.

"사, 사태……."

자소연은 급히 무기를 빼어 들었다. 그녀는 공중에 떠 있는 구영사태보다 지금 먼지 속에서 홀로 서 있는 자가 위협적이라는 사실을 눈치챈 것이다.

그러나.

그가 손을 뻗는다.

자소연은 순간 입을 뻐끔거렸다. 목이 마치 누군가에게 강하게 잡혀 버린 듯, 숨이 전혀 쉬어지지 않았기 때문이다.

"커, 흑……!"

숨을 쉬기 위해 필사적으로 입을 벌려보지만, 아무것도 내쉬어지지 않는다. 마치 두터운 솜이 입을 꽉 막아버린 것만 같았다.

칼이 떨어져 내린다. 그와 동시에, 다른 무인들 역시 새파랗게 질린 표정으로 목을 부여잡은 채 비틀거리고 있었다.

눈물이 흐른다. 그녀는 이해할 수 없는 현상에 놀라 고개를 들어 올렸다. 당황한 구영사태는 자신의 제자들이 모조리 그러한 모습을 보이고 있는 것에 몸을 돌려 그들에게로 내려앉으려 했다.

쏴캉!

먼지를 가른 참격이 구영사태의 몸을 두들겼다.

칼로 막아낸 순간 그녀는 핏물을 토해내며 땅으로 곤두박질치고 있었다.

핑음. 그와 동시에 제갈위는 다급히 내공을 펼쳤다. 지금 이게 어떠한 현상인지 눈치챘기 때문이다.

"내공을 가진 이들은 몸을 보호하십시오! 이건……!"

단순한 기압(氣壓)이다.

그저 저 먼지 속에 있는 자가 상대방을 위압하기 위해 자신의 기운을 쏘아낸 것뿐이었다.

그저 그것이 너무나도 강해, 육체가 굳어버린 것에 지나지 않는 것이다. 마치 고양이 앞에서 멈춰 서버린 쥐처럼, 다들 숨을 쉬지 못해 의식을 잃는 모습이었다.

"그렇… 군."

팽역령은 도를 집어 들며 식은땀을 닦았다. 내공으로 어떻게든 기운을 받아내기는 했지만, 온몸에 추가 매달린 듯 무거움이 남는 것은 어쩔 수 없었다.

서효는 앞으로 나서며 칼을 겨누었다. 먼지 속에 있는 자에게서 뿜어져 나오는 흉흉한 기운에, 제대로 칼끝에 힘을 주는 것만으로도 버거울 지경이었다.

"협공한다."

그러나 지금 물러설 수는 없다. 아회광을 물리쳐 사기가 오른 상황. 어떻게든 앞으로 뚫고 나가 소하를 도와야만 했다.

지금과 같은 상황일 때는, 누군가 나서 모두를 독려해야만 했다.

팽역령의 몸이 앞으로 뛰쳐나간다. 그와 같은 마음을 먹은 고수들 다섯 역시 전력을 다해 앞으로 뛰고 있었다.

"사태!"

떨어져 땅을 나뒹군 구영사태를 급히 붙든 자소연은 그녀의 옆구리에 뻥 뚫린 구멍을 보며 당황한 표정을 지었다. 아무리 그녀라고 해도 막는 게 고작이었던 것이다.

"막… 아라……."

구영사태는 핏물을 토해내며 중얼거렸다.

"저자는……."

그녀의 신음에도 불구하고, 이미 무인들은 공격을 위해 앞으로 향하고 있었다.

"좋아!"

팽역령은 히죽 웃음을 지었다.

서서히 가라앉는 분진에 먼지 속에 어리던 인영의 모습이 드러나고 있었다.

"용기를 보여라!"

괴성과 함께 모두가 무기를 휘두른다.

그리고 분진 속에서 은광이 흘렀다.

팽역령은 자신의 도가 산산조각 나는 것을 보았다. 부딪친 감촉조차 없었건만, 도편이 사방으로 번지며 붉은 핏방울이 점점 이 눈앞을 메우고 있었다.

"뭐……?"

그와 함께 어둠이 어린다.

팽역령을 포함한 무인들은 모조리 조각조각 나며 땅으로 살점을 흩뿌렸다.

서효의 몸이 튕겨 나간다. 팽역령이 베이는 것을 보고 그는 재빨리 자세를 다잡았지만, 자신의 오른팔이 서걱 소리와 함께 떨어져 나가는 것을 막을 수는 없었다.

총 일곱의 고수가 한칼에 명을 달리했다.

"무슨……."

한 무인의 입에서 바람 빠지는 소리가 흘러나왔다. 지금 목도한 사실을 도저히 믿을 수 없었던 것이다.

"정말로 꽤나 시간이 지난 모양이군."

먼지 속에서 걸어 나오는 혁월련의 모습이 보인다. 그러나 구영사태를 포함한 모두 그에게서 전혀 다른 이의 기운이 느껴진다는 것을 부정할 수 없었다.

"한 수조차 제대로 받아내지 못하는 자들이 전부인가."

그의 눈에는 짙은 실망감이 번지고 있었다. 그 말을 듣자, 대다수의 무인들은 마치 자신이 죄를 진 것 같은 기분이 들 정도였다. 흡사 부모가 아이를 판잔 줄 때처럼, 알 수 없는 수치심이 치고 올라왔기 때문이다.

"그런 이들이 무(武)를 논할 수는 없는 일이지."

올라간 팔이 보였다.

무인들은 허공으로 치솟은 그 오른팔이 무엇을 의미하는지를 알고 있었다. 아까 전 팽역령을 포함한 고수들이 허무하게 죽은 것처럼, 이번에는 자신들의 차례라는 의미다.

　그 순간.

　누군가의 몸이 내려앉으며 전력으로 내공을 발산했다.

　콰자자자자작!

　밀려난다.

　그는 밀려나면서도, 양손을 거칠게 휘둘러 기운을 중화시켰다. 칼날 같은 안개가 솟구치고, 핏방울이 너울너울 허공을 날고 있었다.

　막아낸 자는 양손에서 핏물을 쏟아내며 눈을 들어 올렸다.

　"결국 깨어났단 말이로군."

　"서약사."

　모진원은 양팔이 저며진 고통에 인상을 찡그렸다. 고작 한 수를 막아냈는데 이 정도다. 만약 그가 진심으로 공격을 가해왔다면?

　막을 새도 없이 아마 육편이 되어버렸을 것이다.

　"그대도 살아 있었군."

　"아직까지는… 보고 싶은 게 많아서 말이오."

　모든 무림인들이 웅성거렸다. 서약사 모진원이라면 무림의 중진(重鎭)으로, 꽤나 연배가 높은 무인이다. 그런 그가 지금 새파랗게 젊은 혁월련에게 존대를 쓰고 있다는 것인가?

　모진원은 어두운 표정으로 혁월련을 바라보았다. 그의 온몸에 퍼진 기운은 이전 그가 보았던 과거를 떠올리게 만들고 있었다.

"그자는… 역시 숙주(宿主)였단 건가."

"그릇이라고 해주게."

그는 손을 쥐었다 펴며 빙긋 웃음을 지었다. 이전 보았던 광기 어린 모습과는 달리, 절대자의 기도가 느껴지는 듯한 표정이었다.

"준비하는 데에만 수십 년이 걸렸으니."

"…혁무원 대협."

모진원은 몸을 일으켜 세우며 중얼거렸다.

"이들을 놓아주시오."

모진원의 양팔이 축 늘어진다. 방금의 일격을 받아낸 것으로도 그의 몸이 한계를 보이고 있는 것이다.

"당신은 돌아왔소. 하늘을 이기고… 순리마저 역행하지 않았소."

그것에 무인들의 눈이 커진다.

제갈위 역시 마찬가지였다.

"시천… 마?"

저자는 분명 시천마의 후예라고 자부하던 자였다. 그런데 모진원은 마치 혁월련이 시천마라는 듯 이야기를 꺼내고 있지 않겠는가.

"당신의 소원을 이루었다면, 더 이상… 무의미한 살육을 할 필요는 없을 거요."

"그대에게는 무엇이 보이나."

혁월련, 아니, 시천마 혁무원은 고요히 말을 꺼냈다. 그의 세상을 오시하는 듯한 눈에, 무인들은 절로 겁을 먹으며 몸을 수

그리고 있었다.

만약 사람이 누군가로 되살아났다면 아무도 믿지 않을 것이다. 그러나 이상하게도, 지금 혁월련의 몸을 빌려 현현해 있는 시천마의 모습에 누구도 이의를 제기하지 않았다. 그는 그저 자리하는 것만으로도 자신의 존재를 모두에게 확실히 각인시켰던 것이다.

"내가 사라지고, 시천월교는 사라졌다."

그의 손이 옆으로 향한다. 그곳에는 붕괴된 천령협의 정상이 보이고 있었다. 분진과 함께 먼지가 뭉게뭉게 피어오르는 모습.

사람의 무공이 이루어낸 결과라는 사실에 모두가 경이로울 뿐이었다.

"무언가가 변할 것이라 여겼다만……."

시천마의 눈에는 회의가 깃들어 있었다.

"아무것도 변하지 않았더군."

그는 한 걸음을 앞으로 내디뎠다. 그러자 마치 파도가 덮쳐 오는 듯한 거대한 기운이 눈앞으로 밀어 닥치고 있었다.

"으, 으아아악!"

한 명의 무인이 놀라 엉덩방아를 찧었다. 다른 이들도 주춤거리며 서서히 뒷걸음질을 치고 있는 처지였다.

"대답해 봐라. 서약사, 그리고 무림에 자리한 모든 이들아."

시천마는 가볍게 칼을 들어 그들을 겨누었다.

"너희는 변했는가? 과거, 수많은 피와 비명이 몰아치던 그 시절에 비해?"

서약사는 입술을 떨었다.

"아니면, 그것이 무림의 본질이라 변명해 대며 거짓에 제 몸을 숨겼는가?"

서약사는 몸을 웅크렸다.

초인의 경지에 오른 그라고 해도, 시천마와 그 사이에는 도저히 넘을 수 없는 지고의 벽이 존재하고 있었다. 하물며 그조차 이르지 못한 자들은 어떠하겠는가.

구영사태의 몸을 감싼 자소연은 팔다리를 덜덜 떨며 필사적으로 눈을 감았다. 그를 바라보고 싶었지만, 공포심과 고통에 제대로 움직일 수조차 없었던 것이다.

"너희는 변하지 않았다."

시천마는 단호히 말했다. 그러나 아무도 반박할 수 없었다.

"시련(試鍊)을 두고서도 도망치려 했고, 맞서야 할 거악(巨惡)을 두고서도 굴복해 고개를 숙였다."

콰아아아아아아!

시천마의 온몸에서 일어난 기운이 단숨에 사방의 공기를 억압했다.

무릎을 꿇는다.

수많은 이들이 싸움을 포기했다. 무기를 떨어뜨리며, 입에서 침을 흘린다. 자신이 맞서지 못할 벽을 보았기 때문이다.

"모조리 죽여 새로이 하는 것이……"

"잠깐……!"

"옳은 일이겠지."

다시 한 번, 아까의 참격이 휘둘러진다. 그러나 이번에는 확실히 모진원을 죽여 버리겠다는 듯, 짙은 살기가 일렁이고 있었다.

모진원은 으득 이를 악물며 손을 들어 올렸다. 자신이 죽는 한이 있더라도, 어떻게든 무인들을 도망치게 만들어야 한다고 생각했다.

그리고 그런 모진원의 옆으로 세 명의 무인이 쏘아져 나왔다.

꽈아아아앙!

굉음.

그리고 시천마는 가볍게 고개를 젖혔다.

"의외로군."

그의 참격이 허공으로 흩어진다. 한 번 더 공격을 막아내었던 것이다.

"크… 윽."

청아는 숨을 토해내며 고개를 숙였다. 참격을 한 번 막아낸 것만으로 팔이 부러질 것만 같았다. 그것은 옆에 있는 초량도 마찬가지였다. 그는 고개를 땅에 처박으며 숨을 토해내는 데에 안간힘을 쓰고 있는 터였다.

"피하는 섯이 나았을 텐데."

선무린은 벌벌 떨리는 팔을 보며 피식 웃음을 지었다.

내공으로 어느 정도 몸을 회복시켰다고 여겼건만, 고작 한 수를 받아내는 데에 이 정도 애를 먹는 것에 어이가 없었던 것이다.

"어째서 막았지?"

시천마는 정말로 궁금하다는 듯 묻고 있었다.

"너희가 저자들을 지켜야 할 이유가 있는가?"

"천하… 제일이 눈앞에 있는데."

선무린은 몸을 세우며 칼을 들어 올렸다. 그의 칼은 아직까지
도 강한 진동을 보이며 검신을 떨고 있었다.

"이런 좋은 기회를 놓칠 수야……."

"호승(好勝)인가."

시천마는 고개를 주억거렸다.

"그것 역시 순수하다."

눈을 들어 올린 시천마는 이윽고 천천히 청아와 초량을 바라
보았다.

"백로검과 굉천도의 힘을 가진 자들이 여기에 또 있군."

그 말에 청아의 눈이 흔들렸다.

처음 혁월련이 이 자리에 있을 때부터 심상찮은 느낌이 자꾸
마음속을 쿡쿡 찌르고 있었다. 더군다나 그가 자신들의 무공을
'또'라고 말한다는 사실은.

"그들의 힘이 이리도 퍼져 나갔다는 말인가… 그렇기에 옅어
진 것이겠지."

"소하."

청아의 눈이 시천마를 향했다. 그러나 시천마는 조용히 눈을
내리깔 뿐이었다.

"안타깝게도 이 역시 실패였군."

쏘아진다.

그것은 모진원이 서 있는 자리가 아닌 명백히 다른 곳을 노리
고 있었다.

콰아아아아아아앗!

청아와 초량은 눈을 의심할 수밖에 없었다. 마치 어린아이가

손을 휘적이듯 단순하게 휘두른 검격에 수십의 무인이 조각나며 허공을 난다.

비명조차 들리지 않았다. 그저 뭉쳐 있는 자들의 사이에 빈 공간이 생겨났을 뿐이다.

"약한 자는 살아남을 자격이 없다."

시천마는 그렇게 말하며 손을 들어 올렸다. 마치 주변이 그를 따르듯, 사방에서 끌어내진 기운들이 회오리가 되어 시천마의 몸을 맴돌고 있었다.

그의 검이 모두를 향한다. 다음으로 모조리 죽여 버리겠다는 의지의 표명이었다.

"도망쳐라."

구영사태는 힘겹게 그리 중얼거렸다. 평생 누군가에게 그러한 말을 해본 적이 없는 그녀였지만, 시천마를 상대한다면 누구도 살아남을 수 없다는 것을 깨달았기 때문이었다.

그러나 자소연은 고개를 저었다.

"안 됩니다."

그녀의 목소리는 애달프게 떨리고 있었다. 하지만 칼을 든 그녀는, 이내 힘겹게 앞을 바라보며 입술을 달싹였다.

"싸워야… 해요."

지금 이들이 물러난다면?

결국 결과는 똑같다. 시천마를 당금에 막을 수 있는 자는 거의 존재하지 않을 것이다.

그 순간.

시천마의 눈이 자소연에게로 가 닿았다.

"기이하군."

그는 흥미롭다는 듯 고개를 옆으로 까닥였다. 시천마는 지금 언제라도 죽일 수 있는 사냥감을 가지고 놀 듯 행동하고 있었다.

"두려워하는 게 보이는데도."

한 걸음.

그 순간 시천마는 자소연의 눈앞에 있었다.

모두가 얼어붙는다. 그는 마치 신선처럼 축지라도 사용하듯 그녀의 앞까지 도달했던 것이다.

시천마의 손이 천천히 덜덜 떨고 있는 자소연의 턱을 쓰다듬었다.

"눈에는 희미한 믿음이 있군."

이길 수 없다.

모두가 그리 느낄 수밖에 없었다. 진작부터 시천마는 이곳의 누구라도 단번에 목숨을 취할 수 있었던 것이다.

"무엇을 믿지?"

시천마의 물음에 자소연은 몸의 떨림이 멈추지 않는다는 것을 느꼈다. 마치 인간이 아닌 괴물에게 목숨을 붙잡혀 있는 것만 같은 느낌이었다.

"나… 는……"

세상이 붉게 물드는 것만 같다.

자소연은 스스로에게 물어보았다.

내가 믿고 있는 것?

그녀는 왜 지금 여기서 도망치지 않았던 것일까.

구영사태가 죽는 것을 두고 볼 수 없었다. 그렇다고 같이 죽고 싶은 것도 아니다. 그녀는 자신이 칼을 쥐었던 이유, 그것에 대해 짙은 감정들이 흘러나오는 것을 느꼈다.

그리고.

눈을 든 순간. 그녀는 저도 모르게 확신할 수 있었다.

시천마의 눈이 옆으로 향한다.

그곳에는 천양진기로 온몸을 감싼 소하가 굉명을 휘두르며 내리꽂히고 있었다.

콰아아아아아아아!

순간 지반이 들려 올라가며 무인들이 날아간다. 그들은 갑작스레 일어난 진동에 땅에 착지하며 어안이 벙벙한 표정을 지었다.

시천마는 오른손을 들어 올린 채 자리에 서 있었다.

"그런가."

자소연은 사방이 휘도는 것만 같았다. 굉명으로 지반을 내리찍는 동시에, 소하는 그녀의 몸을 안고서 빠르게 뒤로 미끄러졌기 때문이다.

"여기 있어요."

소하는 그녀를 내려놓은 뒤, 천천히 몸을 들어 올렸다. 전신에서 피어나는 빛에, 소하의 몸을 바라보는 것마저도 어려울 정도였다.

"유… 대협."

자소연은 그제야 숨이 쉬어지는 것만 같았다. 그녀가 감히 예측할 수도 없는 경지에 오른 소하와 시천마지만, 이상하게도 두 명은 가까이 있을 때 그 느낌이 달랐다.

시천마가 도저히 다가갈 수 없는 고고한 맹금(猛禽)과 같다면, 소하는 이상하게도 따스한 온기를 지닌 유학(柔鶴) 같았다.

"네가 진짜로군."

시천마는 피식 웃음을 지었다. 그러고는 천천히 손을 들어 올렸다.

"묻겠다."

콰르르르르르르……!

허공에서 폭풍이 인다.

시천마는 거대한 힘을 두른 채로 소하를 바라보았다. 아직까지도 그의 눈에는 여유가 번져 있었다.

"어째서 이들을 보호하려는 거지?"

살아남았다는 것은, 이미 실력의 차이를 극명하게 느끼고 있다는 뜻이나 다름없었다. 시천마는 그렇기에 소하가 다시 이곳으로 온 데에 깊은 흥미를 느끼고 있었다.

소하는 가만히 그를 바라보며 연원을 빼어 들었다. 우검좌도를 취한 뒤, 소하의 입이 열린다.

"옳은 일이니까."

그 말.

훈도 방장은 그 말을 듣자 처음으로 만면에 웃음을 띠웠었다. 그러고는 만족한다는 듯 쉼 없이 고개를 주억거렸었다

"그런가, 그래서였던가."

그는 죽음을 맞기 직전까지, 소하에게 웃음을 보였다.

"그렇기에 우리는 살아갈 수 있는 거겠지."

무엇이 진정 우리가 해야만 하는 일인지 알고 있기에.

시천마는 아무 답을 하지 않았다. 오히려 그런 소하의 말을 곱씹는다는 듯, 고개를 든 채 허공을 올려다보고 있었을 뿐이다.

"좋다."

기운이 응집한다.

그러고는 그는 서서히 자신의 검을 들어 올렸다.

"아무래도, 네가 나의 마지막 '시험'인 것 같군."

소하는 후욱 하고 숨을 들이켰다.

실력의 열세는 이미 알고 있다. 오히려 이 단계에 오르고서야 시천마의 힘을 더 자세히 알 수 있게 되었다.

하지만.

소하는 양손을 옆으로 펼치며 천양진기의 기운을 더욱 개방했다.

마치 거대한 날개가 펼쳐지는 것만 같았다.

그리고 두 명이 서로에게로 칼을 향하는 동시에, 모두의 눈앞에 내공의 충돌로 인한 섬광이 번득이기 시작했다.

第七章
시천

쏟아진다.

하늘이 열리며, 뇌광(雷光)이 몰아친다고 한다면 그것을 믿을
이가 얼마나 있을까?

더군다나 그것이 사람의 손에서 이루어진 조화라고 한다면?

그러나 지금 여기 있는 모두는 그것을 믿을 수밖에 없었다.

콰아아아앙!

칼이 부딪치는 순간 들리는 폭음은 주변에 있는 자들이 놀라
물러서게 만들었다. 몇 명은 고막이 찢어져 피를 흘리고 있는
관국이었다.

두 명의 몸이 뒤로 튕겨 나가는 순간, 바람이 몰아쳐 왔다.

"물러서라!"

"말려들면 죽는다!"

그 외침에 겨우 정신을 차린 몇 명이 뒤로 향한다. 이미 상당한 수가 죽어나갔음에도, 다들 멍하니 그 광경만을 바라보고 있을 뿐이었다.

"저게… 무공인가."

모두 그리 중얼거릴 뿐이다. 자신의 상상을 아득히 초월하는 그 모습에 경외마저 들 정도였다.

쫘르르르르르!

소하의 도격이 스치자, 주변의 절벽이 갈라지며 연기가 솟는다.

시천마 역시 마찬가지였다. 그의 검이 휘둘러지자, 그물망처럼 펼쳐진 검격이 사방의 바위들을 조각내며 소하의 몸을 습격하고 있었다.

"이식까지 피하는가!"

시천마는 즐겁다는 듯 웃음을 터뜨렸다.

그러나 검격은 멈추지 않는다. 소하는 자신에게로 득달같이 달려드는 검격들을 모조리 쳐내며, 빠르게 눈을 번득였다.

앞으로 쏟아지는 검. 세풍로가 펼쳐지며 시천마의 몸을 쓸어냈지만, 그는 이미 옆으로 이동해 소하의 몸을 후려치고 있었다.

스콰아악!

허공을 자르는 검격에 의해, 수십 그루의 나무가 잘려 나가며 동시에 가루로 변한다. 마치 먼지를 일으키는 듯한 그 모습에 모두가 겁에 질리고 있었다.

소하는 땅에 내려앉으며 침을 삼켰다.

잠시도 쉴 수가 없다. 아까 전 혁월련과의 싸움에서 시천무검을 어느 정도 견식하기는 했지만, 아까보다도 훨씬 날카롭고 매서워져 있는 터였다.

'정신을 놓으면 안 돼.'

소하는 그리 자신에게 중얼거리며 땅을 박찼다.

콰콰콰콰콰!

지축을 울리는 굉음과 함께, 소하는 수십 개의 잔영을 남기며 시천마의 전신을 가격해 왔다.

그러나 시천마는 그것을 보며 웃는다.

동시에 모든 잔영들이 베어져 나가며, 소하의 모습이 허공에서 드러났다.

그것을 놓치지 않고 칼을 뻗었다.

꿰뚫리는 소하의 모습. 놀란 청아가 비명을 질렀지만, 시천마는 여전한 표정을 짓고 있었다.

"과연……!"

몸을 비틀어 피한 소하의 양손이 아래로 내리꽂힌다.

꽈과과과광!

땅이 갈라지는 것과 동시에, 솟구치기 시작한다.

"피해라!"

무인들은 눈앞에서 지반이 떠오르는 광경에 놀라 달아나기 시작했고, 제갈위를 비롯한 무인들은 수십 장이나 물러난 뒤에야 안전하다는 것을 눈치챌 수 있었다.

"저게, 저게 대체 뭐야."

모두가 멍하니 읊조릴 뿐이었다.

"저게 바로……."

모진원은 숨을 헐떡이며 말을 토해냈다.

"우리가 굴복했던 진짜 '힘'이다."

굉음이 또다시 울린다.

스아아아아아아아!

바람 소리마저 칼날처럼 스며드는 것에 다들 두려운 표정을 지을 수밖에 없었다.

자신들이 평생을 바쳐 익힌 무공이 마치 어린애의 장난같이 느껴질 정도였다.

소하의 검이 다시금 아래로 내려쳐진다.

굉천도법을 펼쳐낸 연원은 휘어지며 동시에 주연로를 쏟아냈다.

천장우와 주연로의 결합은 마치 허공에 은빛 소나기가 이뤄진 것처럼 어마어마한 은광을 쏟아내며 시천마의 전신을 내찔렀다.

"이, 이대로라면 굉명지주가 이길 수도……!"

"아니."

모진원은 그 희망찬 말에 고개를 저었다.

하지만 시천마는 소하의 공격들을 모조리 쳐내며, 허공에서 칼을 치켜들었다.

"그는… 고금제일이었다."

소하는 다급히 양손을 교차시켰다.

스카아악!

내려쳐지는 일격.

소하의 몸이 아래로 내리꽂힌다.

나무를 부수고, 바위를 가루로 만든 뒤 지반 아래로 파묻혀 버리는 모습이다.

모진원의 표정이 더욱 어두워지고 있었다.

"그가 정말 돌아왔다는 건······."

모든 것이 끝났다는 의미나 마찬가지다.

그것에 제갈위를 비롯한 모두가 침묵할 수밖에 없었다.

"그런 말을 할 거라면."

청아의 목소리가 뒤이은다. 초량 역시 마찬가지다. 몇 명의 무인은 몸을 일으키며 힘겹게 눈을 들어 올리고 있었다.

"조금이라도··· 힘을 비축하는 게 좋을 겁니다."

청아의 몸에서 흰빛이 번진다. 무상기를 사용해 육체의 상처를 최대한 회복하려 하고 있는 것이다.

모두가 말을 잃었지만 청아는 굳은 표정으로 앞을 응시했다.

마치 사형과 헤어질 때가 떠오르는 듯했다.

다시는······.

청아는 백련을 꽉 쥐며 입술을 깨물었다.

무언가를 잃는다는 아픔을 느끼고 싶지 않았다.

＊　　　　＊　　　　＊

"단단하군."

시천마는 땅에 내려앉으며 감상을 말했다.

소하와 부딪친 순간, 그는 일반적인 무인이라면 수천 번을 죽어도 이상하지 않을 검격들을 쏘아내었었다. 그러나 소하는 그 모두를 받아내었고, 도리어 반격까지 시도했었다.

"예전에도 이 정도까지 견딘 이들은 거의 없었지."

쿠르르르륵⋯⋯!

소하의 몸이 파고들어 간 땅굴에서 소리가 들린다. 아직 살아 있다는 듯, 그 기세는 너울거리며 허공을 물들이고 있었다.

시천마는 허공을 올려다보았다. 푸르른 하늘은 그가 이끌어 낸 참격의 흔적이 아직까지도 남아 있었다. 갈라진 구름들이 흘러가는 모습에 그는 입술을 열어 중얼거렸다.

"역시, 세상은 변하지 않는가."

쿠르르르르륵!

순간 아래에서 참격이 솟구쳐 나온다. 아래로 처박힌 소하가 칼을 휘두르는 것과 동시에 위로 뛰어 오른 것이다.

시천마의 검, 천개가 하늘을 가르며 소하에게로 휘둘러졌다.

소하는 그것을 굉명으로 막았고, 두 명의 칼이 서로 충돌하는 순간 격렬한 소리가 주변을 어지럽혔다.

쫘라라라라랑!

"굉명."

시천마는 굉명을 알아보며 고개를 끄덕였다. 소하의 손에서 펼쳐진 굉천도법 역시, 그는 천개로 모조리 쳐내며 한 걸음을 뒤로 물러섰다.

그 틈을 찌르고 들어오는 연원의 모습. 단숨에 흰 궤적을 그리며 치달아오는 주연로에 시천마의 왼손이 옆으로 휘둘러졌다.

칼날을 튕긴다. 그의 몸은 이미 보검에도 비할 수 있을 정도로 강화되어 있었다.

"일찍이 천하오절을 만든 까닭은⋯⋯."

그 순간 소하는 으득 이를 악물었다. 천개가 하늘에서 내리꽂히는 순간, 격렬한 충격이 전신을 뒤흔들었기 때문이다.

그리고 소하의 눈이 옆으로 돌아간다. 내려쳐지는 순간 무언가 위화감을 느꼈기 때문이다.

"크윽!"

즉시 몸을 옆으로 튕긴 소하는, 날아드는 검격을 아슬아슬하게 굉명으로 막아낼 수 있었다.

시천무검의 삼식(三式).

백절(百折)이 내리쳐지자 소하의 몸이 마구 흔들리며 옆으로 튕겨나갔다. 휘두르는 동시에 횡으로 베어내는 검격 수십 개가 쏟아져 왔던 것이다.

"내가 겪어보았던 무공들 중, 당대의 무림에서 가장 고강한 것이 그것들이었기 때문이지."

그는 희미한 미소를 짓고 있었다.

"방금 것은 화산과 청성, 무당검의 결합이다."

땅을 구르며 일어서는 소하의 모습에 시천마는 담담히 답했다.

'확실히.'

소하도 알 수 있었다. 방금 횡으로 휘둘러졌던 것은, 분명 운요가 사용했었던 비홍청운의 변용(變容)이었다. 그것을 알지 못했더라면 허리를 베이고 말았을 것이다.

"구대문파를 멸문시키며, 그들의 절기를 '가졌다.'"

시천마의 손이 위로 올라간다. 그것은 이윽고, 혀를 날름대는 뱀처럼 무시무시한 기운이 되어가고 있었다.

휘둘러진다.

소하는 채찍처럼 날아드는 검격을 보며 빠르게 하늘로 솟구
쳐 올랐다. 천영군림보를 사용해 사방으로 튕겨 나가는 소하의
모습에 시천마는 피식 웃음을 흘렸다.

그것을 따라붙는다.

소하는 연기처럼 어그러졌다 나타난 시천마의 모습에 이를 악
물며 칼을 휘둘렀다.

카아아악! 카아아악!

굉음과 함께 사방으로 참격의 흔적이 새겨진다. 동시에 또다
시 지반이 갈라지며, 우르릉 하고 흔들리기 시작했다.

"그럼에도 만족할 수 없었지."

시천마와 칼이 부딪치는 순간, 소하는 그의 감정을 어렴풋이
느낄 수 있었다.

그는 단순히 본 것만으로도 무공을 파악할 수 있다고 말했다.

"그들은 자신들의 무공을 갈고 닦는 데에, 수백 년이 걸렸다고
이야기했다."

소하와 칼을 휘두르고 있음에도, 그는 너무나도 평온하다는
듯 가만히 소하의 눈을 바라보고 있었다. 조금만 정신을 놓으면
그대로 썰려 나갈 것만 같은 상황이 거짓말 같은 순간이었다.

"고작 그런 것이?"

카아앙!

소하는 칼날이 분출하는 듯한 느낌에 고개를 젖혔다. 그 순간
뒤쪽의 절벽이 분쇄되며 먼지를 일으킨다. 시천마가 뻗어낸 참격
이 거대한 칼날이 되어 쏟아져 나갔기 때문이다.

이 감정은 분노다.

그의 검에 실린 감정들은 너무나도 확실하게 소하의 눈앞에 일렁이고 있었다.

"한없이 역겨운 자들이었다."

위.

소하는 공격을 피해내는 동시에 허공을 차며 옆으로 튕겨 나갔다. 지금 두 명은 공중에 뜬 상태로 수십 합을 주고받고 있는 상황이었다.

"더 이상 발전하지 못하고, 정체(停滯)해 버린 자들이라면."

시천무검이 변화한다.

아까 전까지는 쾌속(快速)했다면, 이번에는 다변(多變)한다.

소하는 그것을 본 순간 눈을 부릅뜨며 몸을 뒤로 튕겨 시천마에게서 멀어졌다.

도합 수천에 이르는 검격이 소하에게로 쏟아져 내리고 있었다.

"사식(四式), 천화(千花)."

시천마의 눈이 냉엄하게 소하에게로 향했다.

"구대문파를 사라지게 만든 뒤 '얻은' 무공이다."

아홉 개의 무공을 융합한 결과.

소하는 눈앞에 거대한 은화(銀花)가 피어나는 장면을 보았다. 마치 하늘이 거대한 족자(簇子)라도 된다는 듯, 시천마는 무공의 정수들만을 모아 소하에게로 쏟아내고 있었다.

"피할 수는 없겠지."

시천마의 입가에 희미한 웃음이 감돈다.

"뒤쪽을 지키기 위해서라면."

그것에 소하는 이를 으득 악물었다. 시천마가 왜 소하를 공중으로 몰아넣어 싸웠는지, 그리고 이 방향으로 공격을 쏘아낸 이유가 무엇이었는지 이제야 이해했기 때문이다.

뒤쪽에는 경이로운 표정으로 이곳을 바라보고 있는 무림맹의 무인들이 있었다.

입이 열린다.

고함을 지르며 소하는 전신의 내공을 폭출시켰다.

"네게는 짐이 있다."

시천마는 싸늘하게 소하를 내려다보며 천천히 손을 들어 올렸다. 소하가 그의 공격을 쳐내고는 있다지만, 내공의 기운이 서서히 잦아들고 있다는 것은 자명한 사실이었다.

"그 힘을 제대로 펼칠 수 없게 하는 무력한 이들이."

도망치지도 못한 채 멍하니 싸움을 구경하고 있는 자들의 모습에 시천마는 살짝 고개를 저었다.

"진정한 무(武)에 다가가기 위해선……."

그의 칼날에 내공의 기운이 운집된다. 아까까지는 사방으로 분출하고 있었던 매서운 힘들이, 이제는 칼날을 감싸며 하나로 모여드는 듯했다.

소하의 팔이 휘둘러져 칼날들을 모조리 쳐낸다.

그러나 위에서는 어느덧 다른 공격이 준비되고 있었다.

"끊어내야만 한다."

시천마의 목소리가 끝난 순간, 소하는 자신의 눈앞으로 매서운 참격이 쏟아져 오는 것을 보았다.

언뜻 봐서는 아까와 똑같은 공격이라 착각할 수 있겠지만, 소하는 본능적으로 그 참격이 가진 위험성을 직감했다.

'천양진기!'

소하는 속으로 고함을 지르며 천양진기 십육식을 전신에 둘렀다.

닿는다.

꽈과과과과광!

전신이 분해되는 것만 같았다. 수천, 수만 번의 참격이 소하의 몸을 동시에 두들겼기 때문이다.

"크, 으으으윽……!"

입에서 핏물이 솟는다. 소하의 괴로운 비명이 들리자 시천마는 조용히 칼을 내린 채로 말을 이었다.

"더 높은 길로 향하기 위해서는 고독(孤獨)이 필요하다."

소하의 몸이 밀려나기 시작한다. 그러나 소하는 그것을 피하지 않고, 계속해서 스스로의 몸으로 받아내고 있었다.

"그런가."

참격이 폭발함과 동시에 공기가 진동했다.

콰아아아아아아아!

머리칼을 흔드는 바람에도 시천마는 고요히 그 광경을 바라보고 있을 뿐이었다. 소하의 전신에서 핏물이 솟으며 그는 땅으로 내리꽂혔다.

"안타깝군."

진동과 함께 먼지가 일어난다.

둥글게 일어난 먼지가 허공으로 너울너울 치솟는 것에, 시천마는 진심으로 아쉽다는 듯 한탄했다.

"그대라면… 나의 위치에 설 수 있을 줄 알았건만."

*　　　*　　　*

"으아아아악!"

"피해, 피해라!"

허공에 은빛 검격이 어릴 때, 모든 무림인들은 할 말을 잃었다. 자신들이 이제껏 보아왔던 무공의 상식을 모조리 짓밟아 버리듯, 시천마는 상상을 초월한 양의 검격을 쏟아내었던 것이다.

공포로 인해 도주하는 자들이 태반이다. 그러나 그 안에서 청아는 위를 올려다보고 있었다.

소하는 피하지 않았다. 사실 천영군림보를 사용해 저 공격을 피하고 시천마에게로 돌진하는 것이 옳은 선택이리라.

그럼에도 소하는 계속해서 싸우고 있었다.

칼날을 튕겨내며, 필사적으로 버티고 있었다.

"우리를… 지키려고……."

청아를 포함한 많은 고수들은 공포보다도 그 사실을 깨닫고는 쉽사리 움직이지 못하고 있었다. 만약 자신들이 움직여 공격의 방향이 어긋나게 된다면, 소하가 섣불리 움직이다 공격을 얻어맞을 가능성이 있었기 때문이다.

마침내 은빛 검격을 모조리 쳐냈을 때, 그들은 시천마가 다시금 칼을 휘두르는 것을 보았다.

"저건……!"

"위험하군."

모진원의 신음이 흘렀다.

선무린 역시 인상을 찌푸리고 있는 형국이었다. 초인에 이른 이들이었기에, 저 단순해 보이는 참격에 얼마나 많은 무공의 묘리가 스며들어 있는지 알고 있었던 것이다.

그리고.

참격이 폭발하는 순간, 모진원은 자신의 있는 힘을 다해 내공의 벽을 펼쳤다.

콰아아아아아아아아!

눈을 멀게 할 것만 같은 빛과 함께 내공의 파동이 주변을 뒤흔들었다.

"으으으으으!"

무인 한 명이 공포에 질려 신음을 토해낸다. 그것에 청아는 이를 악물며 무상기를 펼쳤고, 초량 역시 황망심법을 사용하며 겨우 그 여파를 견디고 있었다.

청아의 눈이 위로 향한다. 그곳에는 참격의 폭발을 막아내며 떨어져 내리는 소하가 있었다.

"소하!"

그녀의 몸이 달린다.

그것을 따라 초량을 포함한 다른 고수들 역시 앞으로 향하고 있었다.

어마어마한 고도(高度)에서 떨어져 내리고 있다. 그 충격만 해도 상상할 수 없을 만큼 클 것이다. 거기까지 생각이 이르자, 그녀는 무상기를 마치 날개처럼 펼쳐 주변을 감쌌다.

소하를 받아내려는 것이다.

콰아아아아아아악!

소하의 몸이 떨어져 내리는 순간, 청아는 무상기를 전력으로 펼치며 그 충격을 견뎠다.

"으, 큭!"

다리가 땅에 파묻히고 있었지만, 그녀는 소하를 받아내며 전신으로 내리꽂히는 아픔을 참았다.

그와 동시에 여러 명의 무인이 내공을 펼친다.

청아가 받는 충격을 나누려는 것이다. 무인들 중 몇 명은 내공을 펼치는 것만으로도 깊은 내상을 입었는지 쿨럭이며 피를 토해내기도 했고, 몇 명은 의식을 잃고 쓰러지기도 했다.

그리고 마침내 진동이 잦아들었을 때, 청아는 다급히 소하를 내려다보았다. 그녀의 품에 들려 있는 소하는 전신에서 피를 흘리며 가쁜 숨을 내뱉고 있는 상태였다.

"괜찮……."

콰아아아앙!

그녀가 미처 말을 끝내기도 전에, 진동이 다시금 일어나며 시천마의 몸이 땅에 내려앉았다.

당황한 그녀는 소하를 세게 끌어안으며 뒤로 물러섰고, 그 앞을 초량과 선무린이 막아섰다.

"비켜라."

시천마는 먼지 속에서 담담히 말을 꺼냈다.

"너희에게 용무는 없다."

살기가 찔러온다.

그것만으로도 무인들은 몸을 떨었다. 도저히 견딜 수 없을 정도의 기압이 몸을 내리 눌렀기 때문이다.

소하는 그것에 겨우 정신을 되찾았다. 시천마의 공격에 맞았을 때 일순 의식을 잃었던 것이다. 게다가 내공들 역시 흩어져, 천양진기 십육식이 서서히 풀려가고 있던 참이다.

그런 소하의 눈에 초량과 선무린의 뒷모습이 보였다. 그들만이 아니라, 몇 명의 무인들 역시 앞으로 나서며 분연히 칼을 들어 올리고 있었다.

"이제는 스스로의 기량을 가늠할 눈조차 잃었는가."

시천마는 진심으로 그들을 역겹다는 듯 취급하고 있었다. 그 목소리가 이어질 때마다, 공기가 울린다. 소하는 몇 명의 다리가 벌벌 떨리는 모습을 보았다.

"위험… 해……."

"내공을 갈무리해."

청아는 그리 말하며 소하를 뒤쪽에 내려놓았다. 그러고는 백련을 든 채 앞으로 나서기 시작했다.

"우리가 시간을 벌 테니."

초인에 달한 자들의 싸움은 어디까지나 내공의 힘이 어느 정도냐에 따라 그 수준이 명확하게 갈린다.

천붕지열의 수준에 이른 소하와 시천마의 싸움 역시, 서로의 내공이 얼마나 견고하게 육체를 지탱해 주느냐에 따라 승패가 엇갈리는 것이다.

그러나 지금 소하는 시천마의 공격을 모조리 쳐내는 데에 급급해 내공을 제대로 응집하지 못했다. 그렇기에 청아는 그가 싸울 수 있게끔 내공을 모을 시간을 벌려는 것이다.

무인들 몇이 더 앞으로 나선다. 그들 모두가 두려움을 품고 있었지만, 기이하게도 표정만은 확고한 결의를 지니고 있었다.

"은(恩)을 갚을 때가 왔다."

형인문주 비자홍은 소하를 스쳐 지나가며 희미한 웃음을 흘렸다.

"왜……!"

그들은 이기지 못한다.

이길 수 없다.

시천마는 무공의 절정에 다다른 자, 지고의 천재였다. 그런 그를 이길 수 없다는 사실은 아마 이곳에 있는 모두가 알고 있을 것이다.

그러나.

그는 멈추지 않았다.

청아 역시 초량의 옆에 서며 검을 들어 올렸다.

"어리석군."

시천마는 고개를 슬쩍 내저었다.

"오만(傲慢)한 데다, 무지(無智)하다."

그 목소리에는 은은한 노기가 깔려 있었다. 자신의 눈에 차지도 않는 자들이 건방지게도 검을 들어 앞으로 나서는 것에 대한 분노였다.

퐈가가가각……!

공기가 얼어붙으며 모두의 몸을 짓눌렀다. 순간 청아를 비롯한 무인들의 표정이 굳어졌지만 다들 자신의 내공을 사용해 어떻게든 그 힘을 밀어내려 하고 있었다.

"공포(恐怖)에서 떨어질 수는 없다."

시천마의 검이 옆으로 들어 올려진다. 그것은 마치 휘둘러지는 순간 수많은 피를 뿌리겠다는 듯 어마어마한 살기를 응축하고 있었다.

"그것이 약자(弱者)."

촤아아아악!

한 명의 몸이 베어져 나간다. 보이지도 않는 검격.

무공의 수준이 낮은 자였기에 막아설 생각조차 하지 못하고 목이 날아가 버렸다.

"자신의 한계마저 알지 못하는… 비천한 자들이지."

둘.

두 명째의 무인이 절명했다. 가슴께부터 머리 위까지가 날아가 버린 그는, 이내 푸드득 몸을 떨다 쓰러지고 있었다.

"그렇기에……."

콰아아악!

초량은 순간 자신의 몸이 거칠게 물결치는 것을 느꼈다. 날아드는 참격을 막아 냈지만, 동시에 왼팔의 상처에서 핏물이 솟구치고 있었다.

"크으윽!"

그가 물러서는 것에도 시천마는 여전히 담담하게 말을 잇고 있었다.

"이끌어줄 자가 필요한 것이다."

강하다.

방금의 두 수를 보고, 모두가 그것을 알 수 있었다. 오히려 그에게서 수십 합을 버틴 소하가 경이롭게 느껴질 지경이었다.

시천마는 천천히 손을 옆으로 뻗었다.

"포기해라."

그 말은 너무나도 달콤해 모두가 자신의 귀를 의심할 지경이었다.

"그렇다면 너희는 살려주지. 더 이상… 나를 귀찮게 만들지 마라."

그는 앞으로 한 걸음을 옮겼다.

"한 명의 목숨으로 너희는 편해진다."

소하를 죽게 내버려 둔다면 그들은 살 수 있다. 시천마는 그렇게 말하고 있는 것이다.

그것에.

"나를 기억하시오?"

목소리가 흘렀다.

시천마의 눈이 향한 곳에는 비자홍이 서 있었다. 그의 얼굴은 식은땀으로 가득했고, 온몸은 이미 그의 기운에 위축되어 제대로 운신조차 불가능해 보였다.

"이전… 굉천도와 함께 당신에게 맞섰었지."

"기억할 가치를 느끼지 못한다."

시천마는 차갑게 그리 맞받았다. 그의 눈으로 보기에 비자홍은 한없이 약한 존재였던 것이다.

"그렇겠지."

비자홍은 쓴웃음을 흘렸다. 평생에 걸쳐 무공을 갈고닦았지만,

시천마의 눈에 그는 역시 어린아이처럼 비치고 있었던 것이다.

"그게 당연하다고 믿고, 이제껏 살아왔소."

비자홍의 손이 들어 올려진다.

기압에 눌리면서도, 그는 굳건히 시천마에게로 도를 겨눴다.

"그러나 그것이 잘못되었다는 것을 알게 되었지."

광명을 가지러 온 초량의 모습에 비자홍 역시도 절망할 수밖에 없었다. 자신은 친우의 유품마저 제대로 지킬 수 없었던 무력한 자에 불과하다는 비참함에서였다.

하지만 그곳에 소하가 있었다.

초량과 맞서 형인문을 지키던 소하의 모습에서 비자홍은 다시금 무언가를 느낄 수밖에 없었다. 그에게 광명을 가져가라 외쳤던 것은 바로 이전 마령기의 모습이 소하에게서 겹쳐 보였기 때문이었다.

"무(武)는 협(俠)과 함께 해야 하오."

비자홍의 몸에서 내공이 솟구쳐 올랐다. 전력을 다한 내공의 빛이 영롱하게 주변으로 향하자 시천마의 입가가 서서히 굳어지고 있었다.

"변명이로군."

칼이 휘둘러지려 한다.

그의 내공이 실린 검격이 어마어마한 기세로 다시 날아들려 하고 있는 것이다.

동시에 모두가 자세를 잡았다. 아까 소하에게 펼쳤던 시천무검이 다시금 쏟아진다면, 그들은 한 수도 견디기 어려울 것이 분명했기 때문이다.

그런데.

시천마의 입에서 붉은 혈선이 흘렀다.

그의 손이 자신의 턱을 닦으며 흘러나온 피를 주시했다. 그와 동시에 펼쳐져 있던 내공의 기운도 거대한 출렁임을 보이고 있었다.

"이건……."

그 역시 예상하지 못했던 일이다.

"육체를 내기(內氣)가 따라가지 못할 것이오."

모진원의 목소리가 들렸다. 그는 힘겹게 숨을 내뱉으며 시천마를 노려보고 있었다.

"환열심환은… 아직 당신에게 가지 않았으니."

환골탈태를 준비한 시천마는 자신의 대용(代用)인 혁월련에게 환열심환을 먹이려 했다. 그의 심득을 받아들인 이상 정혼(精魂)을 차지하기는 간단했지만, 아직 그 환골탈태한 육체를 움직이는 데에 내공이 부족함을 보이고 있었던 것이다.

소하와의 싸움은 어마어마한 양의 내공을 소모했다. 그렇기에 혁월련의 육체라고 해도, 거부 반응이 오는 것을 막을 수는 없었다.

"그렇다고 무언가가 달라질 거라 여기는가."

시천마는 피를 닦으며 천천히 몸을 앞으로 구부렸다. 그대로 쏟아져 나갈 준비를 마친 것이다.

"문답은 의미가 없을 것이오."

모진원의 전신에서 빛이 솟구쳤다. 그 역시 자신의 모든 것을 다해 힘을 짜내고 있는 것이다.

"나 역시… 그때와는 다른 답을 얻었으니!"

그 고함과 동시에 무인들이 달려 나가기 시작한다.

벽에 기댄 채 쿨럭이던 소하는 이내 이를 까득 악물 수밖에 없었다.

"무엇을 위해?"

그 목소리만이 머릿속에 퍼져 나갈 뿐이었다.

과거, 노인들과 나누었던 대화가 아스라이 흔들렸다.

*   *   *

"무엇을 위해서라……."

마 노인은 턱을 긁적였다.

소하는 그들의 '수련'에 대해 늘 궁금했었다.

내공이란 사실상 부인의 보는 것이다. 그러나 단전을 잃고 대부분의 내공을 상실했음에도 노인들은 날이면 날마다 수련을 반복하고 있었다.

철저한 기초의 반복.

내공을 사용한 고도의 기예들을 사용하는 것이 불가능했기에 노인들은 각자의 몸을 더욱더 갈고닦기로 마음먹었던 것이다.

하지만 소하는 그들이 혈맥이 찢어져 나가는 고통을 견디며 수련을 이어나가는 것을 순순히 받아들이기 어려웠다. 어째서 그들은 이렇게도 괴로운 일을 계속할 수 있다는 말인가?

"모두가 바라고 있기 때문이겠지."

현 노인은 빙긋 웃음을 지었다. 그 역시 백연검로를 운용한 것에 온몸에서 더운 연기가 솟아나고 있었다. 이런 식으로 그들은 자신들의 경맥에 미약한 내공을 심어나가고 있었던 것이다.

"뻔한 게 아니냐."

멀리서 구 노인이 발을 딛는 게 보인다. 이미 내공을 사용하지 않는 상태에서도 그는 마치 깃털처럼 공중을 유영하고 있는 모습이었다.

척 노인은 눈을 들었다.

그는 멀리 보이는 천장을 노려보고 있었다.

"다시 한 번, 싸우기 위해서지."

시천마와?

소하는 내심 그 결말이 좋지 않을 것이라고 예상했다. 노인들은 자신의 내공을 가진 상태에서도 시천마에게 패하고, 단전을 폐쇄당했다. 그런데 어찌 지금 와서 그와 대적할 수 있다는 말인가?

"표정에 다 드러나는군. 썩을 꼬마 놈."

척 노인의 목소리에 소하는 황급히 얼굴을 가렸다.

"죄, 죄송해요."

"뭘 죄송하냐. 얼굴로 다 말해놓고는."

척 노인은 흥 하고 콧방귀를 뀐 뒤, 몸을 바위에 뉘이며 중얼거렸다.

"아직 끝난 게 아니다."

그 말에 모두가 동의한다.

"또, 싸우실 건가요?"

두려웠다.

노인들은 정말로 강하다. 어린 소하의 눈으로 보아도, 도저히 가늠할 수 없을 정도의 힘을 감추고 있었다. 그런데 그런 노인들보다 훨씬 강하며, 천하제일이라 불리는 시천마와 다시 싸운다면⋯⋯.

그들을 잃게 될 것이다. 소하는 그것이 두려웠다.

이전 운현을 잃었을 때처럼.

영보의 잘려 버린 손을 보았을 때처럼.

무언가를 잃는다는 것은 끔찍할 정도로 괴로운 일이었으니까.

"그래야지."

마 노인은 히죽 웃으며 목도를 어깨에 걸쳤다.

"만약 우리가 실패한다면, 다음은 너다."

"네?"

"그럼. 당연한 말이지."

척 노인은 마 노인의 말에 동의한다는 듯 고개를 끄덕이며 일어서고 있었다. 다시 한 번 수련이 시작되는 것이다.

"이어지는 것은 싸움이 아니라, 의지(意志)란다."

현 노인이 뒤쪽에서 일어선다. 네 노인은 소하의 앞에서 빙긋 웃음을 짓고 있었다.

"끝끝내 이기는 게 무엇인지."

어릴 적의 소하는 알지 못했다. 어째서 그들이 이러한 마음을 먹었는지, 자신에게 넘겨진 그 마음이 얼마나 무거웠던 것인지.

"그 작자에게 보여줘야 하지 않겠어."

이들이 죽음을 각오하고 시천마라는 거대한 적과 맞서 싸웠던 이유가 무엇인지.

세월을 넘어, 지금에서야 느낄 수 있었다.

                    *   *   *

굉음이 들린다.

칼날이 스칠 때마다 땅이 파이며 핏물이 솟구쳤다.

"크아아아악!"

비명이 들린다.

"막아라!"

괴성과 함께 무인들이 달려 나간다. 시천마의 손에서 펼쳐진 검광은 단숨에 세 명을 썰어버리고 있었다.

"진법을……!"

소림의 무승들이 좌우로 갈라지며 진형을 만들자, 시천마는 가당찮다는 듯 옆으로 검을 그었다. 시천무검의 역우! 단숨에 그 물망이 펼쳐지며 달려든 이들이 모조리 잘려 나가고 있었다.

봉을 휘두르려던 무승의 몸을 수십 조각으로 무너뜨리며, 시천마는 이를 드러냈다.

"아직도 깨닫지 못하는가!"

콰자자작!

물러서던 무인 두 명의 몸이 사라진다.

검격에 말려든 순간, 그들은 고기 조각으로 변해 내버려지고 있었다.

그들을 몰살하기는 쉽다.

그러나 시천마는 당장 죽여도 시원찮을 벌레 같은 이들이 자신에게 달려든다는 것 자체가 기분이 나빴다. 죽이고 죽여도, 무인들은 고함을 지르며 앞으로 향하고 있었던 것이다.

그래봤자 그들은 생채기도 낼 수 없다.

칼을 내려치던 무당의 무인 둘이 칼날에 휘말려 단숨에 상반신의 절반을 잃었다. 피와 내장을 흩뿌리며 나뒹구는 그들의 모습에 시천마는 쯧 하고 혀를 차며 왼손을 옆으로 향했다.

"피해라!"

제갈위의 고함. 그와 동시에 시천마의 손에서 극양기가 뿜어져 나갔다.

콰아아아아앗!

단순한 장력이지만 그의 손에 깃들자 벽력탄마저도 우습게 볼 수 있는 파괴력으로 변한다.

이전 서장의 무인들이 사용했던 취형장이었다. 시천마는 그것으로 달려들던 수십 명을 단숨에 소멸시킨 뒤, 으득 이를 악물었다.

'내공이 모자라다.'

확실히 이 육체에 정착하는 데에도 많은 내공이 소모되었던 터다. 더군다나 소하와의 싸움은 정상에 다다른 무공들을 수십 번씩 펼쳐내야만 했었다. 전성기의 시천마보다 부족한 혁월련의 몸이었기에 어쩔 수 없는 결과였다.

거부 반응을 일으키는 몸 때문에, 그는 인상을 찌푸릴 수밖에 없었다.

그 순간 시천마는 자신에게로 날아온 장력을 쥐어 부쉈다.

"조금만… 더 버텨라!"

뒤쪽에서는 장력을 쏘아낸 모진원이 헐떡이며 외치고 있었다.

"저자의 내공도… 무한한 것이 아니다!"

모진원에게 환열심환을 달라고 말했던 것은, 바로 이 문제를 해결하기 위함이었다. 또다시 이전의 경지에 도달하기 위해서는 많은 내공을 필요로 했기 때문이다.

"우리는!"

그러나 모진원은 시천마가 사라진 후 그가 말했던 것처럼 환열심환을 내놓지 않았다.

"스스로가 부끄럽지 않도록 싸울 것이오!"

그 결과가 바로 지금과 같은 상황이었다.

"귀찮군……!"

시천마의 오른손이 휘어졌다.

검광은 마치 뱀처럼 꺾어지며 단숨에 앞에 선 무인 둘의 머리를 깨부순 뒤 모진원에게로 쏟아지고 있었다.

그것을 청아가 막아선다.

그녀는 백연검로를 펼치며 팔이 부러질 것 같은 충격에 으득 이를 악물어야만 했다.

콰창!

천개의 궤적이 어긋나자 그 경력은 이윽고 허공에 쏟아지며 폭음을 내고 있었다.

"백연검로."

시천마는 슬쩍 미간을 찌푸렸다.

옆쪽에서 초량이 달려든다.

두 명은 단숨에 서로의 위치를 확인한 뒤 시천마에게로 칼을 휘두르고 있었다.

백연검로와 굉천도법이 교차하는 것에 시천마는 천개를 조용히 자신의 가슴께에 세웠다.

까가가강!

두 개의 무기가 충돌했지만 시천마는 미동도 하지 않았다.

"그 무공은… 너희 같은 자들이 가질 것이 아니다."

그와 동시에 내공의 벽이 초량과 청아를 때렸다.

"크윽!"

초량의 몸이 뒤로 튕긴다. 청아 역시 균형을 잃고 날아가 버린 뒤였다.

몸을 반전시키며 다시 도를 휘두르지만 시천마는 그것을 자신의 검으로 받았다.

콰창!

초량의 애도인 비월이 부서진다. 조각조각으로 깨져 나가는 도의 모습에, 시천마는 싸늘하게 말을 이었다.

"주제를 알아라."

그 순간 초량은 어깨와 허벅지가 베어져 나가며 땅바닥을 나뒹굴었다.

"크아아악!"

황망심법이 단숨에 깨지자, 내공이 역류하며 온몸의 핏줄이 터져 나가고 있었다.

청아 역시 오른팔을 흐늘거리며 내렸다. 무상기로 감쌌음에도 불구하고, 그 한 수를 제대로 맞받지 못했던 것이다. 왼팔의 부상을 치유하지 못한 상태였기에, 그녀 역시 제대로 싸우기란 어려운 상태였다.

시천마가 청아에게로 시선을 보낸다.

그와 동시에 그의 검이 청아의 머리맡까지 드리워졌다.

때마침 끼어든 선무린이 아니었다면 아마 그녀의 머리는 반쪽으로 갈라지고 말았을 것이다.

"음……!"

선무린은 지체 없이 광연수량검의 아랑을 펼치며 앞으로 달려들었다.

하지만 시천마는 그것을 받아내며 뒤튼다.

콰아아아악!

선무린의 어깨가 부서지며 단숨에 으깨진다. 왼팔이 기이한 각도로 돌아가 버렸음에도, 그는 여전히 이를 악물며 눈을 번뜩이고 있었다.

"어디……!"

그의 전신에서 잠력이 배출되어 나온다. 내공으로 모자라자 육체의 기본적인 선천진기(先天眞氣)까지 끌어낸 것이다.

그의 전신에서 붉은 기운이 솟아나며, 시천마의 눈앞에 용의 이빨이 번졌다.

광연수량검의 마지막 초식인 용무!

그러나 그것을 바라본 시천마는 하찮다는 듯 칼을 아래로 휘둘렀다.

쩌저저적!

용무가 분쇄된다.

단숨에 선무린의 가슴에 검상이 남았고, 그는 비명도 지르지 못한 채 튕겨 나가 땅을 나뒹굴었다.

시천마의 눈썹이 꿈틀거렸다. 용무를 쳐내는 순간, 육체를 두르던 내공이 조금씩 옅어지고 있었기 때문이다.

시간을 더 이상 끌 수 없다.

그는 바로 칼을 들어 무인들을 전부 없애 버리기로 마음먹었다. 내공의 소모가 크지만 소하를 죽이는 건 빠르면 빠를수록 좋았다.

그런데.

시천마의 눈이 뒤쪽으로 향했다.

일어선다.

뒤쪽에서는 황급히 소하를 말리는 금하연과 일어서고 있는 소하의 모습이 있었다. 그녀는 소하를 치유하기 위해 전력을 다하고 있었지만, 아직 소하는 제대로 싸우기 어려운 상태였다.

"대, 대협!"

"괜찮아요."

소하는 일어서며 천천히 하늘을 올려다보았다.

목소리가 들리는 것만 같았다.

"우리가 너에게 무공을 전수해 준 이유는, 무엇 때문이라고 생각하느냐?"

지금은 답할 수 있다.

소하의 양손이 무기를 든 채로 내려갔다.

허리를 앞으로 향한다.

그와 동시에.

금하연은 눈앞이 번쩍이는 것 같았다. 마치 번개가 현현하듯, 소하는 그녀가 눈을 깜빡이는 순간 시천마의 앞까지 도래해 있었기 때문이다.

콰지지지직!

시천마의 칼을 굉명과 연원이 맞받는다.

"이제야 나왔군."

시천마의 입가에 웃음이 흐른다.

"이제 알겠나? 약자들에 둘러싸여 있는 건……."

"여기는 복잡하니."

소하는 주변을 보았다.

수백이 넘는 무인들이 죽어갔다.

핏물은 셀 수 없다.

죽어가는 이들의 비명과 필사적으로 소하를 지키려는 자들의 고함이 뒤따랐었다.

소하를 치료하던 금하연은 그 두려움에 눈물지으면서도 말했었다.

"대협을 지켜야만 하니까요."

당장에라도 도망가고 싶었을 것이다.

무공의 차는 역력하다.

시천마를 이길 수 있으리라고는 아무도 생각지 않았을 것이다.

스스로 내린 결론이다.

자신들을 위해 싸운 소하를 지켜야만 한다.

그것이 지금 스스로에게 부끄럽지 않고, 당당히 내세울 수 있
는 답이었다.

그것을 들은 순간 소하는 몸을 일으켰다.

이제는 알 것만 같았다.

"자리를 옮겨야겠어."

소하가 그 말을 내뱉은 순간.

시천마는 자신의 몸이 붕 뜨는 감각을 느꼈다.

소하의 전신에서 뿜어져 나온 내공이 그대로 시천마와 소하
를 앞으로 쏘아낸 것이다.

"큭!"

시천마의 오른손이 내려쳐지지만, 소하는 굉명으로 그것을 받
아내며 그대로 팔을 휘둘렀다.

턱!

목에 부딪치는 소하의 팔, 시천마는 믿을 수 없다는 표정을 지
었다. 소하는 으득 이를 악물며 그대로 시천마를 붙잡은 채 앞
으로 쏘아져 나가고 있었다.

'갑작스레……!'

시천마의 육신을 일순 억압할 정도로 강해졌다!

그는 그것에 몸을 비틀며 칼을 휘둘렀고 동시에 허공에 칼자
국이 생기며 옆쪽의 바위산이 갈라져 나갔다.

쫘르르르르릉!

산이 붕괴하는 모습에도 소하는 동요하지 않은 채 그대로 공

중에 뜬 상황에서 시천마를 아래로 패대기쳤다.

콰라라라라라라라!

땅에 분진이 일며 길쭉한 자국이 생겨난다. 그가 떨어지자마자 소하는 그 분진 안쪽으로 쏘아져 내렸고, 굉명과 연원이 휘둘러지자 분진이 갈라지며 안쪽에 있는 시천마가 드러났다.

"크, 으윽!"

시천마는 동시에 내리꽂히는 검격과 도격을 막아내며, 시천무검을 펼쳤다.

그러나 그 사이를 소하의 몸이 비집고 들어온다.

무공을 준비할 시간 자체를 용납하지 않는 것이다. 동시에 일곱 개로 나눠진 소하의 몸은, 동일한 순간에 칼을 내려쳐 시천마의 온몸을 두들겼다.

콰라라라라락!

내공의 방어가 무너진다.

시천마는 고함을 지르며 땅을 내리밟았고, 내공의 격류가 단숨에 소하의 잔영들을 부숴 버리며 그를 튕겨냈다.

"…조금 놀랍군."

숨을 헐떡인 시천마는 자신의 어깨와 팔에서 흐르는 피를 바라보았다. 이 육체에 상처를 입힐 줄은 몰랐던 것이다.

"내공에 의한 강화(强化)."

그는 소하의 변화를 단박에 알아보았다. 아까보다 훨씬 빨라진 대응과 속도, 더군다나 힘까지.

"천양진기를 더 높은 경지로 개방했나."

소하는 아무 답도 하지 않았다.

전신을 두른 힘은, 천양진기 삼십이식(三十二式).

만박자 척위현이 가장 강하다 일컬어질 시절 도달했던 경지였다.

"그 나이에 천하오절의 힘에 닿았단 것은… 칭찬해 주지."

그는 천천히 자신의 오른팔을 허공에 휘둘렀다.

쩌저저적……!

검이 휘둘러진 순간, 옆쪽의 바위에 자국이 남았다. 두 명의 무공이 이미 가늠할 수도 없는 경지에 도달했다는 증거였다.

"하지만 여기까지다."

시천마의 말이 끝난 순간.

그의 몸이 검은 기운에 뒤덮였다. 흡성영골로 인해 잠겨 있었던 내공을 전력으로 내보이기 시작한 것이다.

"보여주지."

콰아아아아아아!

사방으로 진동이 어린다.

시천마는 검은 기운으로 전신을 감싼 채, 음산하게 고개를 숙였다. 마치 흑의(黑衣)를 두른 것만 같았다.

"이것으로… 천하오절을 꺾었다."

그와 함께 시천마의 몸이 사라진다.

소하의 눈이 위로 향했다.

카카카카카캉!

단숨에 치고 빠지는 오격(五擊).

그와 동시에 지반이 마치 액체로 된 것처럼 출렁인다.

동시에 시천무검의 검식들이 사방에서 쏟아져 나오고 있었다.

꽈라라라라라라!

천개와 부딪친 굉명이 비명을 지른다. 그곳에 실린 경력은 이제 닿기만 해도 무인들의 몸을 가루로 만들 수 있을 정도로 강력했던 것이다.

천하제일의 경지.

그것은 그 이하의 무인들을 아득히 초월하는 것이었다.

시천무검의 팔식(八式).

천흑(賤黑)이라고 불리는 무공이었다.

소하의 손이 보이지도 않는 속도로 공격을 막아내며 이리저리로 휘돈다. 단숨에 공방을 이어나가고는 있지만, 시천마 역시 소하를 그대로 짜부라뜨리려는 듯 공격을 멈추지 않고 있었다.

"천양진기는 극양기를 통해 육체를 강화시키는 지극히 단순한 무공."

그의 왼손이 굉명을 막아낸다. 칼날을 붙잡은 채, 시천마는 빠르게 그것을 휘돌려 메쳤다.

꽈아아아아아아!

소하의 몸이 그에 따라 딸려가며 허공에 휘둘러진다.

아래로 떨어져 내리자, 시천마는 그것을 추격해 천개를 앞으로 찔렀다.

카아아앙!

연원을 세워서 막아 내자, 두 명의 내공이 격렬하게 부딪치며 허공에 섬광을 내뿜기 시작했다.

"육체가 견디지 못할 때, 그 한계가 드러나지!"

고함과 동시에 천개에서 어마어마한 내공이 뿜어져 나왔다.

그 열선(熱線)을 얻어맞은 소하가 아래로 추락하자, 그는 허공에 뜬 채로 손을 들어 올렸다.

아까 전 소하를 상처 입혔던 참격.

시천무검의 오식(五式)인 참화(慘禍)가 내려쳐지며 그대로 소하를 반으로 잘라내려 했다.

이전 만박자 척위현은 이것에 패했다.

천양진기의 방어가 한계를 드러낼 때에, 분노에 차 있던 그는 견디지 못하고 땅으로 추락해 의식을 잃었다.

자식이 죽은 것에 분기하여 달려든 자. 그것에 시천마는 만박자의 한계를 직감했다.

그 역시, 결국 자식이라는 족쇄에 속박된 인간이었기 때문이다.

"초인, 그리고… 하늘에 다다를 자는!"

그는 참격이 내리꽂히고 있는 평원을 바라보며 고함쳤다.

"더욱더 고고해야만 한다!"

콰아아아!

땅에 참격이 부딪치는 순간 어마어마한 폭발이 일어나며 사방으로 먼지가 몰아친다. 이것으로 확실히 소하를 죽였음을 확신하며 그는 몸을 돌리려 했다.

뒤쪽에서 솟구쳐 오르는 그림자가 아니었다면 말이다.

베어내지만 그것은 잔영이 되어 사라진다.

천영군림보의 절초.

만방군림!

사방에서 솟구친 소하는 굉명을 들어 올려 아래로 휘두르고 있었다.

뇌명이 몰아친다.

굉천도법의 붕망은 곧 수십, 수백 개가 되어 시천마에게로 쏟아져 내렸다.

쫘라라라라랑!

폭발이 눈앞을 시리게 물들인다.

시천마는 자신의 몸을 두른 내공이 터져 나가는 것에 으드득 이를 악물었다.

파아앗!

뻗어 나온 칼날이 옆으로 번진다. 시천무검의 초식 중 하나인 일륜을 펼친 것이다.

수백 개의 잔영이 단숨에 잘라져 내렸다.

"말이 많아지는 걸 보니."

숨을 헐떡이고 있는 시천마의 뒤쪽에서 소하는 가볍게 굉명을 어깨에 걸쳤다.

"꽤 급해졌나 봐?"

그 말에 시천마의 두 눈이 번득였다.

날아오는 참격을 거꾸러뜨린 소하는, 이내 손목을 휘저으며 허공에 자리를 잡았다.

"허세를 부리는군."

시천마는 옆으로 핏물을 뱉어냈다. 붕망의 연쇄 폭발을 막아내느라 육체에도 적잖은 충격이 간 것이다.

"이미 몸은 정상이 아닌 것 같은데."

천양진기 삼십이식은 만박자가 공언한 '한계'다. 소하는 솔직하게 그 말에 고개를 끄덕여 주고 싶을 정도였다. 이제까지의 싸움으로 단련된 육체가 도저히 견딜 수 없다며 비명을 지르고 있었다.

시천마는 그런 소하를 가만히 바라보다 입을 열었다.

"인정하마."

소하는 강하다.

시천마의 위상조차 위협할 수 있을 정도로.

하지만 그렇기에.

"나와 함께해라. '계승자'."

소하는 대답하지 않았다.

"현재의 무림은 정체되고 썩어 있지. 결국, 아무것도 나아지지 않는 곳이다."

무림에 나섰던 시천마는 그러한 세상을 보았다.

한참이나 하찮은 무공을 지닌 자들이 거들먹거리며 약자를 괴롭히고, 자기 마음대로 세상을 유린한다.

그렇기에 그런 이들을 살려두고 싶지 않았다.

청정(淸淨)을 위해서는 누군가 선도해야 할 이가 필요하다고 여겼다.

"모든 무의 정점에 선다면, 그자가 무릇 모든 이들의 이상이 된다면."

시천마는 조용히 눈을 들어 소하를 마주 바라보았다.

"세상은 목표를 얻을 수 있다."

그게 바로 자신이라는 이야기였다.

소하는 그 이야기를 듣자 어릴 적이 떠오르는 것을 느꼈다.

이불 속에서 함께 누워 밤이 늦도록 천하오절에 대한 이야기를 해주던 형의 모습이 눈앞에 희미하게 흘렀다.

"너라면 나와 함께할 수 있다."

그는 그렇기에 죽음마저도 넘어섰다.

자신의 심득과 내공을 응축한 단환을 남겨 혁월련이 그것을 섭취하도록 만들었고, 그의 몸속에서 계속해서 성장해 이윽고 몸을 탈취했다.

하늘의 순리마저도 이겨냈다는 이야기다.

"왜지?"

"세상은 강자에 의해 정의 내려지는 곳."

소하의 물음에 시천마는 간단히 답했다.

"너는 자격이 있다."

"그럼……."

소하는 양손을 내린 채 조용히 중얼거렸다.

"당신이 죽인 사람들은?"

아주 잠깐이었지만, 시천마의 눈이 순간 허공을 향했다. 그는 이내 단호히 답했다.

"약자에게는 생사를 결정할 가치 따윈 없다."

"세상에 죽어야 하는 자는 없다. 마음이 이끄는 대로 행동할 뿐이지."

현 노인의 목소리가 들렸다.

동시에 자신을 감싸던 영보의 팔이 떠올랐다. 히죽 웃으며 소하와 함께 철옥에서 살아나가던 그는, 소하를 지키기 위해 스스로 죽음으로 나섰다.

노인들 역시 마찬가지였다.

자신들의 목숨을 내놓으면서도, 소하의 행복만을 빌었다.

"…그것이 대답인가."

시천마는 연원을 들어 올려 자신에게로 겨누는 소하를 보았다. 실망스러웠지만 그건 그것대로 상관없는 일이었다.

"이제 알겠어."

현 노인과 있었던 나날들이 떠올랐다.

형의 죽음을 처음으로 그에게 말했던 날.

"생각이 짧고, 가르침이 모자란 이들은 때때로 그것이 자신에게 주어진 진짜 힘이라고 믿고, 무공을 맹신(盲信)하지."

이제껏 소하가 보아온 무림은 그러했다.

시천마는 아마도 그것에 염증을 느꼈을 것이다.

하지만.

"당신은 '약한 자'였어."

시천마의 눈썹이 일그러졌다.

"진정으로 소중한 것은, 네 형과 그 영보라는 자가 보여준 마음."

자신이 대신 죽었어야 한다는 죄책감에 떨고 있는 소하에게 현 노인은 다정하게 말해주었다.

"사람을 구하려는 그 마음이란다."

자기 자신만이 아니라, 타인까지도 함께 포용할 수 있는 것.

그것이야말로 강함이다.

소하가 계속해서 시천마에게 느꼈던 반발심은 바로 그것에서 기인한 것이었다.

"무슨 소리를……."

"왜 할아버지들을 죽이지 않았지?"

소하는 그와 시천무검을 겨루면서 기이한 사실을 느꼈다.

"왜, 할아버지들의 무공을 사용하지 못한 거지?"

시천마의 진정한 천재성은 무공을 '가져 버리는' 것에 있다고 했었다. 하지만 그의 시천무검에서는 다른 문파들의 것만이 느껴질 뿐 천하오절의 무공은 어디에도 없었다.

시천마는 답하지 않았다.

"당신은 두려웠던 거였어."

자신이 얻지 못하는 것에 대한 공포.

그럴 수밖에 없다.

소하는 내심 실감할 수 있었다.

이 네 가지의 무공은 모두 각자의 '마음'을 통해 구현된 것이다.

누구보다도 자유롭기 위해.

어떠한 악에도 굴하지 않기 위해.

행복하기 위해.

잃은 것을 되찾기 위해.

그 올곧은 마음들을 제대로 알지 못했던 시천마가 무공의 정수에 다다를 수는 없는 일이기 때문이다.

그렇기에 그는 천하오절을 만들었다.

처음으로 자신이 닿지 못하는 무공이 있었고, 그것을 어떻게든 얻어내기 위해 그들의 계승자에게 자신이 현현하고자 했다.

"네게 마음을 남겼다."

마지막으로 헤어지며, 현 노인이 했던 말.

소원(所願)의 파편들이다.

소하의 전신에서 빛이 흘러나오기 시작했다.

그 순간에야말로 진정한 합일(合一)이 무엇인지 알 것만 같았다.

닿을 듯 닿지 않았던 것이, 손에 붙잡히며 동시에 휘감겨 오는 느낌이었다.

천양진기의 빛이 시리도록 번쩍인다.

시천마는 순간 눈살을 찌푸렸다.

물러서야 한다고 생각했다.

'내가?'

그는 자문했다.

자신은 시천마다. 새로운 무공의 지평을 연 천하제일의 무인이다. 그 누구도 그를 이기지 못했고, 아무도 그를 막을 수 없었다.

그런데 왜?

시천마의 얼굴에 처음으로 강렬한 노기가 깃들었다. 일그러지며 핏줄이 번져 나온다.

"감히 나를, 그렇게 부르는가……!"

그의 입에서 고함이 터져 나오는 것과 동시에 전신에서 검은 기운이 방출되기 시작했다.

"그렇다면 보여주마!"

시천무검의 종식(終式).

허공에 검은 달이 뜬 것처럼, 시천마의 전신을 무시무시한 살기가 둘렀다.

천마(天魔)라는 이름의 초식이었다.

허공을 찢는 검.

단숨에 세상이 암흑으로 물들며 소하의 몸을 내리 가르는 듯했다.

소하는 앞으로 발을 디뎠다.

허공에 유형화된 내공은, 소하의 발에 강하게 추진력을 실어주며 앞으로 쏘아져 나가게 만들었다.

일 합.

두 명의 무기가 부딪치자 허공에 거대한 굉음이 울렸다.

산이 무너진다.

강이 출렁이며 치솟는다.

어둠을 베어낸 빛은 이윽고 더욱 앞으로 향했다.

"세상에는 여러 일들이 있단다."

베였다.

소하는 그러나 고통마저도 견디며 앞으로 나아가 어둠에게로 굉명을 휘둘렀다.

꽈라라라랑!

굉명이 뇌음을 내뱉는다.

마치 굉천도 마령기의 손에 들려 싸우던 때를 기억하듯, 어느 때보다도 격렬한 고함을 토해내고 있었다.

"때로는 네 몸을 저미는 삭풍(朔風)이 다가오기도 할 것이고, 차디찬 암야(暗夜)가 보일 수도 있겠지."

시천마의 검이 내리꽂히자 소하는 굉명으로 그것을 막아내며 뒤틀었다.

꽈지직!

그러나 금이 간다.

충격을 견디지 못한 굉명이 부서져 나가고 있는 것이다.

소하는 칼자루를 잡은 손을 그대로 휘둘렀고, 동시에 굉명이 부서져 나가며 시천마의 일격을 흘려보냈다.

조각들이 떨어져 나간다.

시천마의 얼굴에 비릿한 웃음이 깃든다.

무기가 사라졌다!

굉천도법의 기세가 수그러들자 시천마는 소하의 명치를 꿰뚫기 위해 칼을 앞으로 찔러냈다.

천마라 이름 붙은 무공은 육체의 강화와 동시에 쾌속을 선사한다.

쫘아아아앙!

단숨에 소하의 몸을 뚫으려 한 검봉.

그러나 소하는 그것을 꽝명의 칼자루로 막았다.

잇새로 신음이 토해져 나온다.

덜덜덜 떨리는 팔은, 금방이라도 무너져 몸이 꿰뚫려 버릴 것만 같았다.

"그러나 아픔은 지나게 마련이고."

동시에 소하는 소리를 질렀다.

천양진기 육십사식(六十四式).

만박자 척위현마저도 이론상으로만 가능할 것이라 추측했던 지고의 경지가 소하의 전신에서 뻗어져 나왔다.

육체의 붕괴가 올 것이라 예상했기에 척위현은 소하에게 몸에 큰 부하를 주면서도 그것을 잘 분배할 수 있는 천영군림보를 익히게 했다.

천양진기를 육체에 녹아들게 하기 위해 비슷한 양기의 힘을 사용하는 꽝천도법을 전수받도록 만들었다.

그리고 그것을 더욱 제대로 활용할 수 있도록, 주변으로 내공의 힘을 펼쳐낼 수 있는 백연검로를 전수받게 했다.

모든 것은 바로 지금을 위해.

펼쳐진다.

시천마의 두 눈이 일그러졌다.

자신이 펼쳤던 어둠이 소하의 빛에 의해 뭉그러지고 있었던 것이다.

"어둠은 곧 달빛에 환해지게 마련이란다."

칼자루가 부서진다.

하지만 소하는 몸을 크게 휘둘렀고 시천마의 검은 허공을 가르며 그대로 어둠을 폭출했다.

꽈라라라라라라!

그 틈.

시천마 역시 소하가 자신의 빈틈을 노리리라 예상했었기에, 빠르게 왼손을 비틀어 장력을 쏘아냈다.

하지만 소하의 눈 역시 그것을 놓치지 않았다.

장력의 궤도에서 몸을 빼는 것과 동시에 비어 있는 왼팔을 휘둘러 시천마의 팔꿈치를 올려 쳤다.

우지지직!

뼈가 부서진다.

시천마의 표정에 고통이 어리는 순간.

소하는 잡고 있는 칼을 그대로 앞으로 내찔렀다.

연원(連願).

그 검의 이름은, 자신들의 소원이 앞으로도 이어지기를 바랐던 노인들의 마음이었다.

"광풍제월(光風霽月)."

옳은 것을 옳다고.
스스로 확신할 수 있는 그 마음.
그것을 잇기 위해.

"오로지 마음이 따르는 길을 걷거라."

그와 동시에 시천마의 몸을 빛살이 관통했다.
콰아아아아아아!
폭풍이 인다.
어둠으로 가득 찼던 하늘이 찢겨져 나간다.
찬란한 빛이 하늘을 메운다.
마치 오래도록 어둠이 가득했던 하늘이 제 모습을 드러내는
것처럼.
시천(始天).
그 단어만이 머릿속에 맴도는 광경이었다.

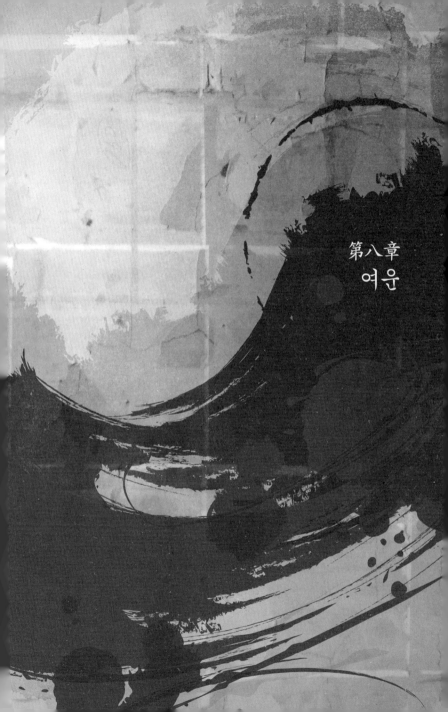

第八章
여운

고요만이 감돌았다.

　허겁지겁 앞으로 달려온 무인들은 멍하니 허공을 바라보고 있었다.

　빛이 쏟아진다.

　내공의 작은 입자들은, 마치 싸라기눈처럼 점점이 내리며 허공을 물들였다. 어둠이 찢겨지며, 동시에 새벽과 같이 찬란한 빛만이 가득 차올랐다.

　"소하."

　비틀거리던 운요는 조용히 웃음을 흘렸다.

　누가 이겼는지는 보지 않아도 알 수 있었다.

　"잘했다."

　그는 웃음을 흘리며 앞을 바라보았다. 무림맹의 무인들이 운요를 발견하고는 그를 구하기 위해 달려오고 있었다.

다른 쪽 역시 마찬가지였다. 구영사태가 이끄는 무인들은 하늘을 가득 메운 빛살에 멍한 표정만을 짓고 있을 뿐이었다.

"이건……"

"유 대협이에요."

멍한 자소연의 목소리가 울렸다.

"대협이……!"

그와 동시에 제갈위가 고함을 질렀다.

"움직일 수 있는 자들은 나와 함께 저곳으로 향한다!"

싸움이 어떻게 되었는지는 알 수 없다. 그러나 지금 저 상황에서 소하를 지원해야 한다는 것은 확실했다. 자소연은 쓰러져 신음하고 있는 무인들을 바라보다 눈을 들었다.

"따라가지 않아도 괜찮느냐."

구영사태는 신음하며 중얼거렸다. 지혈을 하고는 있지만, 그 정도로는 나을 수 없을 만큼 그녀도 심각한 부상을 입은 터였다.

"이분들을 살펴야 합니다."

의식을 잃은 선무린과 초량에게로 시선을 돌린 자소연은 금하연을 비롯한 무인들이 그들을 회복시키기 위해 달려오고 있는 것을 보며 단호히 말을 이었다.

"대협을 기다리고 계신 분들이니까요."

목연과 연사가 주변을 뛰어다닌다. 다친 무인들을 수습하는 것에도 상당한 시간이 걸리는 터였다.

짙은 피 냄새와 신음이 들리는 가운데, 청아는 희미하게 뜬 눈을 옆으로 기울였다.

하늘이 보인다.

소하에 의해 찢겨진 암흑은 찬란한 빛을 내보이며 다시 구름 아래로 일광(日光)을 내리쬐고 있었다.

"그런가……."

소하가 이겼다.

그녀 역시 내심 느낄 수 있었다.

깊은 한숨을 내뱉은 청아는 다 찢어진 손아귀에 아직도 쥐어 져 있는 백련을 바라보았다.

"사형……."

물어보고 싶었다.

나는 제대로 한 것일까.

누군가를 지키기 위해 당신처럼 옳은 길을 갈 수 있었던 것일 까.

답은 들려오지 않는다.

그러나 뺨에 내려와 앉는 따스한 햇빛에 청아는 눈물이 흐르 는 것을 느꼈다.

마치 이전, 어릴 적 그녀에게 처음으로 다가왔던 사형의 손길 같았다.

"대, 대협. 이대로라면… 치료를 받으셔야 합니다!"

"시… 끄럽다."

선무린은 카학 하고 핏물을 토해냈다. 왼팔은 이제 움직이지 도 않는다. 완전히 으깨져 버렸기 때문이다. 잘라 버리는 게 나 을지도 모른다는 생각이 들기도 했지만, 일단은 어지러운 머리 를 들어 허공을 바라보았다.

"우습지도 않군······."

자신 역시 초인에 달한 자다. 그런 선무린이 도저히 예상할 수도 없을 정도의 어마어마한 싸움이 벌어진 뒤였다. 시천마의 힘에 조금도 닿을 수 없었던 자신이 허탈해질 정도였다.

"하."

옆쪽에서 안절부절 못하는 무인을 무시한 채 선무린은 허공을 향해 조용히 입술을 달싹였다.

"영감."

노인의 목소리가 들리는 것만 같았다.

"정말, 끝이 없네."

더욱더 무공을 파고들던 스승이 어떤 마음이었는지, 조금이나마 알 것 같았다.

"재미있어서, 견딜 수가··· 없었던 거였어."

그는 조용히 고개를 옆으로 기울였다.

서서히 세상이 흐릿하게 변하고 있었다.

"다가 아니었던 거였군."

결국 지켜보던 무인이 다가와 그를 살피기 시작했지만, 선무린은 여전히 멍한 눈으로 조용히 그렇게 중얼거렸다.

한편 뒤쪽에서는 백영세가의 무인들이 자리에 다다르고 있었다. 다른 쪽을 수습하는 데에 바빠 미처 이리로 향하지 못했던 것이다.

유원은 정신없이 앞으로 나섰다.

하늘에서 뭉게뭉게 치솟고 있는 검은 연기.

치열한 싸움의 흔적이 아직도 생생했다.

"소하는……!"

"앞쪽인 것 같습니다. 제갈 대협께서 향하시고 계십니다!"

유원은 당황한 표정으로 어쩔 줄을 몰라 하고 있었다. 뒤늦게 합류하긴 했지만, 이제껏 있었던 시체와 어마어마한 부상자들을 보았기에 걱정이 일 수밖에 없었다.

잠시 망설이던 그녀는, 이내 입술을 꽉 깨물었다.

"사람들을 돕겠습니다!"

"명을 받듭니다!"

백영세가의 무인들이 흩어지기 시작한다.

유원은 조용히 하늘을 바라보다, 이내 주먹을 쥐어 가슴에 대었다.

심장이 쿵쿵 소리를 내며 뛴다.

"아가씨."

옆에서 목소리가 들렸다.

곽위는 이내 웃음을 지었다.

"가주십시오. 이곳은 저희가 맡겠습니다."

"하지만……."

"마음을 따르시는 게 좋습니다."

그 말.

유원은 이윽고 고개를 돌렸다.

달린다.

그녀는 앞으로 달려 나가며, 쥔 주먹에 더욱 힘을 주었다.

자신의 바람이 제발 이루어지기를 바라며.

"죽지 마."

그녀는 그렇게 간절히 소원했다.

*   *   *

"살았다."

소하는 하늘을 바라보며 그리 중얼거렸다.

내공의 폭발에 휘말리는 동시에 의식을 잃었었고, 하마터면 그대로 죽어버리는 줄만 알았다.

팔다리를 꼬물거리며 다 제대로 붙어 있는지를 확인한 소하는, 부스스 고개를 들어 올렸다.

온몸에는 내공을 가득 쏟아낸 허탈감이 맴돌고 있었다. 환열심환의 기운으로도 도저히 채우기 힘든 모양이었다.

손을 들어 몇 번 쥐었다 편 소하는, 부서진 굉명의 칼자루가 옆에 떨어져 있는 것에 씁쓸한 표정을 지었다.

"…무엇이 변하리라 생각하나."

희미한 목소리가 들린다.

소하가 몸을 일으키자, 곧 옆쪽에 거대한 충돌의 흔적이 있는 것이 보였다.

그곳에 쓰러져 있는 시천마는 검게 타버린 반쪽 눈을 들어 소하를 바라보았다.

이미 그는 상체를 들어 올릴 수도 없는 상황이 되어버린 터였다.

"결국 아무것도 달라지지… 않는다."

그는 핏물마저도 모조리 증발해 몸에서는 내공의 연기만이 피어오르고 있을 뿐이었다. 더 이상 살아날 수 없는 몸이 되었다는 뜻이다.

허공을 멍하니 바라보던 시천마는 허탈한 목소리를 흘렸다.

"정체… 만이……."

"그건 당신이 정할 게 아니야."

소하는 조용히 말을 이었다. 이자에게 예를 갖추고 싶은 생각은 없었지만, 꼭 이것만은 이야기하고 싶었다.

"스스로 해나가야 하는 거지."

시천마는 아무 답도 하지 않았다.

그저, 그의 손이 천천히 위로 들어 올려졌다.

내공이 전부 기화(氣化)해 흰 연기만이 번져 나오고 있는 터였다.

"그렇기에 나는… 졌는가."

태어나 처음이었다.

소하는 아무 답도 하지 않았다. 그것은 자신의 입으로 나와서는 안 될 말이라고 생각했기 때문이다. 시천마 역시 그 질문을 소하에게 던진 것은 아니리라.

그는 스스로에게 묻고 있었다.

"오로지 이겨… 나가야만… 하는 길……."

그의 무(武)는 바로 그것이었다.

인세(人世)에 대적자가 없다면, 그것이 하늘이라 할지라도 맞선다. 그것이 시천마 혁무원의 길이었다.

푸스스슥…….

팔이 무너져 떨어진다.

그의 몸은 마치 모래처럼 무너져 내리고 있었다. 그토록 버티고 버티던 육체가 더 이상은 견디지 못한다는 듯 말이다.

"흘… 가분하기도 하군……."

그는 고요히 중얼거렸다. 입술마저도 바스라져 없어진다. 살점은 뼈와 함께 풍화하고 있었다.

"패배란… 이런 것인가……."

그의 눈이 소하를 향한다. 가만히 서 있는 소하의 등 너머로 햇살이 비쳐들고 있었다.

비웃음이 이는 것을 느꼈다.

이처럼 모든 것을 잃어본 적은 처음이거늘.

이제 와서야 조금 더 알 것만 같은 기분이 드는 것일까.

"어쩌면……."

사라진다.

시천마 혁무원의 몸이 사라지며, 오로지 그 목소리만이 남았다.

"이해했어야… 할지도… 모른다."

단순한 살육(殺戮)만이 무공의 전부가 아니다.

시천마 역시 그것을 알고 있었다. 그렇기에 천하제일을 갈구했고, 정상의 자리에 선 뒤에는 오로지 자신이 싸워 이길 상대를 찾아 헤맸다.

그러나 어쩌면 그럴 필요가 없는 건 아니었을까.

그의 목소리는 그러한 망설임만을 남기며 허공에 지워져 가고 있었다.

소하는 가만히 그 광경을 바라보다 고개를 들었다.

사람들의 목소리가 들린다.

"대협이다!"

"저곳이다!"

외침.

소하는 다급히 달려오는 사람들을 보았다.

그리고.

멀리 보이는 유원의 모습에 저도 모르게 픽 웃었다.

"와."

새삼 신기하다.

모든 것이 없어져 버린다 해도 좋을 정도의 싸움이었다. 아마도 시천마 정도의 절대적인 무인이 홀릴 정도라는 건, 무(武)가 가진 매력이 그만큼 대단하다는 이야기겠지.

그런데도 신기하게.

모든 것이 끝나 다 포기하고 싶은 마음이 들었는데도.

마음에 둔 사람을 바라보는 것이 이리도 행복하다니.

소하의 발걸음이 앞으로 향했다.

앞으로 스무 걸음.

그러나 소하의 생각보다 빠르게 걸음이 좁혀지고 있다.

자신만 앞으로 다가가는 게 아니라 유원이 이리로 달려오고 있기 때문이다.

아아.

소하는 따스함이 자신의 얼굴에 휘감기는 것을 느끼며 생각했다.

그렇기에 우리는 서로가 함께해야 하는 것이구나.

추억들이 가슴속에서 조용히 그렇게 속삭여 주고 있었다.

사람들의 시끄러운 외침 속에서도.

유원의 눈물 젖은 목소리 속에서도.

소하는 기분 좋게 잠에 빠져들었다.

*   *   *

"무림행이라니. 아직 정리가 똑바로 이루어지지도 않은 이 상황에서⋯⋯."

제갈위는 한숨을 토해냈다.

시천월교 잔당의 반란이 있은 지 고작 일 년이다.

한동안은 무림맹 역시 잃은 이들에 대한 추모와 세력을 규합하는 일에 집중해야만 했기에 제대로 움직이기조차 어려운 처지였다.

다행히 하오문과 같은 정보상회의 조력과, 각 문파들의 아낌없는 지원으로 어떻게든 제갈위는 무림맹을 수복해 낼 수 있었다.

"뭐, 이제까지와는 달라야겠지만."

청아는 차를 마시면서 중얼거렸다.

그녀는 자신이 입고 있는 깔끔한 무당의 무복이 마음에 들지 않는다는 듯, 손으로 슬쩍 문지르고 있는 상황이었다.

"비어 있는 자리를 채우는 것도 우선일세."

모진원도 옆에서 동의하며 말을 이었다. 군데군데 문파들의 대표들이 앉아 있었지만 이전과는 확연히 그 수가 달라진 상태였다.

"그런 상황에서 유 대협이 자리를 비운다는 건⋯⋯."

"소하가 없으면 일을 할 수 없다는 건, 무능하다는 증거 아닌가?"

청아의 말에 제갈위는 윽 소리를 냈다. 이전부터 소하를 설득해 계속 무림인들을 통합하는 사절로 이끌려던 제갈위였기 때문이다.

"우리가 그쪽을 돕는 이유가 왜인지는 알고 있겠지. 신룡."

능글거리는 소리가 뒤이었다. 자리에 앉은 운요는, 이마를 툭툭 두들기며 고개를 들어 올렸다.

"문파들의 재건과 투명한 집행. 그것만 지켜준다면 아무 일 없을 거라고 했잖아."

"알고 있소!"

제갈위는 툴툴거리며 장표를 집어 들었다. 소하가 있으면 한결 편해질 일들이었기에, 아쉬운 마음이 드는 건 어쩔 수 없었던 것이다.

"어디로 간다고 했지?"

청아는 차를 마시던 중 고개를 돌려 운요를 바라보았다.

"나도 잘은… 그 녀석이니, 한동안 주변을 이리저리 둘러보지 않을까."

"세외(世外)를 가고 싶어 할지도 모르겠군."

피식 웃은 청아와 운요는, 이내 고개를 돌려 하늘을 바라보았다. 어느덧 계절이 한 바퀴 돌아, 가을이 다시금 돌아오려 하고 있었다.

"슬슬 추워지고 있으니, 소저들을 슬프게 해서는 안 되겠지."

"원래 그런 녀석이었으니까."

"질투하나?"

"……."

청아의 몸에서 날카로운 기운이 번지는 것에 운요는 핫핫 소리를 내며 웃었다.

"뭐… 이쪽도, 돌아오면 반겨줄 수 있게 단련해 둬야겠지."

"또 대련인가. 청성파는 지독하군."

"뭐, 사실 두 명밖에 없으니까."

어깨를 으쓱이는 그를 보며 청아는 피식 웃음을 흘렸다. 운요가 지금은 자리에 없는 초량과도 계속해서 대련을 이어나가고 있다는 사실은 꽤나 유명한 일이었다.

비어버린 고수의 자리들도 다시 채워지고 있었다.

어떻게든 세대는 다시 이어져 나가는 모양이었다.

"어서 돌아오면 좋겠군."

"역시 속마음은 유순하단 말이지."

"……."

"여기서 싸우지들 마시오!"

제갈위는 검을 빼드는 청아를 보며 다급히 손을 흔들어야만 했다.

*　　　*　　　*

아프다.

온몸이 멍투성이가 되었다.

"오늘도?"

소년은 으드득 이를 갈며 몸을 일으켜 세웠다. 그렇다고 매일 하는 수련을 포기할 수는 없는 일이다.

"오늘도."

대답이 돌아오는 것에 웃음소리가 들린다.

소년은 머리를 툭툭 털며 흙투성이가 된 옷을 정리했다. 한참 얻어맞다 보니 어느덧 맞는 데도 익숙해지고 있었다.

"이제 어느 정도 익숙해지긴 했어요."

"말투도 익숙해졌구나. 바로 가벼워지는 걸 보니."

청년의 농 섞인 목소리에 소년은 눈을 들어 그를 노려보았다.

"거짓말 아니에요? 무공이라면서!"

"무공이란 게 그렇게 쉽게 쉽게 익혀지겠니. 그냥 다 기초부터 쌓는 거지."

바위에 올라앉은 청년은 고개를 까닥거리며 품속에 가져온 주먹밥 하나를 펼쳤다. 큰 잎사귀에 잘 포개져 있는 주먹밥은 참으로 먹음직스러운 모습을 보이고 있었다.

침 삼키는 소리가 들린다. 청년이 눈을 들자, 그곳에는 대놓고 배고파하는 소년의 얼굴이 있었다.

"옛다."

청년이 던진 주먹밥에서 조금 밥을 떼어 입으로 집어넣는 소년의 모습에, 그는 픽 웃으며 말을 이었다.

"동생은 괜찮아?"

"좀 괜찮아졌… 뭐, 흠. 그쪽… 그쪽 덕에."

"부끄러워하기는."

청년의 능글맞은 목소리에 소년은 얼굴을 붉힌 채로 헛기침을 해댔다. 다른 사람에게 고마움을 표현하는 데에 어색한 탓이다.

"하루도 빼놓지 않았구나."

청년이 주변을 돌아다닐 무렵 소년을 처음 만났었다.

어설프게 깎은 목검을 들고 와서는 무공을 익히고 싶다고 말했었다. 청년이 근처의 산적들을 쫓아버리는 장면을 봐버린 탓이다.

보통 어린아이들이라면 무림인을 동경하게 마련이다. 그래서 처음에는 알려주려 하지 않았지만, 소년의 눈 속에서 무언가 의지가 감도는 것을 보았기에 기초적인 움직임을 알려주었다.

그 후로 몇 달 동안 청년이 주변을 돌아다니고 있을 때 소년은 하루도 빼놓지 않고 수련을 계속한 모양이다.

"동생을 지켜야 하니까."

소년은 이파리로 밥을 다시 감싸고 있었다. 병석에 있는 동생에게 갖다 줄 마음이었던 것이다.

"그렇구나."

그 말에 청년은 고개를 끄덕였다.

"이번이 세 번째던가?"

청년은 바위에서 내려오며 미소를 지었다. 소년 역시 목검을 들어 올리며 전전긍긍한 표정을 짓고 있었다.

"오늘은 발놀림을 알려주지."

청년은 가볍게 몸을 풀며 소년에게로 다가갔다.

그렇게 가르쳐 준 나날들이 점차 늘어갈수록, 소년은 계속해서 수련을 이어 나갔다.

청년은 늘 다른 곳을 나갔다 올 때마다 각지의 이야기들을 말해주었고, 소년은 그럴 때면 주먹밥을 얼른 우겨넣고는 흥미롭다는 듯 눈을 반짝이곤 했다.

시간이 지나고 날씨가 바뀐다.

더운 여름을 지나 가을로 들어갈 때쯤 청년은 항상 만나던 자리에 소년이 없는 것을 보았다.

소년은 늘 이곳에서 목검을 들고 서성였었다.

청년은 그것에 의문이 들어 주변을 둘러보았고, 이내 근처의 한 초가(草家)를 보았다.

그곳에는 봉분(封墳)이 있었다.

그 앞에 조용히 앉아 있는 소년을 보았을 때 청년은 무슨 일이 일어났는지를 깨달았다.

두 명은 아무 이야기도 하지 않았다.

그저 소년은 망연히 봉분을 쳐다보며 눈을 부빌 뿐이었고, 청년은 가만히 그 앞에 서서 고개를 숙이고 있을 뿐이었다.

"차라리 잘 된 거예요."

소년은 툴툴거리는 어투로 말을 꺼냈다.

"이제⋯ 더 이상 아프지 않을 테니까."

여동생의 병을 치료할 수 없다는 것은 진작부터 알고 있었다. 청년도 무언가를 도와주고 싶었지만 고통을 경감해 주는 게 고작이었다. 아이의 몸으로 견디기엔 너무나 큰 질병이었기 때문이다.

소년은 목검을 지팡이 삼아 일어섰다.

휘청거리는 몸.

소년의 손과 무릎은 흙으로 더러워져 있었다.

"무공."

청년은 눈을 들었다.

"이번에는 제대로 못 해봤어요."

그럴 것이다.

소년에게 있어서 무공이란 동생을 지키기 위한 수단이었으니까.

그러나 도저히 어쩔 수 없는 순리(順理)가 동생을 빼앗아 갔다. 소년은 그 불합리함을 도저히 견딜 수 없었을 것이다.

"그러니……."

목검을 쥔 손에 힘이 들어간다.

"더 열심히 배울게요."

청년의 눈에 이채가 감돌았다.

"어째서?"

이제 소년에게는 아무런 의미가 없는 일이 아니겠는가. 청년은 그 이유를 알고 싶었다.

"동생한테 자랑했었어요. 무공을 배운다고."

병석에 누운 어린아이는 오빠의 그 모습에 박수를 치며 좋아했다고 한다.

"무림인이 되고 싶어요."

청년은 천천히 몸을 숙였다.

눈앞이 아득해진다.

순간 소년은 자신의 전신을 찌릿하게 내리누르는 기운을 느꼈다. 청년의 분위기가 달라진 것일 뿐인데, 온몸이 휘청거릴 정도의 무게가 다가왔던 것이다.

"그 무공으로 뭘 하고 싶지?"

이것은 '시험'이다.

소년은 느낄 수 있었다.

입에 발린 말을 하고, 그의 호감을 얻어야 한다는 생각까지 일 정도였지만 소년은 고개를 저었다.

죽어가면서도 방긋 웃던 여동생의 얼굴이 지워지지 않았으니까.

"소중한 사람들을."

도저히 견딜 수 없었다. 사랑하는 사람을 잃는 아픔은 생각보다도 훨씬 지독하고 끔찍했다.

소년은 그렇기에 동생을 다 묻고 난 뒤에야 울음을 토해낼 수 있었다.

"지켜주고 싶어요."

앞으로 자신은 살아나갈 것이다.

그리고 또 누군가를 소중하게 여기게 될 것이다.

그때 다시 한 번 슬프지 않기 위해.

소년의 눈은 청년을 굳건히 향하고 있었다.

무림제일이 되고 싶다.

강해지고 싶다.

그런 말이 아니었다.

강하지 않아도 좋았다.

약하다는 이야기를 들어도 소년에게는 아무 상관이 없는 이야기였다.

그저 자신이 지키고자 한 사람을 구할 수만 있다면.

그것이야말로 소년의 마음이었다.

청년의 입가에 희미한 미소가 감돌았다.

"그 마음을… 쭉 기억해라."

소년의 머리를 쓰다듬는 손.

놀라 소년이 움찔하자 청년은 상체를 일으키며 조용히 말을
이었다.

"나와 같이 가자."

청년은 허리에 매어진 칼자루 위에 손을 올렸다.

독특하게도, 그의 등에는 거대한 도 한 자루가 매어져 있었다.

청년, 소하는 따스한 미소를 지으며 소년에게로 손을 뻗었다.

"소중한 이를 지키기 위해 검을 휘두르고, 자신이 정한 신념을
지켜 나가는 것."

그것이야말로 그가 배워 왔던 마음의 진정한 모습이었다.

"네게 힘을 주마."

마치 과거가 흩뿌려지는 것처럼.

소년은 떨리는 손을 뻗어, 소하의 손을 붙잡았다.

과거는 다음 세대로 이어진다.

그리고 현재는 미래로 향한다.

『광풍제월』 완결

초대형 24시 만화방

신간 100%, 샤워실, 흡연실, 수면실(침대석), 커플석, 세탁기 완비

■ 시흥 정왕25시점 ■

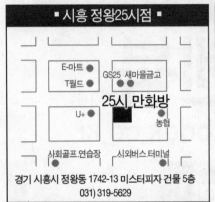

경기 시흥시 정왕동 1742-13 미스터피자 건물 5층
031) 319-5629

■ 강북 노원역점 ■

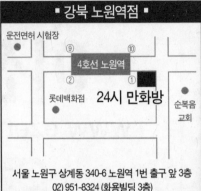

서울 노원구 상계동 340-6 노원역 1번 출구 앞 3층
02) 951-8324 (화용빌딩 3층)

■ 일산 정발산역점 ■

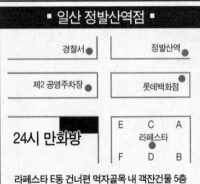

라페스타 E동 건너편 먹자골목 내 객잔건물 5층
031) 914-1957

■ 일산 화정역점 ■

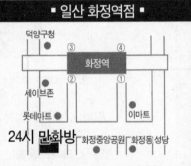

경기도 고양시 덕양구 화정동 984번지 서일빌딩 7층
031) 979-4874 (서일사우나 건물 7층)

■ 부천 역곡역점 ■

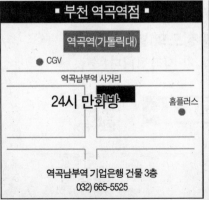

역곡남부역 기업은행 건물 3층
032) 665-5525

■ 부평역점 ■

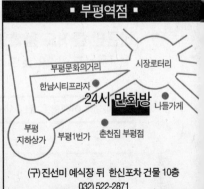

(구)진선미 예식장 뒤 한신포차 건물 10층
032) 522-2871

미러클
테이머

인기영 장편소설

FUSION FANTASTIC STORY

MIRACLE
TAMER

이계로 떨어져 최강, 최고의 테이머가 되었다.
그러나… 남은 것은 지독한 배신뿐.

배신의 끝에서 루아진은 고향 지구로 되돌아오게 되는데…….
몬스터가 출몰하기 시작한 지구!
그리고 몬스터를 길들일 수 있는 테이머 루아진!
그 둘의 조합은……?

『미러클 테이머』

바야흐로 시작되는
테이머 루아진과 몬스터들의 알콩달콩한
대파괴의 서사시!!

Book Publishing CHUNGEORAM

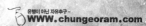

유행이 아닌 자유추구 -
WWW.chungeoram.com

용병들의 대지
Road of Mercenaries

이 세계엔 3개의 성역이 존재한다.
기사들의 성역, 에퀘스.
마법사들의 성역, 바벨의 탑.
그리고… 그들의 끊임없는 견제 속에 탄생하지 못한

『용병들의 대지』

전쟁터의 가장 밑을 뒹굴던 하급 용병 아론은
이차원의 자신을 살해하고 최강을 노릴 힘을 가지게 된다.

그의 앞으로 찾아온 새로운 인생!
아론은 전설로만 전해지던
용병들의 대지를 실현시킬 수 있을 것인가!

Book Publishing CHUNGEORAM

유행이 아닌 자유추구 —
WWW. chungeoram.com

FUSION FANTASTIC STORY

텀블러 장편소설

현대
천마록

천하를 호령하고 전 무림을 통합한
일월신교의 교주 천하랑.
사람들은 그를 천마, 혹은 혈마대제라고 불렀다.

『현대 천마록』

무공의 끝은 불로불사가 되는 것이라 생각했지만
그로서도 자연의 섭리 앞에선 어쩔 수 없었다!

'그렇게 많은 피를 흘렸음에도 불구하고
죽을 때가 되니 남는 것이 없군그래.'

거듭된 고련 끝에 천하랑의 영혼이
존재하지 않게 된 그 순간
그의 영혼은 현세에서 천마로서 눈을 뜬다!

Book Publishing CHUNGEORAM

유행이 아닌 자유추구 -
WWW.chungeoram.com

FUSION FANTASTIC STORY

가프 장편소설

시크릿 메즈

SECRET
MEZ

―너는 10,000개의 특별한 뉴런을 더하게 되었어.
매직 뉴런, 불멸의 뉴런이지.

실험실 알바를 통해 만난 '6번 뇌'.
우연한 만남은 이강토를 신비의 세계로 이끈다.

『시크릿 메즈』

매직 뉴런을 탑재한 이강토의
정재계를 아우르는 좌충우돌 정의구현!
긴장하라, 당신이 누구든 운명은 이미 그의 손안에 있으니!

"무슨 꿍꿍이가 있는지, 어디 한번 봐볼까?"